NF文庫
ノンフィクション

螢の河

名作戦記

伊藤桂一

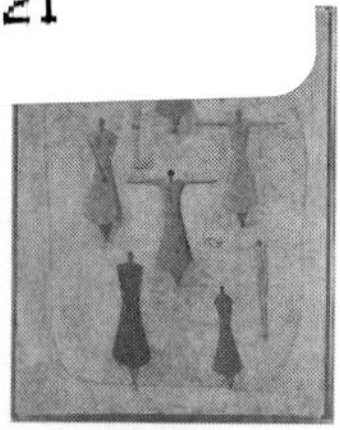

潮書房光人社

『螢の河』目次

螢の河

螢の河

ぼくは小舟の上で眠りながら、水に落ちた経験が一度ある。このことはぼくにとって、きわめて名誉でない出来事なので、いままで誰にも黙っていた。が、これをここに明かしておきたい理由の一つは、この出来事を記すことによって、たぶん内地のどこかに生きているに違いない、ひとりの旧友をみつけ出したいためと、もうひとつはこれによって、ぼくが久しく愛してきた中支那江南地方の風物を、ぼくの記録の中につけ加えることができるからである。

ふしぎなことだが、ぼくは小舟から真っ逆様に水に転落したとき、水の底へグングンと沈み落ちてゆく感覚と、本能的にもがいて水から浮いてくる刹那《せつな》の意識とを、未だに明確に記憶しているにかかわらず、そのとき水中で、一滴の水も飲まなかった。これはぼくが曲がりなりに水泳の技術を身につけていたからだとしても、あの場合、水を飲まずにすんだということが奇妙でならない。もしかすると、人間は不慮の危機に際しても、案外、天性の防衛能力が働くのか知れないのだ。これは見方によれば、得難い経験だったともいえよう。

ぼくは鵄三〇六四部隊の編成要員として、千葉県佐倉の歩兵第五十七連隊へ召集された。召集兵の中では、野戦の経験をもっている者は一個分隊に二、三名しかなかった。かれらは戦争馴れがしていて、どこへ持って行かれようと、さして気にもとめず、はじめての応召者や補充の入隊兵などが、しきりに行く先を不安がっているのを、少しばかりは滑稽に考えていたものだ。中隊の編成がまとまってゆくにつれて、初陣の活気というものが充満してきたが、野戦帰りの連中には、これは有難迷惑のようなものだった。緊張というものは敵と遭遇した時だけすればよいので、常住《じようじゆう》緊張していたら神経がもたない、とかれらは達観していた。中隊長は一年志願を再役して進級してきた中尉で、これは戦争体験をもっていたが、ほかの幹部はほとんどはじめての出征で、とくに、配属されてきた数名の幹候見習士官が、むやみに張り切っているのには、古い連中は、まったく辟易《へきえき》していた。新設の部隊だし、ことさら互いの違和感が生じるのである。

柄は大きいが子供っぽい顔をしていて、そのくせおそろしく横柄な男がぼくらの小隊長となった。彼は見習士官として、兵隊に対する優越感を持て余しているようにみえた。こういう男が戦地で揉《も》まれてサビがとれるまでには、部下になった者はいいかげん、苦労をしなければなるまいと、ぼくたち古い兵隊はこぼし合った。が、中隊編成を終わった初の閲兵式のときに、ぼくは幸い、この小隊長の許から離脱することができた。ぼくは他の小隊へ引き抜かれたのである。閲兵式のときは、兵隊たちは間隔をおいて、営庭に一列横隊に並び、その間を、中隊長を先頭に、中隊幹部が順々に回って歩いた。つまり、お互いの顔見世のわけである。この日を境として、自今《じこん》は一体となって死生の間に向かうわけだから、儀式としては厳粛だったが、次から次と回ってくる幹部たちが、あまりにも厳粛すぎる表情をしているのに、ぼくは驚いた。やりきれなくなってきた。

その幹部の中でも、もっとも強い緊張をしている見習士官が一人いて、背が低いので背伸びするような恰好で、すごく眼をギラギラさせ、兵隊の顔を、一人一人、丹念に覗き込むようにして歩いていた。ぼくは遠目にチラリと彼をみたとき、どうしてもその顔に見覚えがあり、しかもそれはかなり親しい間柄だったという記憶で、しきりに考えたが、どうしても急には思い出せず、仕方なく順番を待った。彼の方で発見してくれるだろうと予想したからである。

果たして彼はぼくの前へくると、一瞬いぶかしげに眼を細め、足をとめ、それからふいに笑顔をみせると、「おう、ここに来ていたのか」と声をかけてきた。非常に懐かしげな表情になった。ぼくも思わず「やァ」といった。「やァ」と気楽にいったのは、彼が言葉をかけてきた刹那に、ぼくも彼が誰であるかを確認したからだった。うしろへつづいてきているぼくの方の小隊長が、怪訝《けげん》な眼つきをしたので、ぼくはそれきり黙った。彼は、「あとでまた相談する」といい残して歩き出したが、それからは、前ほど丹念に兵隊の顔を点検しなくなったのを、ぼくは視線の届く限り横眼でみていた。その日のうちにぼくは、小隊長同士の、かなりもつれた交渉の結果、彼の小隊へ移された。交渉がもつれたのは、ぼくが野戦の経験者であることと、擲弾筒手《てきだんとうしゅ》としての特別教育を受けていることの二点だった。野戦経験はともかくとして、擲弾筒手というのは、中隊にもあまり数がいなかったのである。

擲弾筒というのは（すでに記憶もあやしいが）直径六、七センチ、筒《とう》の長さ三十センチ、それに柄《え》のついている、ごく小型の一種の手持ちの砲のようなもので、それを地上に四十五度の角度で置き、左手で発射の反動を圧《お》さえる。榴弾《りゅうだん》と手榴弾と双方使用できたが、榴弾は大きく弧を描いて飛び、落ちると、この小さな筒から発射されたものとは、とうてい思えない、おそろしく大きな地響きをたてて炸裂した。威嚇《いかく》には相当の効果があり、軍では秘密兵器になっていた。

実をいうとぼくは、怠惰《たいだ》な擲弾筒手で、筒の分解方法も忘れてしまっていた。戦闘体験にしても、それをもっているからといって、別に強い兵員であるとは限らない。ぼくは久しく北支那にいたが、脳裡《のうり》に刻まれている印象は、黄土の地肌を背景に咲く罌粟《けし》の花畑や、灌木帯の麓をすさまじい鮮烈さで刷《は》いていた連翹《れんぎょう》の花々、それに点々と地を潤《うるお》しているたんぽぽの花などだ。ぼくの抒情《じょじょう》の眼は、どんな苛烈な日々にいても、ついに美的なもの以外は見なかったようなのだ。ぼくのような兵隊が、どこの小隊に移ろうと、さしたる問題はないのだが、未知数の兵力を握っている小隊長としてみれば、いくぶんの既知《きち》を頼りたかったのだろう。

ぼくの新しい小隊長となった見習士官の安野は、十余年前、世田谷の中学に通っていた同級生だった。彼は成績も中位だし、あまり丈夫そうでなく、たいがい校庭の隅の樹《き》の下で、リーダーの勉強に頭を悩ませていた。ぼくと、特に親しい間柄ではなかったが、こうした特殊な境遇の中でめぐりあってみると、はじめて戦地へ出る安野には、よほどの心強さであったらしい。

ぼくが彼の小隊の一員になることが正式にきまったとき、彼は、ぼくが視線のやり場に困るほど、眼を輝かせてぼくをみつめ、手をしっかりと握りしめて来、しまいに、ぼくが滑稽感を覚えるほど、自身の感動に酔っていた。

ぼくは部隊が、南京警備の一環として、その周辺に分駐する任務であることを耳にしていたので、だいたいの危険度は測《はか》り得ていた。北支那の重畳《ちょうじょう》たる山岳地帯にくらべると、そこらは雲泥《うんでい》の差で治安がいいはずだった。ただ安野もまた他の兵員と同じように、死地へ向かうという悲壮な感慨に憑《つ》かれていて、ぼくに向いて何度も、「頼むぞ、おれが死んだら骨を拾ってくれ。お前が死んだら、おれが骨を拾ってやる」とくり返した。仕方がないので、ぼくも何度もうなずいた。ぼくは内心、二〇三高地を攻める時だって、これほど意気込みはしなかったろう、と思ったが、安野のぼくへの過大評価は決して悪い気はしなかった。彼の態度は純一で、ぼくにこそばゆいあたたかみを伝えた。幹候教育を終わってきたばかりで、張り切っている彼の気持もよく分かった。ぼくは期待されると変に情に脆《もろ》くなるので、もしかすると安野のために、彼が男泣きするような、壮烈な戦死をするのではないか、と漠然と予想した。ぼくの中で、警戒しなければいけない、といいきかせてくるものがあった。

北支那では中隊の三分の一は、戦死と戦病と戦傷で欠けたが、体力も精神力も弱いぼくは、案外にのんびりと生き残ってきた。その理由は、誰からも期待されていないという気楽さと、いちおう自身を放棄しながらも、いやがらせに死なずにいてやれ、という抵抗感で、怠惰なくせに粘り強く、風土や環境に耐えてきたからである。しかし安野に、切実な感慨をこめて手を握られてみると、正直にいってやりきれない気の重さも生じてきた。

これからの一挙手一投足、すべて安野の期待につながらねば彼は承知しないだろう、と思うと、擲弾筒の分解方法を忘れていることまでが、奇妙に気になってきた。

——昭和十×年の初冬、ぼくは安野小隊の一員として海を渡った。もちろん背には荷厄介な、八九式重擲弾筒というのを背負っていた。

ぼくは漠然としか、安野の性格をおぼえていなかったが、軍という特殊地帯で改めてつきあってみると、意外に純真で子供っぽく、ぼくの最初の小隊長のような、思いあがった優越意識をもたなかった。彼はN大の夜間部を苦学して卒業してきたので、一通りの苦労は身に積んできたのに違いない。彼は部下の兵隊たちと、同じ次元の中に生き、戦いたいとする、素朴な理想に燃えているもののように思えた。したがって部下に対しては、まったくの温情主義で、絶対に手をあげるようなことはしない。死生を共にする立場として、全面的に部下を信頼するという態度だった。

これはしかし、統率者としてはやや感傷的に過ぎるのだが、その代わり、年次の古い、軍隊の階級制度の被害を若干なりとも受けている連中には、なかなか評判がよかった。かれらは、小隊長としての安野が、経験も浅く、大して頼りにならぬだろうことを、とっくに承知していた。そしてそれだけに、つとめて心がけて、彼のために役に立ってやろう、とする気風が暗黙のうちに内部に醸成《じょうせい》されていったのである。その点、兵隊は単純なものだったが、小隊長と特殊関係にあるぼくには、このことはたいへん有難かった。ぼくが安野と近づくことにおいて、もっとも懸念したのは、小隊長に対する不人気がもとで、ぼくと安野の関係への、警戒と猜疑《さいぎ》の眼が向けられはせぬかということだった。

ぼくらの部隊は、南京に兵団の司令部を置き、その周辺へ分駐した。連隊本部、大隊本部、中隊本部と、しだいに小さな町へ村へと散らばり、そこを基点として、場所によっては、数名の分屯隊まで派遣した。安野小隊は、揚子江の支流、清水河《せいすいが》沿いにあるS鎮という集落に、まとまって駐留した。ぼくらは下流の当塗《とうと》県から巡航船を利用して溯上《そじょう》したが、途中の集落にはまだ、ぼくらに警備地を申し送るために、祭兵団の兵隊たちが残っていた。かれらは当地をぼくらに譲り、ビルマに向かうことになっていた。

南京《ナンキン》から蕪湖《ぶこ》、蕪湖から当塗、当塗からS鎮へと溯《さかのぼ》ってくるあいだ、ぼくは中支那江南地方の水彩の情趣《じょうしゅ》が、予想にましてみごとなのに驚いた。風景は明るく快濶《かいかつ》だった。そこには凄惨な戦闘を連想させるものは何もなかった。清水河は薄濁りだが満々と水をたたえ、両岸は楡《にれ》や楊柳《ようりゅう》の木叢がつづいている。春なら唐詩の世界にあるように、鶯《うぐいす》が鳴くだろう。

巡航船には、船員のほかに警乗兵が二名乗っていて、船首には、いちおう軽機関銃が据えてある。ほとんど敵からの攻撃は受けたことがない、と警乗兵はいった。ぼくらは、申し分のない旅行気分を味わっていたが、はじめて外地にきた兵隊たちはやはり落ちつかず、ことに安野は、小隊長としての責任から、終始甲板の上で、双眼鏡に眼を当てていた。そんなときも彼は、ぼくを話し相手にして側においた。ぼくは、彼が風物を楽しんでいるのかと、はじめは思っていたが、そうではなく、すべて敵情の視察に尽きていた。

「おい。あれは便衣隊ではないか。銃を担いで歩いている」

彼は気負った眼をして、ぼくに双眼鏡を渡したりした。ぼくはいっとき、レンズが引き寄せる風景を楽しんだ。

「便衣隊じゃないですよ。あれは農夫が鍬《くわ》をかついでるんです」

「そうか。だが、油断はならんな」

彼は実に一分《いちぶ》の隙もない動作で、さかんに警戒をつづけた。そして、ときどき思い出したように、「いよいよ敵地だな。死ぬときは一緒に死のう」といった。この言葉はすでに内地を出てからの彼の口癖になっていたが、ぼくにはぐるりの明媚《めいび》を極めた風光は、些《いささ》かも死の予兆をもっているとはみえなかった。それは平穏な充溢《じゅういつ》と静かな息づかいのままに、いま一つの季節を終わろうとする自然の豊かさでしかなかった。水を巻き上げて船はかなり快速で進んでいたし、河幅は約五十メートル、かりに対岸から発砲されたとしても、ほとんど心配のない状態なのだ。

ぼくは傍《かたわ》らに誰かいると、上官と部下の態度で接したが、まったくの二人きりだと、彼を「お前」とか「安野」とか呼び棄てにした。そんなときぼくは、彼とさし対《むか》って昔の中学校の校庭にいるような、ごく密接した友情と安堵《あんど》をかんじた。もっと素直に、彼の感動についていってやるべきだと思った。ぼくは軍隊の階級制度には、多大の被害を受けてきた一人だったので、安野に対しては敬遠的な距離をとってやろうかと、ふっと考えることもあったが、考えるだけでやはりダメだった。

ぼくは中支那へ来てみて、実のところ、敵の少ないのに驚いた。S鎮はそれでも中隊では最前線の基地で、煉瓦《れんが》造りの兵舎も堅固だし、トーチカには野砲が一門据えてあった。ところで、ここへ着いた日の夜、意外な敵襲があった。夜更けに西北方の丘陵地帯の辺からさかんな銃声がきこえ、流弾がしきりに陣地の上を掠《かす》めた。

油断していたぼくらは相当にあわてて応戦したが、しばらく経つと銃声もやみ、敵の攻めてくる気配もなくなった。夜っぴてぼくらは陣地についたきりだったが、ぼくの隣にいた古い兵隊が、「友軍の銃声に似ていたな。どうもおかしい」といった。そういえば軽機の音も重かった。夜が明けると、S鎮を申し送ってゆくはずの祭部隊の一部が、どこからか帰ってきた。かれらはその日のうちに、兵務万端《ばんたん》を申し送って船で新しい任務地へ出発していった。しばらくあとにぼくらは、昨夜の夜襲はかれらの行為であったことを知ったし、実弾をもって交戦まで経験させてくれた思いやりのある置き土産《みやげ》に感心した。

もしかすると、そのようにして警備地を譲り渡してゆくのが、かれらのならわしであるのかもしれなかった。これも警備地が平穏でありすぎるための、特別の訓練だったのかもしれなかった。

たしかにぼくらはその後、ほとんど銃声というものを耳にしなかった。付近の粛清に歩いても、まったく敵影をみない。ぼくは、北支那では、一夜として銃声をきかない日はなかった。毎夜、山匪が下山してくるからである。

しかしここでは、河とクリークと畑地と水田ばかりで、西に低い丘陵があるだけだ。清郷工作の実績があがっていたというより、こうした見通しのよい、しかも足場の悪い場所では、敵の部隊はまとまって歩けるものではなかった。だが、まれには少数の便衣隊と遭遇した。はじめて敵と銃火をまじえたとき、ぼくは安野が、どういう指揮をとるかと、それに異常な関心をもった。そのとき、彼はおそろしく昂奮していたが、それは敵を攻めるためではなく、部下をすべて負傷させないための配慮からだった。戦闘馴れのした連中は、安野を無視して先へ進みたがったが、それが彼の気に入らなかった。丘陵の灌木林《かんぼくばやし》の遠くから、浮き足立って撃っているだけの敵で、少し押せば逃げ散ってしまうことはわかっていた。

「おれも、ずいぶん戦闘はやったが、敵を攻めて怒鳴《どな》られたのは、今度がはじめてだ。しかも安野の奴、軍刀を抜いて、命令をきかぬと斬るぞっていったのには度肝《どぎも》を抜かれたな。奴はあんまり夢中で怒鳴るもんだから、しまいに鼻提灯《ちょうちん》を出しやがった。鼻提灯だぜ。おれはそれをみたら、鉄砲撃つ気もなくなって、仕方がないから寝転んでたんだ。——しかし奴はいいところがある。この分だとおれたちは、絶対無事で満期だな」

あとで、古い兵隊たちはそういって笑った。かれらはよくぼくに、何かにつけて、「お前、安野にそういえ」などと冗談をいったが、それらはすべて、小隊長への親和感から発していた。つまり安野は、幸か不幸か、多くの統率者たちとまったく違った方法をとったために、逆に、小隊の気風を明るく収攬《しゅうらん》することに成功したのだった。幸か不幸か、といったのは、それゆえに彼は、また、思いもよらぬひどい罰則を受けることになったからである。

季節は春になっていた。ここらは土質の関係からか、河に棲《す》む魚は、ウナギやカジカの類も赤土色《あかつちいろ》をしている。兵舎の脇の洗い場の下で、そんな魚が非常によく釣れ、兵隊たちを楽しませた。安野も兵隊と一緒になって、よく魚を釣っていたが、その日、運わるく、陸路をトラックで視察にきた中隊長に、遊んでいるところをみつかったのである。

中隊本部は、同じ河筋《かわすじ》を十キロばかり下ったK鎮にあったが、毎日、有線通信で戦況の報告等をしていた。中隊長が視察に来たのは、そのときがはじめてだったが、それには理由があった。一つは、分屯個所《か》が多いため容易に回り切れなかったこと、もう一つは、中隊長自身が中隊本部の兵員を連れて、周辺の粛清討伐《しゅくせいとうばつ》に明け暮れていたためである。

この討伐はじつに徹底していて、戦闘への病的な執念に発しているものだった。中隊長は目に立つ功績を挙げたかったし、それによって自身の進級を急いでいたのである。この地区は不眠不休で駆け回っても、なにしろ敵影が薄いのだから、モーゼル拳銃一梃を鹵《ろ》獲《かく》するにも、骨身《ほねみ》を削る辛酸《しんさん》を重ねねばならない。事実ぼくらは、中隊長と一緒にトラックに便乗してきた中隊本部の兵隊たちをみたとき、これが同時に故山を発ってきた仲間だったのかと訝《いぶか》らざるを得ないほど、かれらはすさまじく陽に焼け、眼つきが鋭くなり、それでいてどこか憂鬱《ゆううつ》な殺伐《さつばつ》さを秘めていた。兵を怒らせておくことが戦闘の要諦《ようてい》だ、と中隊長は幹部に教えたことがあるそうだが、かれらの殺伐は、たしかに精悍《せいかん》な戦闘力には通じていた。

ぼくらが中隊長を迎えるための整列を終わるまで、中隊長は背を向けて河を見ていたし、本部の兵隊たちは、草地に小便をしたあと、まるで異種族をでもみるように冷たい眼をして、あわてふためいて整列する分屯隊を眺めていた。かれらは別に冷淡だったわけではなく、寧日《ねいじつ》ない酷使《こくし》のためにひどく不快らしく、感情が涸死《こし》しかけていたのだ。

ともかく分屯隊は整列を終え、中隊長に敬礼し、安野は異常の有無を報告したが、中隊長は答礼もせず口もきかず、並んだ分屯隊員を一人ずつ意地悪く睨《ね》め回し、それからぺっと唾を吐いた。

「この野郎ども。どいつをみても、生っ白い淫売女《いんばいおんな》みたいなくたびれた顔をしていやがる。ここにいる中隊本部の兵の顔色をみろ。これが兵隊なんだ」

中隊長は頑強な体躯の男で、それが軍刀の先を、ギリギリと地に喰い込ませ、安野に、前に出てこい、といった。安野は、なにぶん小柄だから、中隊長の前に立つと、まるで子供じみていたが、その緊張し切っている不動の姿勢へ、いきなり軍刀が飛んできた。肩先を殴られて、安野は一間《いっけん》ほど横へよろめいて転がり、ふたたび起き直って前に立つと、今度は立てつづけに、みていて、まったく気の毒なくらい平手打ちを食った。

ぼくが軍隊にいた限りの記憶においては、中隊の幹部というものは、みな統率者としての意識の下につながっていた。上級者は、ともかく同じ上級者としての立場の者へ、けっして人前《ひとまえ》で懲戒《ちょうかい》は加えなかった。しかしここでは違っていた。

「たまに来てみると、全員昼寝や魚釣りばかりやっておる。穀《ごく》つぶしの豚みてえに、ぶくぶく肥りやがって、それで物の用に立つか。分屯警備とは何か。ひまさえあれば足のつづく限り歩き回り、寸時《すんじ》も治安を犯させぬことだ。これからは貴様らにそれを、身にしみて分からせてやる」

ひどいやくざ口調だったが、中隊長が安野と共に兵舎に入り、安野だけが出てきて皆を解散させるまで、一時間の余も、ぼくらは整列したまま待っていた。

「安野は要領の悪い男だからな」と、そのあとで古い兵隊たちはいった。

世馴れた分屯隊長は、中隊長の許へ魚菜《ぎょさい》や紹興酒《しょうこうしゅ》をしょっちゅう運んでいるし、御機嫌奉《ほう》伺《し》も欠かさず、また自分から分屯隊へ中隊長を招待し、その際は必ず女を用意している。このような生命の危険度の少ない土地では、特別な生き方が要求されてくるのだが、安野にはその才覚のあるはずはなかった。彼は部下たちとともに、駘蕩《たいとう》たる風物に酔うことを愛したのだ。

兵舎の対岸は、石造建築の町並みが、少しばかり河沿いに並んでいた。蛋民船《タンミンせん》が幾艘《いくそう》か、もやってある。対岸へは兵舎から木橋が渡っていて、その中心部は、警戒と、マストの高い船を通すために、取りはずし出来るようになっていた。

その日の夕方、さすがにしょんぼりした背をみせて、安野はひとりで橋の上に立ち、川波を眺めていた。ぼくは彼を慰めたい気で一緒に並んだが、声は掛けなかった。

「こんなものなのかな。おれにはわからんのだ。お前の経験ではどうだ？」

しばらくして安野がきいてきた。

「中隊本部の連中が、帰りにつくづくとこぼしていたよ。おれたちからみると、奴らこそ死んだ眼をしている。奴らはこの分屯隊がひどく羨ましかったらしいな。無理はないと思ったんだ」

「そうか。それはよくわかる」

彼は、ぼくの慰め方で、だいぶ気をよくしたが、しかし自身の痛手を回復するためにも、怠慢《たいまん》の償《つぐな》いをするためにも、まったく憂鬱な方法をとることを余儀なくされたらしかった。

「明日からはひどいぞ。毎日出掛ける」

彼は笑ってそういったが、その表情の中にぼくは、中学校の校庭にいた安野の貌《かお》だけをみた。毫末《ごうまつ》も階級的権力の危機感を有しない、一個の親しい人間同士としての眼をみた。安野はその日のことについては、分屯隊員にはひとことも苦情めいたことはいわなかった。日夕《にっせき》点呼のとき、

「皆に迷惑をかけてすまん。中隊命令で皆の顔色を中隊本部の兵隊みたいに陽に焼かねばならん。それで、休んでいるときも、なるべく陽に当たるようにしてくれ」と冗談までいった。

「奴は思ったより人間ができてる」と、古い兵隊たちは、また改めて安野をほめたものだったが、その代わり、翌日から、やたらに出歩くことばかりがつづいた。

いつか暗黙のうちに、「安野に男を上げさせてやろう」とする気風が分屯隊に漲《みなぎ》りはじめた。たとえ宝探しをするようにしてでも敵を求め、鹵獲《ろかく》兵器の量によって、中隊長の鼻をあ

かしてやろう、と考えはじめたのだ。しかしこれも、つまりは中隊長の術中に陥ちたということである。

ぼくが舟の上で眠りながら水に落ちたのは、こうした苦しい掃蕩《そうとう》の日課のつづいている間の出来事だった。とある夜、上流八キロばかりの小村に便衣隊が集まっている、という情報のもとにぼくらは出発した。


季節は晩春から初夏へ向かっていた。

ぼくらは討伐のとき、行程《こうてい》の一部か大部分を、かならず舟便《ふなびん》に頼った。いたるところクリークが張りめぐらされているので、陸路だけだと大迂回をしなければならないことも多かったのだ。ことに夜間、静粛に機敏に行動するには、舟便の利用がもっとも役立った。

その夜、ぼくらは対岸へ渡り、半キロ歩いたクリークの起点から、小舟に便乗して出発した。

舟は底の浅い、一列に六、七人乗れるもので、船頭《せんどう》が竿《さお》で漕ぐ。ぼくらはしばらく夜の討伐をしていなかったが、舟が水の上をすべり出すと間もなく、水面に無数の螢が飛び交《か》うているのをみて驚いた。もちろん、螢は兵舎からみえる清水河のほとりにもたくさんいた。しかし流れも波もなく、ひっそりと澄みさだまっている、クリークの闇に、ほとんど信じられぬほども密集している螢の群れをみると、さすがに妖艶《ようえん》な鬼気を感じたほどだった。

舟の進むにつれて、螢はぼくらの額や唇にぶつかって流れすぎる。行けども行けども螢火の国で、それらは水の底にも映《うつ》り乱れ、眠たく甘い幻覚の中をさ迷っている気がした。回り灯籠《どうろう》のなかを、一緒に回っているような情感だ。未明に敵と遭遇するかもしれぬという実感など遙かに遠のき、嫋々《じょうじょう》として沸《わ》き立ち、幻々として立ち迷う螢火の中で、ぼくらはしたたかに酔わされる気がした。いまだかつてぼくは、これほどみごとな螢の集団をみたことがなかった。

クリークを幾曲がりかしてゆくうちに、ふっとその螢火たちは遠のいた。するとふしぎなことに、それからはまったく螢の影をみない区域がつづいた。特殊の棲息《せいそく》条件があるのだろう。

舟と舟は、異常の有無を懐中電灯で合図した。クリークの角毎《かどごと》に、先頭の舟にいて、大きく光の輪を振る安野の懐中電灯が、彼の緊張した身のこなしや眼元を、ぼくに感じさせた。実のところ、いかに力んで歩き回っても、使い古しの小銃さえ、ぼくらは鹵獲《ろかく》していなかった。こうも敵がいなくてはとてもやりきれない、という滑稽な慨嘆《がいたん》が、つねにぼくらの口癖になっていた。もっとも、真実、敵がいないわけではなく、かれらは逃げ場がないために、その出没の行動が、すさまじく軽快であっただけだ。

その夜も、せっかくの期待にかかわらず、夜明け前に舟を下りて、二手に分かれて機敏に敵地を包囲したが、村は静かな眠りに就《つ》いているだけで、どう捜《さが》し回ってみても、便衣の嫌疑者一人捕え得なかった。敵は、夜のうちにとっくに逃げ散っていた。部隊の仕入れる密偵の情報は、どこでもたいがい、敵の逃げたあとに届くのが多かった。責任を果たし、かつ漢《かん》奸《かん》の罪にも問われまいとする、かれらの悧巧な自衛の方法なのかもしれない。それでも情報にはかならず出向くという、いたちごっこのようなことが繰り返されていたわけだ。

夜が明けると、村道に沿って長々とつづくクリークに、家鴨《あひる》たちが楽しげに遊びに出てきた。ぼくらは休憩して朝食を摂《と》り、舟を乗りすてた地点まで引き返した。船頭たちは、草の上で、居眠りをしながら待っていた。舟底に溜まった水を汲み出し、舟に乗り込むと、あとは船頭任《まか》せに、のどかな船旅のまま分屯地へ着けるはずだった。もし事故さえ生じなければ快適のコースだった。

一つのクリークから別のクリークへ移動するときは、舟を降りて、みんなで舟を堤防へ引きずり上げては越えるのである。小舟だから便利にできていた。二つ三つクリークを渡り継《つ》ぐと、幅十メートルほどのかなり大きなクリークへ出て、あとはそのまま別コースで分屯地の近くまで達する。

陽が高くのぼり、微風《そよかぜ》が頬を掠《かす》め、兵隊たちはほとんど、それぞれの姿勢でうつうつと仮《か》眠《みん》していたようだ。昨夜の不眠の労《つか》れが出ていた。

ぼくは前から三番目の舟の最後尾に乗っていたが、惹《ひ》き込まれるように眠くなり、眠ることは差し支えないにしても擲弾筒が大事なので、負革《おいかわ》用の小仲間《こちゆうげん》（麻縄）を足に絡《から》ませておいた。なぜそうしたのか、あとで考えてもよく分からない。ともかく肌身につけていたかったのだろう。それと、もう一ついけなかったことは、ぼくは艫《とも》にいたために、船底に深く坐り込まず、船尾の高くなったところに腰をかけていたことである。

青みどろの水面に藻《も》が伸び出て揺れている。その上を、舟はすべるように進んでいた。ぼくは確かに眠り込んでいた。とつぜんぼくは、何かの激しい力をでも受けたように、自身が一回転するのを感じたが、そのときは、すでに意識は水中に在《あ》って、きわめて微《かす》かに素速《すばや》く(沈んでゆく!)という感覚が全身にひらめいた。

それもしかし瞬秒の間のことで、次には本能的に全力で水を掻《か》き、すると一種の機械仕掛けのような具合に、すいっとからだが浮いて来、浮いてみると、実にふしぎなタイミングで、次の舟のふなばたが、まったくぼくを迎えるように、ぼくの眼の前に来ていた。ぼくはそれにつかまって匍《は》いあがると、その舟はどういうわけか、艫には人が腰かけていなかった。それでぼくは、さきにそうしていたように同じ姿勢でそこに腰かけたのだが、自分の衣服が水に濡れている以外には、なんの変化もないもののような錯覚がしばらくつづいた。

つまりぼくは、睡眠中の突如の衝撃のために、正確な現実がしばらく戻らず、むしろ水に落ちる以前の意識の方が、五感の上に濃く残っていたほどである。

それに水を飲んだ記憶もなく、また同舟の兵隊も、そして、後からくる舟の連中も、事故があったことなど、まったく知らぬげに無表情だったのだ。

ぼくは、のちに考えてみて、ぼくが非常にうまい工合に水に落ちて、次に匍いあがりしたため、舟の中で眠り込んでいた兵隊たちは、出来事に実感が湧かなかったのではないかと思う。このために、あとでぼくの落下地点をさがすのに難渋《なんじゅう》することになった。

クリークが深いので船頭は櫓《ろ》を使い、櫓の軋《きし》る音だけが、ぎっぎっとしばらくぼくの耳に在った。ぼくは何となく衣服の水をしぼったりしていたが、舟が大分行ってから（どの位行ったかも分からなかったのは、やはりぼくが忘我《ぼうが》の裡《うち》に在ったためだろう）ふっと、足に絡《から》めておいた擲弾筒のことが気になり出した。別段、足にきつく結びつけたはずではないし、間違いなく前の舟の舟底に在るはずだと、自分に教えるように信じ込ませたが、疑念がしきりに犇いあがってきて、とうとう前の舟へ連絡した。

前の舟は漕ぐのをやめて、ぼくのいる舟を待ち、追いつくと、筒《とう》は、この舟にはない、と答えてきた。そのときはじめて、ぼくは、茫漠とした白昼夢《はくちゅうむ》から覚めた想いで、胸の一角が崩れ落ちるほどの戦慄《せんりつ》をかんじた。

一瞬、水を、藻をたたえて渺漫《びょうまん》とつづいている水を、息を呑む恐ろしさで見渡したのである。この水に落ちた兵器は、もう絶対にみつからない、という確信のようなものが、はっきりと頭に来た。

事態が逓伝《ていでん》されたので、先頭の舟から、水の上に弧を描いて逆戻りしてきた安野は、ぼくの報告を怪訝《けげん》な顔をしてきいた。信じられなかったのだろう。

しかし、それが間違いなく事故だとのみこむと、「どこだ？　どこでだ？」と、舷へ身を乗り出して問いつめてきた。事故の場所については、ぼくは朧《おぼ》ろ気《げ》にさえ記憶がなかった。ぼんやりと、自身の虚脱《きょだつ》を縫ってきた舟の速力だけを測ってみたが、クリークの一番近い曲がり角の、手前だったか先だったかさえ分からない。分かっていることはただ、水の感触と、茫《ぼう》と煙る、ぐるりの風色の緑だけなのだ。

「弱ったな。思い出せるといいんだが……」

安野は案外に静かで落ちついていた。小銃一梃紛失しても、あの中隊長だったら理由をつけて銃殺さえし兼ねない。事故が大きすぎるため、漠然とした当惑だけがあって、事件の重大性への実感に到達しきっていないのではないか。

ところで、おかしなことにぼく自身は、安野よりもさらに落ちついていたようなのだ。それは、もう駄目だ、という放棄感《ほうきかん》と、いったん放棄したのだから、それはそれで、成り行きに一応任せればいい、という淡い未練とにつながっていたからである。それと、こうなった以上、もはや誰かに助けてもらう以外に、まったく方途がないという、奇妙な解放感のためだった。

いちばんいけなかったのは、兵隊たちがほとんど眠っていたことなのだ。ぼくの顛落《てんらく》個所を、あとにつづいていた舟の者さえ、はっきり指摘できない。船頭は、だいぶおいぼれているし、もともと、ワレ関セズの思想だし、頼りにならない。雲を掴むような状態だが、そのくせ気の早い連中は、舟の上で裸になりかけていた。

「思い出せんか、何とか思い出せんか」

一種子供をあやすような、妙ないたわりをこめて、安野は何度もきいてきた。彼は船頭の竿をとって、ぶすぶすと水底へ突き立ててみたりしている。竿の手許まで水のくるほどの深さだ。かりに竿だけで水底をさぐり回ったとしても、果たして効果があるだろうか。ぼくは、記憶にないことを想い出そうとする苦しみを、身にしみて味わった。

「たしか、あの辺じゃ、なかったかな」

あとの舟にいた一人が、自信なげだったが、ともかくそういってうしろを指さした。みなの気が、かすかに蘇《よみがえ》ったようになり、いっせいに舟を漕がした。

「よし、この辺をさぐってみよう」

安野は舷から竿を突き立て、ほかの舟の者もそうする。もし事故が重大なものでなかったら、それは楽しい遊戯を意味していた。ぼくは事故の張本人でいながら、その遊戯の圏外《けんがい》にいた。何もせずぼんやりみていたのだ。そしてぼくはそのとき、安野がぼくをいたわるために懸命になっていること、さらにその安野を中心として、仲間が実によくまとまった雰囲気を醸成《じょうせい》していることを知ったのだ。
二、三人、裸になっていたが、ひとりが飛び込んだ。波紋の揺れ定まってゆく数瞬の不安のあと、思ったより早く顔をのぞかせて、
「いかん、いかん、藻がひどくてとても沈めたもんじゃない」と、呆れた顔で舟にあがってきた。

ほかの舟で、付近の農家から、投網《とあみ》をもった土民を連れてきて、さかんに打たせていたようだが、やはり水藻の密生に妨げられて、効果はあがらないらしかった。

ようやく真剣な当惑が、みんなの表情にあらわれてきた。安野は、やはり丹念に竿で水底をさぐりながら、

「たしかにここか？　ゆっくりでいいから思い出してくれ」

——思い出してさえくれたら、という周囲の視線に、ぼくは灼《や》かれる想いでいた。淡い、きわめて淡い記憶だが、ぼくは案外に長い時間を、放心のまま舟の上にゆられていたようだ、と思い出した。そしてそのとき、さらにおぼろげな記憶だが、「何かの黄色いもの」が脳裡を掠《かす》めるのを知った。それが何かは分からない。ただ、夢中で舟に匍いあがった瞬間に、ぼくが見た、というより皮膚に感じたものだ。ぼくはじつは、騒ぎの圏外にいるようでいて、記憶と覚醒《かくせい》の拷問《ごうもん》にかけられていた。その苦痛の底でやっとさぐりえたのが、その「黄色いもの」だったのだ。

ぼくの言葉を、まばたきもせずきいていた安野は、「よし、とにかく、ゆっくり舟を戻せ」といった。ただ無表情にひろがる水の上を、舟は当途《あてど》ない望みのままに進んだ。百メートルばかり進んだ岸に、一叢《ひとむら》のアヤメが咲いていた。黄色い花がいくつかまじっている。

「ここだ。この辺だ。あの黄色い花をみたような気がする」

ぼくはそういったが、いわば最後の祈りのようなものだった。もうこれでダメなら仕方がない、という純粋な悲しみの情がまじった。さいわい藻は少なかった。安野は舟を横にして、並んだ連中みなで、シラミつぶしに、水底をつついてみることを提案した。漁師《りょうし》のカレイ突きのようなものだ。何本かの竿は、ぐるりの期待の視線をあつめながら、根気よく少しずつ水底を進んだ。

「や、何かあるぞ。何か、固いものがある」

ふいに、ひとりが叫んで安野をみた。

「あったか？　ほんとか？」

「はっきりは分からない、が、たしかに固いものがあります」

尚もたしかめ突つきつづけているそのとき、水に突き刺している竿の手許のあたりに、うっすらと油が、あの擲弾筒に塗りこめてあるスピンドル油が、水の上に虹を描き出してきたのだった。

「お、油だ」

「よォし」

裸の兵隊が、舟を近づけてきた。水に突き立てている竿を頼りに、みるまに彼は沈んだ。息をつめてみまもっている視野に、やがて、半ば水底の泥をかぶった擲弾筒がさしあげられ、兵隊の顔が水面へ出て笑った。安堵のさざなみが揺れひろがった。あたりは明るい笑い声で賑《にぎ》わった。

「よく思い出してくれたな。助かった。まったくいのちの縮《ちぢ》む思いがしたな」

ぼくは、そういってぼくをみつめてきたときの安野の、友情のほかなんの他意もない視線を未だに忘れることができない。それから水草にまじって咲いていた黄色いアヤメの花もだ。さらに、分屯地へ帰って以後も、ぼくの犯《おか》した事故については、何一つ触れなかった安野の思いやりについてもだ。そしてもう一つは、あの裸の兵隊だ。かれは擲弾筒をみつけ出して、ひどく快濶になっていた。彼のあがった舟に、やたら投網を打ったための思いがけない収穫である、幾尾かの鱒《ます》が転がっていた。尺前後もある奴だ。筒をさがしている間は、厄介ものみたいに舟底に抛《ほう》ってあったのだが、彼は一尾をとりあげると、「小隊長殿に敬礼」といって、その鱒で捧げ銃《つつ》の恰好をしてみせたのである。彼は安野についてぼくに、何かといいち批評するくせのあった男なのだ。名も覚えていない。ただ、鱒で捧げ銃をした、剽軽《ひょうきん》な恰好だけがいまも眼に在る——。

そのことがあって間もなく、安野は漢口辺の飛行隊付の通信班に転属していった。結局、部隊を追い出されたという形になったのだ。

それきりぼくは安野とは逢っていない。分屯地を発つとき、安野はひとりで、兵隊の操縦するヤンマー船に乗り、清水河をゆっくりと下っていった。河の曲がり角で、人の形が小さくなってしまうまで、彼はこちらを向いて、少年のように手を振りつづけていた——。

水の上

李白の墓は安徽《あんき》省当塗《とうと》県にある。

彼は晩年一瓢《いっぴょう》の酒を抱いて諸方を遍歴したが、このあたりの風色を特に愛したもののようである。

天門中断えて楚江開く
碧水東に流れて北に至って回る

と詠《よ》んでいるのをみても分かるが、まことにこの付近の風景は、江南に於いても、特にみるべき生彩に富んでいるといえよう。樹も水も、のびのびと明るい弾力に満ち、春秋はことさらに穹《そら》が澄む。

両岸の青山相対して出で
孤帆一片日辺より来る

と続くこの天門山の詩は、李白が宣城から金陵（南京）に下る舟中《しゅうちゅう》の遠望であるが、黄濁《こうだく》した水が渺漫《びょうまん》とつづく揚子江の支流清水河のほとりに立てば、いまも昔のごとく、ひとびとは上り下りの帆船の往来をみることができる。旅を行く李白の面影《おもかげ》を、孤帆の上に髣髴《ほうふつ》してみることもできる。歴史というものは、風景のなかに、もっとも美しい生命を持続しているようである。

今次事変中、南京周辺警備の分駐部隊は、清水河の要港である当塗県はもちろん、宣城、広徳の辺までも拡がっていた。もとよりこの地区は、網の目のように張りめぐらされたクリーク地帯だから、部隊相互の連絡も、ほとんどは舟便による習わしになっていた。小さいクリークは、底の浅い扁舟《へんしゅう》で漕ぐが、往来の客の多い河には、巡航船が用意されていた。たとえば当塗県付近であるが、車站《しゃたん》（鉄道駅）のある当塗を起点として、巡航船が出ている。船は通常二名の警乗兵を乗せて、朝方出港し、正午頃高淳《こうじゅん》県に寄港し、そこからまた沿岸の小警備隊をめぐり、連絡や郵便物の受け渡しをやりながら、夕景まで溯《さかのぼ》って、最前線の分屯地水陽鎮に着くのである。ここで一泊。翌朝発って、また当塗へ帰ってくる。

ぐるりの景色がのどかなせいもあるだろうが、どこにもある古びたポンポン蒸汽が、輪を吐いて歌いながら航行するさまは、いささかユーモラスな眺めでもあった。沿岸警備の兵隊たちの心も、それによって随分と慰められたものである。

さて、当塗発の巡航船が、途中、立ち寄って行く大きな町といえば高淳県だけであるが、警乗兵の話では、ここにはH中隊の中隊本部もあるのに、住民の志操《しそう》が固いためか、それとも軍への反感からか、まったく私娼《ししょう》というものをみかけないという。

また、軍派遣の女たちも、男の数が知れていては商売にもならぬから、わざわざこんな辺《へん》鄙《び》なところへは寄り付いてこない。その故かどうか、巡航船が港に着く度に、郵便物を受け取りにくる波止場衛兵の兵隊たちも、いつもなにやら浮かぬ表情をしているかにみえる、ということであった。

ところが、ある日のことである。その高淳県へ出掛けるという女が、当塗港から巡航船に乗り込んできた。一見して、南京か蕪湖かの慰安婦であることは、そのみなりと、それとなく女の肌が醸《かも》し出す匂いからも察しられた。警乗兵には職務上馴らされたカンがあって、乗客の種類をすぐに識別するが、慰安婦でもなくては、単身、高淳県へなど旅するはずもなかったのだ。

その日の警乗当番であった須田は、船が出港しはじめると、早速に船室の側に行って訊ねたのであった。女は素直に、「高淳まで行く」と答えたきりで、理由をきいても、少し笑ってなにも言わなかったのである。が、余計なお世話よ、といった冷たいかんじを受けなかったのは、女の旅の目的が、そういやな仕事に関係していなかったからだろう。

船室といっても、吹けば飛ぶような蒸気船のことだから、甲板の上にただ囲《かこ》いがついて、壁際が木の長椅子になっている、というだけのものに過ぎない。乗客もまた（日によっていくらか違うこともあるが）大概はぽつんぽつんと、用も無げな老百姓どもが半分居眠りをしている風景で、なんのために船が巡航しているのか、分からぬくらいに思える時もある。

その日もそうだった。女は、職業柄にしては慎《つつ》ましく、膝にキチンと手を置いて、窓から半身乗り出して話しかけている須田に、しばらくしてたずねた。

「高淳にはいつごろ着くの？」

「そうさな。この調子だと——昼をちょっと過ぎた頃には着く」

ざッざッと、船首が水を掻き上げている音と、ポンポン輪を吐いている親しみ馴れた響きの中に、船の速度を習慣的にさぐりあてる経験が、何度かの警乗勤務のうちに出来上がっているのである。

「蕪湖か？　君のいたところは」

「うん。その前は南京。その前は——済南」

その前は、朝鮮の小さな港町——と、心のなかでは呟いていたのかもしれない。

「みんな同じように南下してくるのは、なにかの動物の習性みたいだな」

女は黙っていた。

それにしても、と、須田は考えてみる。なんの用事だろう高淳県に？　まさかに、ひとりで稼ぎにゆくつもりでもないとすると、おたがい目的の察しはつきそうである。こちらから口をきかないかぎり黙っていそうだったから、しばらく水の音を聴き澄ましたあと、

「人に逢いに行くのだろう？　あそこには、一個中隊いる。しかし、三分の二は、分屯地へ分散している」

はじめて気のついたふうに振り返って、

「遠いところに？」

「行ってみれば、連絡はつくさ」

「あんた、あの隊のこと知っている？」

眼が縋《すが》ってくるので、須田は、そのとき女の視線の奥にちらつくものに、ふと気押された。じっとみていると、割に涼しい眼をしている。服装はといえば、足首のところですぼんだズボンのようなものを穿《は》いて、どことなし子供っぽいところもみえる。いくつだろう？　女であればとかく肉情的な吟味にばかり捉われてしまうのだが、気軽な船旅に在るためだろうか、いまはともかく、心に余裕をかんじる。それに女の厭味のない、どこか引き緊まっているようすが、須田の視線を救ってくれるのである。この女は深く男を恋うているから、よごれたなりに純化してみえるのだろう、と須田は、いささか悟ったふうに想いやってみる。

高淳の隊のことについては、須田はあまりよく知らなかったが、中隊本部の位置や、分屯隊の出されている場所、とくにこの巡航船の立ち寄って行くところなら、多少の記憶はあった。

話しているうちに、窓を乗り越えて船室に入りこんだが、それは警乗兵の身軽さであり、また、女の底にひそかに燃えている形のみえない美しさが、ふいと須田の心を惹《ひ》いたからであったろう。

もっともその間に二度ばかり、これも同じに乗り込んでいる警乗兵の屋島の顔が船室を覗いたが、この男は哲学者だから、俗事には容喙《ようかい》しないことになっている。その代わり船が終点につき一泊する間、食事の運搬から床《とこ》をとるまで、万事雑役を須田が受け持ってやらねばならないのである。ところが、哲学者にしては気の利いた話であるが、二度目には、窓から、黙ってサイダーを二本のぞけた。

須田はその一本を木椅子の角で手早く器用にあけ、女に差し出した。

「まァ飲めよ、仲間のこころざしだ」

「すみません」女は、面白くもなさそうな顔で、さっさと船首の方へ去って行く屋島を、眼で追う風情《ふぜい》で礼をいった。

「あいつは、面白い男なんだ。気にすることはない」と須田はいい、船首に据えたチェッコ機銃の側で、ごろんと腹匍っているに違いない屋島の、いつもなにを考え込んでいるのか、物憂《ものう》そうな眼と、それでいて肉付きのいい体格を想いうかべている。酒を飲むと奇怪な議論を風発するが、そのほかは起きたまま眠ってるような感じの男だ。

中支那は秋が長い。泡を吹くサイダーを、一口飲んで、壜《びん》を透かすと、河向こうのパッと眼を射る鮮緑《せんりょく》が、サイダーの泡と一緒に噴き上がっている。なにか爽快なおもいである。ぼつぼつながら、そこはまた女の弱さで、なんのために高淳へ行くかの目的も、どうやら話しはじめるのを、須田はへんに身近に感じてならなかった。なにか知らぬが一肌《ひとはだ》ぬいでやりたい、という気がしている。濁流ではあるが、ここは水趣《すいしゅ》ゆたかな船の上、ぐるりはみごとな水彩の立樹《たちき》や穹《そら》ばかりで、町で馴染《なじ》んだ兵隊に逢いに行くという女の、切なる願いを聴《き》くにしては、まことによく調和した風景というべきであったのだ。

ありふれた男との情事のいきさつを、一通り話してから女はいう。

「いちどどうしても逢いたい。なんだか気になって仕方がないものだから――」

悪く隠しだてもせず、気取りもせず、はじまると直ぐ、あけすけになって行くところがいい。

「田室という、おれと同郷の奴が、たしかいま中隊本部付でいるはずだ。面倒のいい男だから、頼めば悪いようにはしないだろう。船が着いたら、おれが手配をしてやるよ」

そういって須田が、窓から、はっしと空壜を投げたのは、そこまで親切にしようとする自分に、やはり、ちょっとだが面映《おもはゆ》いものもあったのだろう。壜はざぶッと飛沫をあげる前に、それより迅《はや》く船の速力が視野をかくした。

「うれしいわ」という唇を噛むほどな口調が、平凡だが、女らしい可憐さを伝えた。

女は改まっていった。

「こないだ、防衛隊勤務の交代に来た人が、手紙をことづかってきてくれたんです。読めないので読んでもらったけれど、いろいろ心配なことが書いてあった。あんたも読んでくれる?」

いったん頼りだすと、こうした女たちは、けっして相手を疑おうとしない。裏切られて行くほど、かえって逆に人への傾倒《けいとう》を深めて行くのだろうか。

好奇心のなかに多少の愍《あわ》れみもまじったが、大事に仕舞ってきたらしい手紙を受け取って読んでゆくと、なるほど、女が気に病むのも無理はない。文面もととのっていず、情愛を述べるよりも、現実への暗い憤《いきどお》りの方が多く記されている。ペン先のはじけたような字だが、直情な男らしく思えた。

読み終えて、しばらく考えて、須田は手紙を女に返した。巡航船勤務をすると人が良くなる、と哲学者の屋島はよくいうが、須田は、女に対する同情が、素直に湧いてくるのをおぼえた。

「あんたの隊でも、身体の弱い兵隊はいじめられる?」

須田は苦笑する。いぎたなく複雑している階級の世界が、商売女のくせにまだ分かっていないらしいとは、どういうことだろうか。返事のしようもない。

「今度はおれがサイダーを稼いで来よう」

立ち上がって、船室を出ただけで、ひどくあたりが明るく感じられる。が、まだ手紙のことは頭にあった。切実に女に愬《うった》えている文面から察しても、この兵隊が、すでにかなり救いのない状態にいることは察しられる。病名までは書いてない。が、自《おの》ずと死期をさとっているかにも思えるそれとない迫真性が、たどたどしいながら素朴に、文字の底に光っていた――。

高淳の警備隊長は堤中尉だが、大体この連隊は補充隊のせいか碌《ろく》な将校がいない。彼にしてもが、非情なほど冷酷な容貌から推してみても、もしこの手紙の兵隊がいうよう、女との経緯《けいい》がもとで中隊に呼び戻されているのだとしたら、どっちみち、ろくなことはあるまい。あいつに抵抗しきるのは、ちょっと骨だろう。――まして病身であっては。

「おい。サイダー、両個《リャンコ》」

指を出して、舵手室の脇にいた船内苦力《クーリー》の陳にいうと、「噯呀《アイヤ》、没砲子《メイファーズ》」と、しごく大袈裟《おおげさ》に眼を剥《む》いて手を振った。このぶんではどうやら、その後も哲学者がひとりで、だいぶ徴発したらしく、被害は、船内備え付けの老酒《ラオチユウ》にまで及んでいるのかもしれない。もっとも当塗から積み出した商品の抜け荷をするのだから、直接、陳に影響のあるわけはない。二、三本、煙草をやると、ぶすぶす文句をいいながらも、機関室の側の倉庫へ入っていった。

甲板の、形ばかりの柵に身を寄せて、ちらと、須田は船室にいる女の方へ眼をやってみる。うしろ姿が一部分しか見えないが、対岸にあてどなく眼を投げているらしい女のひとみのなかに、彼女がどれほどにかもとめているはずの、男の面影の写されているのが、ここにいても、ありありと分かるようだ。すると理由もない愛憐《あいりん》の想いが湧いて来、ざッざッと砕ける波の音が、鮮やかな涼しさで肌をとりまくのを覚えてきた。

女のこともあったので、高淳では、少し手間どったが、船はその日の夕刻に最前線の港へ着いている。一泊。翌る朝出て、正午過ぎにまた高淳へ寄港したが、波止場で船を待っている幾人かの人影のなかに、昨日の女のまじっているのを、須田は船首にいて、めざとくみつけた。

船が着くと、岸に、板一枚の桟橋《さんばし》を渡すが、女は沈んだ顔で一番先に乗り込んできた。面倒のいい田室が一緒についてきている。

「早いな。逢えたのか？」

どこか取りつく島もない女にはいいかねて、須田は田室を迎えながらきいた。

「姑娘《クーニャン》には気の毒したよ。せっかく来てくれたのになあ」

それから声を小さくして、

「おれたちには眼の毒だったよ。あの味を思い出した」

目的の男は一週間ほど前に病死している、と田室はいった。日射病で、心臓が弱かったから持たなかったのだ、といったが、その言辞《げんじ》の裏に、明らかに別な意味を匂わせている。で、舷でぼんやり対岸を見ていた女が、船室の方へ行ったのを見澄ますと、

「マラリアを併発していて、発作のない日に引っ張り出されたんだ。討伐の途中で発熱して、呆気《あっけ》なくコロリだった。腐れ廟《びょう》の廂《ひさし》をぶち壊して燃やしてやった。女に遺骨をやろうかといったが、だいぶ考えていて、要らないといったよ。で、奴の戦闘帽をやった」

悲惨さと同時に、妙な可笑《おか》し味《み》を須田はかんじた。田室の、ちょっと剽軽《ひょうきん》な口調の故もあったし、女が、船室で戦闘帽をかぶっていやしないか、といった想像が脳裡を掠《かす》めていったからだ。いずれにしろ誰しもが、兵隊としての立場の、屈従《くつじゅう》に馴れてしまっていることは確かだ。須田はすぐその寂しさを感じた。

水陽鎮から高淳からとで、珍しく十人ほどの客が乗船している。みながみな網の袋に日用品や束にした剥《む》き出しの儲備券《ちょび》（当時の通貨）などを包み込んで、船室も賑やかだ。船が出てしばらくは、須田も、なにやら人目に気押されるものを感じて、女の許を訪れて行けなかった。

が、次第に気になってきて、船内見回りの恰好で出かけて行き、来るときと、まったく同じ窓際にいる女に、窓からさし覗いて声をかけた。

「君の名前を、まだきいていなかったな」

別に慰めるふうでもなく、所在なさそうな口調だった。どっちみちゆきずりの縁だという想いがあって、口もきかずにいたのだが、こうでも言わねば、ちょっと話のきっかけが見当たらない。女は、しんとして俯向《うつむ》いていたからである。

「いろいろお世話かけました」と、女は思ったより元気らしく振り向くと、

「名前――カネダ、ハルコ」

そのままの眼を、じっと見上げる。意味もなく、少し笑いかけてくるようだったが、須田もわずかに寂しげに笑ってみせ、

「仕方のないことだったな。――仕方がないんだ」

あとは半分独《ひと》り言《ごと》になって、水陽鎮で貰ってきたチェンメン（煙草の名）をすすめた。水陽鎮は、蛋民《タンミン》船の検問所を兼ねているから、通行税がわりの物資が豊富なのだ。

よごれた板壁に力なく凭《もた》れて、その煙草を喫みはじめた女と別れると、須田はそのあと船

首で、哲学者の屋島と並んで腰を下ろしていた。風景はちっとも変わらないようでいて、ふいと気がつくと、やはり刻々新しい視野を展《ひら》いている。

「女のことが、気になるようだな」と、哲学者はいったが、冗談のつもりか皮肉なのか、顔色を見ても、分からない。

「うむ。おれはお前ほど考えることを持たんのだ」

須田も、ぶっきらぼうに答える。

「おれだって考えてやしない。忘却の思考なんだ」

また始めやがった、といったふうに滑稽《こっけい》に首をかしげて見せる須田に、屋島もさすがに苦笑した。須田も笑いながら、心はまた女のことを考えている。

これといって、ひどく落胆しているようにも、暗い翳《かげ》を身に負うているようにも、女のあの動作からは受け取れない。さまざまな不遇と荒寥《こうりょう》の中を生きている女には、表面の変化も見られはしないだろう。が、妙なところで、とつぜん、驚くほども取り乱してしまう脆《もろ》さが、たしかにあの女のなかにもいま目覚めているはずだ、と思うのである。なるべくはその痛手に触れることを避けて、しかもなんとか、生涯の幾時間かを擦《し》れ違った、この他生《たしょう》の縁に報いてやりたいものだ（つまり菩提心《ぼだいしん》だな）と、そんなふうに強いて距離を置いて考えてみるのだった。

須田が女と身近に話しはじめたのは、話し相手もない船室での鬱屈をもてあまし、女の方から船首へやって来、哲学者をまぜた三人が、船首があげる飛沫をかすかに浴びながら、並んで話し出したときからである。もちろん、哲学者はのんびり雲の姿など見ていたが、それでいて奇妙に頼み甲斐《がい》のありそうな感じを抱かせるところに、この男もまた誤って軍隊に来ている、という証明が如実《にょじつ》に見えているのだ。

「ここ、景色いいわね」

「洪水のときが一番面白い。氾濫する水に呑み残された竹藪のてっぺんが、水草みたいに揺れてるんだ」などと、しばらくはとりとめのない会話の後、親しみの深まった口調で女がいうのである。

「あんた。須田さん。毎日、この船に乗っている？」

「毎日ではない。波止場の分哨に出た者の中から、二人宛《ずつ》交代に乗る。しかし、大概、船を志願する奴はきまっているんだ」

「なぜ？」

「分哨に残っていると、夜、うまく脱け出して遊びに行くことができるんでネ。こういう（顎で示して）哲学者みたいな男でないと、なかなか船に乗りたがらないのだ。船は退屈だからな」

「あんたも哲学者？」

屋島の方をも、ちらと見て、ふッとこぼれるほど笑ってみせる睫毛《まつげ》が濃く、それが表情を引き立たせてみえる横顔が、ごく微かだが、須田の欲情を誘ってきた。

「おれは君のような女を慰めてやって、うまく行けば何とかしてやろう、という気があって船に乗っているのサ。水でも見ていないとたまらないからナ。二十八だよ、おれは。五年軍隊にいる」

「あたしも、二年いる」

「二年？——。だいぶ男を救ったわけだナ」と、珍しく哲学者が、軽い口をきいた。ほっと、驚いた眼になって女は屋島を見る。それきりで彼はむっつりとしているのだが、彼のその言葉で、急に気の置けぬ想いがしてきたのだろう、女は須田に、

「あたし。もうどうせ助からない気持だもの、当途で商売しようかと思うの」

「いい、だろうな」

「ほんとに、いいと思う？」

「いいさ。どこか、景色のよくみえる場所に、男の骨を埋めてやれ」

「——そうか。骨、貰ってくるんだった」

が、すぐ言葉を改めて、

「でも、いいや。死んじゃ、景色も分からない」

「うん。分かるまい」と、この合の手は屋島である。ちゃんときいてはいるらしいのだ。

少し間を置いてから女は、言葉のもつ意味とは逆に、やや沈んだ口調になっていった。

「今夜はあたし、来るとき泊まった、十字路の角の、新民客桟《きやくさん》と書いてある旅館にとまる。——あんた、来ない？」

須田は黙って、ときどき波が、びっくりするほどはね上がるのをみつめている。漠然と

（行くだろう）と思っているが、返事はしたくないのである。荒涼としたものが、女の胸をとりかこんでいるのも分かる。誰でもいい、それを虚脱《きょだつ》の底にうけとめなくては、ちょっと独《ひと》りの時間を扱いかねる、そんな習慣を身につけた女になってしまっているのだろう。それも分かる気がする。が、分からない気もする。

午後の陽がまぶしく、船のぐるりの、波のまにまに遍照《へんしょう》し、その水の上で、あるとしもないいのちどもが、かげろうのようにもつれあってみたり、離れてみたり、しているのだ。それは非常に寂しいことのようであり、また、波紋の行方《ゆくえ》をみまもってでもいるような、いいがたい懐かしさのようでもある。案外、おれの方が屋島よりも哲学者かもしれない、と彼の方を覗きみると、物憂げに両手を首のうしろに組んで、舵手室の壁に凭《もた》れている彼は、嘘かまことか、うつらうつらとしていた。

「あっ！　スッポン」と、ふいに叫んで、女が指さした。プカリと、首を濁流の上にのぞけ、しばらく船足《ふなあし》に遅れながらも見えていたが、また、藻屑《もくず》のように沈んでしまった。ときどき天気を見に、水底から浮き上がってくるのである。この水の上を旅しているひとりの平凡な悲劇の女が、いくらか眼をまるくして、まだ、スッポンの消えたあたりに眼をやっているのを、今度はふと新鮮に心をゆさぶられる想いで、須田はみつめている。

（人間は単に生きているというだけでも、悪いもんじゃないらしいな）と、須田は思ってみる。つまらないことのようでもあり、なにか新しく発見した言葉のようでもある。

当塗県に行けば、笊《ざる》に入れたスッポンを、一匹百元で売っている。笊に飼われていても、スッポンは矢張り笊の肌に手をかけて、あきもせず一心に、天気をみるような眼をして匍いまわっている。その光景が須田の瞼によみがえった。そうしてそのことと、なんのつながりがあるのかまでは考えきらず、彼は次第に女に心を惹かれて行く自分を、心の隅に生あたたかく感じとっていた——。

氾《はん》濫《らん》

部隊では水牛を放し飼いにしていた。小さな丘に囲まれた盆地のいちばん底に、部隊の糧《りょう》秣《まつ》班《はん》が置かれていて、兵舎は丘の斜面を利用して階段状に建てられている。その丘の頂上へ昇ると眼の下に揚《よう》子《す》江《こう》が見え、白い腹をした汽船や、岸壁に集まるジャンクの群れが望見される。

そのころの軍隊では、およそお話にならないような出来の悪いのまで赤紙一枚で引っ張られてきたものだが、軍隊というところは、どんな人間にでも、結構《けっこう》使い道をみつけるものである。

たとえば糧秣班にいる兵隊たちの分担業務にしても、Aは揚水場と呼ばれるぽつんと建った一軒家に寝泊まりして、終日、水揚げ機械のベルトの回転にだけ留意していればよいのである。朝、機械に油をさし、夕方、機械の掃除をするだけで、日中は、機械さえ恙《つつが》なく回っていれば、自分はただ遊んでいればよいのである。

Bは正午過ぎると部隊浴場を沸かすボイラーの係だが、ボイラー場で石炭を焚きながら、講談を読む眼をときどき上げて、蒸気の目盛りを数えるゲージグラスを調べるだけでよい。三十分に一回、湯の温度を調べるだけが仕事で、石炭の運搬も浴場の掃除も、炊事場専用の苦力たちにやらせればすむことである。

Cは将校用の特別惣菜を一日作っていて、自分も仲間と一緒に相伴していればよいのだし、Dは年中ごろごろしているようだが、豚や牛を屠殺《とさつ》するときには重要な人材である。もちろん、なかにはずいぶん役に立つ兵隊たちもまじるわけだが、この炊事場で、いちばん楽なポストにいたのが家畜係の野島という男だった。

大体この野島という男は、馬鹿か悧巧《りこう》か分からない茫洋《ぼうよう》とした掴み難い風貌なのだが、軍隊は物事を単純に解釈するから、たぶん奴は馬鹿だろうということで、せいぜい糧秣班の家畜係としての価値しか認めなかったわけである。

野島も結構《けっこう》それを喜んでいるふうで、いちにち豚や牛と遊んでいる。天性動物の好きな男らしく、骨の折れる仕事も、苦力《クーリー》任せにせず自分でせっせとやっていることがあった。家畜小屋の中で、ひとり働いているその姿勢には、人間的に、どことなく充実感をもった印象をみせたが、それでいて人がくると意味の分からない苦笑をして、「こんなことをしてるんじゃ、豚の連隊に入隊したようなもんだよ」とこぼしてみせた。

兵隊という職業（?）は、あらゆる素質が、カーキ色一色に統一され、塗りつぶされてしまうから、そのなかで個性を光らせるには、特別の努力と才能と機会とを必要とする。その代わりに、個性を押し殺すつもりなら、それも案外容易に出来ることであって、なにかこれという事件でもない限り、なかなか本性は現われ難いものである。

野島はひまがあると、水牛の背に乗って盆地のぐるりの傾斜面についた小径《こみち》を、ゆっくりと歩き回るのが好きである。全部で十二頭いる水牛たちは、よく彼に馴染《なじ》んでいて、彼の乗った水牛を先頭にして、他の十一頭が一列になってついて行く。それでいて水牛がまったく家畜化しているかというとそうではなく、なかには、かなり露骨に野性をみせるのもまじっていて、こいつらと運悪く道のまん中でぱったり出合うと、どうかしてまっすぐ突っ込んできて、兵隊をいきなり大きな角《つの》にかけて抛《ほう》り上げることがある。怪我をしなければそれまでだが、怪我をすると医務室から苦情が出て、その水牛はたいがい殺され、兵隊たちの食膳に回ることになる。

とくに困るのは発情期である。その時期になると雌《めす》の水牛は目立って獰猛《ねいもう》になり、部隊会報で、水牛に近づくな、という訓示が出るほどだが、水牛が脱柵して逃げ出すのも、たいていはこの時期の出来事である。夕方、野島は水牛の員数《いんずう》を調べて柵の中に追い込み、それで一日の業務が終わるわけだが、発情している水牛のなかには、どうかすると、夜間に柵を押し破り、丘をのぼって有刺鉄線の囲みを押し切って逃亡してしまうのがいる。それも大方は、翌日、付近の村民がつかまえてもってくるが（尻に烙印《らくいん》がしてあるので）時には遠方へ逸散《いっさん》して、捜索に数日を要することもあった。

これはそんなときの話だが、やはり夜間に水牛が一頭逃亡し、翌日附近を捜索したが、皆《かい》目《もく》行方が分からず、つぎの日には、糧秣班の捜索隊を編成して、さらに遠方を調査したが、まったく手掛かりがない。ひょっとすると、土民たちが故意に盗み去って、ひそかに屠殺したのではないか、という疑いが濃厚になってきた。

そうなると、水牛一頭の損失はともかく、部隊の威信にも関することになる。という見解で、事件は単に糧秣班だけの問題としては納まりきれず、もし密殺しているとすれば、その関係者を摘発して処罰せよ、という命令が本部から出た。

それで一個分隊の捜索隊が、新たに編成されたのだが、このなかに、糧秣班から野島が加わっている。彼はともかく水牛の顔を見ただけでも、それを識別することができるはずだからである。

部隊は分屯警備を任務としていたので、本部を中心として四方の重要地点に中隊を配置し、中隊はそこを基点として小隊を分散し、小隊はさらに分隊を配備して、網の目のような警備区域を構成している。もちろんこの警備網の全部に、部隊烙印《らくいん》を押した水牛の調査を命令したのだが、これは敵情捜索とは勝手が違うとみえて、なかなか情報が集まらなかった。

水牛捜索分隊の分隊長を命ぜられた板中伍長は、くだらぬ任務で骨を折らされることに不満をもって、係の監視が悪いからだといって、編成当時、野島をだいぶ嚇《おどか》したものだった。

だが、いざ捜索がはじまってみると、これは実に得難い任務であることが分かってきた。というのは、よしんば捜索が失敗に終わっても、さしたる不名誉ではないし、しかも捜索中は、捜索を名義として、警備地区内のどこへでも出掛けてゆく権利があり、出先の地区では、本隊にいるよりも遙かに面白い出来事に出合うからである。

駐屯地内を捜索しているときは、飯時《めしどき》には料理店で一杯景気づけることもできるし、自動車隊の援助を得て遠方へ出かけたりすると、小さな分屯隊の世話で一泊したりすることもある。こんな分屯隊では料理も家庭的で、いちいちジャガイモの皮をむいて細かく切って味噌汁に入れたりして、荒っぽい本部糧秣班のカレーライスや、ごった煮の雑集菜とは趣が違っている。板中はむろん、分隊員の全部が、なるべく遅く水牛が発見されればよいと願うようになってきたのは当然である。

「もし水牛がみつかっても、在場所《ありばしょ》をちゃんと抑えといて、二日三日報告を遅らせることにしよう。すればその二、三日が程は、枕を高くして大いびきで怠けられるという寸法だ。どうだ、賛成か？」

と、S鎮へ向かうトラックの上で、板中伍長がいったとき、一同は大喜びで賛成したものである。それは水牛が逃亡してから一週間以上も経ってからだったのだが、S鎮から本部へ情報が入り、付近の農家でそれらしい水牛をみかけた者がある――といってきた。それは部隊本部からはもっとも遠くにある、揚子江の支流清水河沿いの分屯地である。そのような遠くに水牛が運ばれるということはちょっと考えられなかったが、情報としてははじめてのものだったので、至急に自動車隊に連絡してトラックを出して貰ったわけである。

しかし、S鎮へ来てみると、どうも思ったほどの情報ではない。何かの報告をせぬと怠慢と思われはせぬか、という含みもあって分屯隊長のしたことらしく、それがまったくの捏造《ねつぞう》としても、誰の責任になるものでもない。

分屯地では、週に一、二度、付近の治安工作に出動する任務が与えられているが、その際、ことのついでに川向こうの集落で土民をつかまえてきいてみたところ、数日前、水牛を曳いた見馴れぬ男がひとり、この集落を通過していった――と聞かされたのである。はなはだ漠然とした手掛かりだが、疑えば疑うに足る手掛かりでもあり、どっちみち宝さがしのような任務だし、せっかく来たのだから当たってみようではないか、と、板中伍長も決心して、S鎮へ着いた翌日に清水河を渡って捜索に向かった。

警備地区の前線とはいいながらも、ここらは、全支那を通じてもっとも治安の行き届いている地区で、まれに新四軍の一隊が出没するほかは、ほとんど戦闘というものがない。分屯以来、一度も銃声を聞いたことのない兵隊がたくさんいるほどだ。だから兵隊相互の間では、女っ気《け》のない点だけを我慢すれば、分屯勤務ほど楽なものはない、という常識が成立していたのである。

上流に降雨があったとみえて、清水河は平常よりも増水していたが、土民に舟を出させて渡った。河幅は百メートルほどもある。元来が水の多い土地で、いたるところにクリークが張りめぐらされ、新緑のころで、樹の影が涼しく水の中に揺れさだまり、それをたまに掻《か》きみだして鵞鳥《がちょう》の列がつづいてくる。

どこかで犬や山羊《やぎ》が鳴き、挽臼《ひきうす》の音がゆっくり聞こえる水車場がところどころにある。水際にあやめが咲き、とにかく申し分のない遠足気分で、捜索隊は、のんびりと付近をさぐり歩いた。が、およそ支那人くらい、いい加減な人間も珍しく、人を違えて訊く度に、いうことが変わっている。

　結局のところ、水牛はたしかにこの土地へ来たのではないか——という推測は動かなかったが、それ以上はなんの成果もなく、丸一日を徒労に遣《つか》い、二日目の午後になって、諦めて帰隊しようということになり、河の近くまで引き返して休憩した。

　事件の発端はそのときに起こったのだが、休憩しているとき、分隊員の一人が、退屈しのぎに、畑中の井戸の屋根にとまっている土鳩に向けて、発砲したのである。百メートルほどしか離れていなかったが、鳩には当たらなかった。鳩はすぐに飛び立ったのだが、すると、その直後、井戸のずっと向こうの藁屋根の集落から、いきなりこちらに向けて、発砲してくる銃声がしたのである。

　農家の前庭で、のんびり休憩していた一隊は、キュンキュンと風を切って壁を射《い》ぬいてくる突然の銃声に驚いた。まさか敵とは思えなかったからである。ここらの貧しい集落は、粗末な土壁と藁葺屋根の建物だが、少しましな集落には、煉瓦を積んだ建物もある。かれらはとっさに物蔭に散らばって応戦をはじめたのだが、敵は、こちらを少数と知っていて、少しもたじろぐ気配がなかった。

　板中伍長は応戦の指揮をとりながら、銃声がS鎮へとどくかどうかを判断したが、かなり強い風が逆方向に吹いているし、自信がなかった。応戦しながら渡河して帰隊するのが分別《ふんべつ》と考えて、桑畑や耕地の蔭を逃げのびながら、ようやく河畔に達したのだが、達してみてさらに驚くことに出合った。

というのは、上流ではかなり降雨があり、あるいは現在もつづいているらしく、河の水は僅かの間におびただしく増水して、川中の小島にある竹藪などはたっぷり水に浸り、竹の葉末が女の髪のように波に揉《も》まれている。

混濁した流れは無表情に渦巻き、土民の扁舟をもってしては、とうてい渡り切れぬことがはっきりと読めたからである。

そこではじめて板中は、無警戒に深入りしていることに気がついた。

「奴らは、河が氾濫して逃げきれぬことを知っているから、けっして追撃の手をゆるめまい。土民は全部かれらに味方するとなると、水牛どころじゃないぞ。とにかく応戦するよりほかはない。風が変われば銃声で連絡できるかもしれない」

野戦の経験のある板中伍長だから、それほどあわてもしなかったが、とにかく手近な集落へ引き返して、一軒の、眺望のいい煉瓦造りの農家に立てこもることにした。まさに背水の陣である。糧食は心配なかったが弾薬が乏しかった。小銃のほかは軽機一梃しかないのである。

先ほどの銃声の判断では、敵は二、三十名とみたが、こちらが弱いとなると便衣が協力して次第に勢力を増してくることは眼にみえている。

困ったことには、この地区には舟便に頼るので橋がない。よしんばあったとしても流されている。部隊に連絡できれば、工兵隊の援助で鉄舟を出して貰うこともできるが、連絡するには銃声がとどかぬかぎり方法のとりようがない。

　こうなると意地悪く吹きつづいている風に腹が立って、板中伍長は農家の蔭から、しきりに揺れる樹木の枝を眺めてばかりいた。敵はその後、執拗《しつよう》には撃ってこなかった。確実に勝てる自信をもって態勢をととのえているに違いない。

　しばらく経ってから、ふいに、四方から敵は撃ってきた。いっとき応戦すると静まる。また撃ってくる。三、四度交戦しているうちに日没近くになってきたが、倖《さいわ》いに負傷者はまだ出ていない。分隊長以下九名である。九名いれば弾丸のある限りめったに攻め込んでも来まい、と板中は考えている。

「新四軍て奴は、代表的に弱い部隊だから、ビクビクすることはないんだ」と、幾分強がってもみえる調子でいい渡してから、板中は土間の隅の壊れ椅子に腰をかけて、一服吸いつけていた。

　そのとき、のっそりと表から野島が入ってきたのである。野島は板中の前に立つと銃を杖にして身を支え（それはちょっと揶揄《からか》っている様子にもうけとれたが）静かにいった。

「分隊長。自分を連絡に行かせてくれますか」

　最初板中は、野島が戦闘に恐怖心を起こし、現場を逃げたがっているのかと、思ったほどである。つまり、それほど彼は野島をそれまで軽視していたわけなのだ。この、水牛と大した変わりもないようなのんびりした男は、行軍中も、いちばん後に遅れて、くたびれた恰好をしてついてきたものだった。足が弱いのかと思ったが、そのくせ休憩時にも、たいていは腰を下ろさず、そこらを見物してばかりいた。

「連絡できればいいが、どうする?」と、板中は問い返す。

「河を泳いで行きます。舟だと眼につくし、それに、あまり昏《く》れきらぬうちがいいのです。暗いと骨が折れますから」

「お前が泳いでゆくのか?」

「そうです」

「泳げるか? ひどい濁流だぞ」

「さっき見たときはあぶないかな? という気もしましたが、心配ないと思います」

「泳ぎはうまいのか?」

「うまいです」

野島は丸顔のいわゆる童顔だが、そのとき非常に屈託《くったく》のない明るい笑い方をした。板中の心に溶け込むように、にこっとしたのである。はじめて板中は野島を見直す眼になり、と同時に、多少皮肉な反撥心も湧いてきた。

「それじゃァ行ってくれ」

「すぐ行きます」

ちら、と戸外の模様をみてから、野島はさっさと支度をしはじめた。軍衣袴を全部脱ぎ、襦袢も袴下もまるめると、自分の小銃と板中の拳銃を交換してもらい、それを要領よく肩から斜めに結びつけた。それで装備を終わった。

その間に板中は表へ出て、野島が泳いで連絡に行く、早ければ明日の朝、救援がくるだろう、それまで頑張るんだと分隊員にいって回ったが、このことは士気にだいぶ好影響をもたらした。切迫した事態の故か、誰も野島の任務の可能を疑わず、逆に板中同様、野島を見直す眼になったものである。

新緑の季節は昏れかけてからも、ずいぶん間がある。河までは百メートルもない。野島は身軽な姿勢で、藪の根や木陰を縫うようにして、じきに見えなくなった。

救援隊が到着したのは翌日の昼前である。風はまだやんでいなかった。工兵隊の手はかりずに、清水河を航行している華中汽船の持船を利用して、二個小隊の討伐隊が編成されてきたのである。

もちろん野島もまじっていた。包囲されていた水牛捜索分隊は、二名の負傷者を出していたが、その他は分隊長以下健在で、大切に使ったとみえて、まだ相当の弾薬を残していた。すべては野島の功績に帰したわけだが、討伐隊が分散して付近の掃蕩《そうとう》に当たっている間、水牛捜索隊ははじめて休養がとれたのである。さすがにぐったりして木蔭に転がっている板中のそばへ、あの濁流を泳ぎ切ったとは思えない、意外に元気な野島が近づいてきて、「分隊長、疲れついでに、ちょっとつきあってくれませんか」と誘った。板中はすぐに頷《うなず》いて野島のあとについた。

道々、野島の話したことだが、今度の新四軍の攻撃については、この付近の村民が全部協力している。これから村長を探し出し、脅《おど》して水牛一頭をもらって来よう、というのである。

奇妙に頭の働く奴だ、と板中は内心驚いたが、この計画は実に簡単に成果を生んで、討伐隊が帰って来ない間に、河べりの農家へは一頭の水牛が届いたのである。むろん野島の吟味で、逃亡した水牛につとめてよく似た骨格のものを選んできたのだが、板中が、

「これを部隊から逃亡した水牛ということにするわけか?」ときくと、そのときも素朴に笑って、

「そうです。ちょっと見たところ、分かりゃしません」と、わけもなく答えた。

「烙印《らくいん》はどうする?」

「誰も調べやしませんよ。員数《いんずう》さえ間にあえば、それですむのが軍隊じゃないですか」

板中は腹の底で、結局これは自分の功績になることか、と妙な感慨をおぼえた。

討伐隊は日暮れ前に帰ってきた。逃げ足の早い新四軍であってみれば、もともと追うすべもなかったのだが、ともかく責任は果たしたし、それで全員無事に帰隊することになったのである。水牛を汽船に乗せるのに、えらく骨折ったほかには、なんの問題も残らなかった。濁流を泳ぎ切って捜索分隊の急を救った野島の功績は、平穏無事な駐屯警備連隊にとっては、なかなかに目立つことだった。使いものにならぬとして本部糧秣へ野島を抛り出していた中隊からは、勤務の期限も来たし進級の都合もあるから原隊へ返してほしい――と本部へ申し込んできた。

糧秣委員の矢坂准尉は、野島の意向をたしかめてみるつもりで、事務室を出て探しに行ったが、相かわらず水牛の背にのって小径を回っていた野島は、水牛の背にへばりつくように

したままで、道のまん中で待っている准尉のところへやってきた。水牛の背にいる虱《しらみ》をとってやっていたのである。

野島は准尉から意向をきかれると、

「自分は家畜係でいいです。中隊にはしっかりした兵隊がいくらもいますし、自分が帰らなくてもやってゆけるはずです」といった。

そのいい方は、きき方によっては、ずいぶん皮肉だが、野島は朴訥《ぼくとつ》な（くわしくいえば朴訥を装った）口調で答えたのである。

野島は中隊に帰らずに糧秣の家畜係にとどまった。彼は千葉の海岸町で育った男で、実をいえばあの濁流を泳ぎ切ることくらいは、はじめからさしたる難事ではなかったらしいのである。それをわざわざ黙って引き返し、いったん防戦して日没を待ってのちに板中にそのことをいい出したのには、万事によほどの血のめぐりのよさがあったのではあるまいか。分隊長板中伍長が、漠然と、そのことに気づくには、清水河の氾濫が終わって、すっかり元の河《かわ》相《そう》を呈するに至るまでの、日数を要したほどである。

鵜《う》を撃つ

密偵の嫌疑《けんぎ》で、分屯地へ引っ張ってきた男を刺し殺してから、幾日目かになっていた。炊事の責任を預かっている関係で、小暮《こぐれ》は誰よりも早く起きる。仕事にかかる前に、今日はどうかな？と思い、するとやはり出掛けてみねば気がすまなくなってきた。

他の者にたのんで置いて出掛けることにした。刺殺の現場は、分屯地兵舎の裏を流れている河に沿って百メートル上がり、そこから緩《ゆる》い傾斜をもっている堤防を越えると、そこにまたクリークの水が見えるが、そのクリーク沿いの雑草の生い茂った空地である。ここは、いわば捕虜の墓地のようなもので、一人ずつ殺された奴は、みな小さな土饅頭となって並んでいる。古いのは雑草にかくされてしまっていた。

小暮は、朝靄《あさもや》のしっとり下りている空地を横切ってクリークのほとりに出てみた。どうかすると、そいつは、物を考えているような振りで、新しい土饅頭の上にとまっていることもあったが、その日は静かな波の上に、水輪を描きながら浮いていた。

小暮はそれをみつめ、片手をさしのべて、招くような素振りを示してみた。それは一羽の鵜《う》であった。鵜はこちらをみたままで、ぐるりと半円を描くような泳ぎ方で近づいてきたが、いくらかの距離を置いて、ヒタと止まると、明らかに警戒しているらしい姿勢をみせて、けっして近づいてはこなかった。もしこれが、餌を与える必要のある生き物であったなら、も少し何とかなるだろうが、と、毎朝のことだが、そのときも小暮は残念に思ったことである。

ここで殺された男が、果たして密偵であったかどうかということの証明をなし得るのは、あるいはこの一羽の鵜だけかもしれないのだ。けれども、なにを問うすべも、ここには残されていない。そしてまた小暮が、人間と鵜との距離を縮めようと考えている現在の理由は、いまさら男の無実を証明してもらおうという必要からでもない。ただ、ひとつの漠然とした親近感——もしかすると、死んだ男がこの世の誰かに継承したかった、自分のもっとも愛する生きものへの心残り——それを、自分がいま引きついでやっているのかもしれない、という想いも、いくらかはまじっていたのである。

その分屯地は、南京周辺警備の一環を受け持っていたのだから、けっして治安の悪い土地ではなかった。清郷工作も着々と進んでいて、少数の新四軍が、便衣に変装して渡り歩いているほかには、ほとんど敵から攻撃をうける心配もなかったのである。

軍関係の密偵たちは、ほとんど毎日のように、分屯地へ情報を提供してきたが、その情報を本隊と打ち合わせて、確度甲乙を決め、確度甲の場合は大概は討伐隊を編成して、現場へ向かうのが分屯隊の常識になっていたのである。

無数のクリークが縦横に交錯《こうさく》している地帯だから、討伐は水路を利用して行なわれたが、まず敵と交戦することは珍しかった。

だがときに、予想よりも優勢な敵の待ち伏せをくって、不利な水の上を銃撃されて若干の負傷者でも出したりすると、討伐隊の出動とその径路が、待機している敵に洩れたのではないか、という疑念が起こってくる。そしてまた、敵が逸早《いちはや》く遁走する理由も、討伐隊の行動が速《すみ》やかに内通されるからに違いない、という推定が生まれてくる。従って当然、分屯隊の周囲、または内部に、敵との密接な連絡をもつ誰かが存在していることは確実だ、と思えてくるのである。

男は、分屯地に一番近い集落に住む孫《そん》という農民だったが、年齢はよく分からなかった。よほどの老人か乃至《ないし》若い者でない限り、かれらの年齢は推察に困ることがしばしばある。いずれをみても同じように労働と粗食による皺《しわ》と、陽焼けをした黒い顔をしているのだ。

孫を捕えたのは、分屯地付の密偵の告発によるものだが、隊長である滝中尉が、孫の逮捕を即決したのは次の事情からである。

第一に孫は、この付近には珍しく鵜飼《うか》いによる漁《りよう》をしている。鵜はたった一羽だが、それは孫の漕ぐ舟の舳《みよし》にとまって、水の上を至極のんびりした風情《ふぜい》で漂っていることが多かった。分屯隊員は討伐の出がけなどによく、孫の舟をみかけることがあったが、彼は分屯地のごく近くまでクリークを漕ぎ上《のぼ》ってくることがあり、鵜を珍しがる兵隊と口をきいたりしている関係もあるから、部隊の動向は他の一般の農民よりも詳しいということ。

それから今一つは、隊長滝中尉の人間性に基づいていることだが、この男は、生来、殺伐《さつばつ》で神経の鈍《にぶ》いところがあり、加うるに分屯地の警備成績の向上を不断に計算しているから、敵の密偵を捕えて殺すことも、ひとつの重要な業績であると、それを、事の調査よりも成果を主眼として考えているからである。

事実、それまでに、確たる証拠なくして殺された捕虜は五指に余っていた。ただ孫の場合は、彼の身辺に妙な景物がついて回ったから、他のときよりも兵隊たちの心に、変わった印象を与えることになったのである。

一個分隊が、その集落へ孫を捕えにいったとき、彼は庭で網をつくろっていた。同伴の通訳から事情をきくと、一瞬蒼ざめて身を慄《ふる》わせて否定をしたが、すぐに諦める眼になったのは、分屯隊長についての風評を、彼もまたよく知っていたからであろう。もしかするとそのとき彼は、まったく根拠もない災難を、もはやこれはいいのがれる術《すべ》もあるまいし、いいのがれの脈もあるまいと、見極めをつけたのかもしれなかった。分隊と同行するとき、彼は自分の飼っている鶉を連れてきた。鶉は孫の肩にとまって一緒にゆられてきたのである。

早速に孫を調べてみることになったのだが、いかにも農民らしい朴訥《ぼくとつ》な態度で、その答え方も相手の心証をよくするばかりである。膝に抱いた鶉の毛並みを撫でながら、しょぼしょぼした眼をして、自分が平和な生業《なりわい》を愛して生きていることを、しきりに述べている。このときになって兵隊たちは、孫が鶉を連れてきたのは、調べればすぐ帰してくれるだろう、という気易さがあったからではないだろうか、と思い直したのである。それで皆の気持が自然に孫への同情に傾いていったのだが、結果としてそれは孫の立場を、かえって不利に導くことになったのだ。

下士官と通訳が、調査の委細を隊長に報告に行ったとき、隊長は、自室で蓄音器をかけて遊んでいた。以前に兵隊の一人が病死をしてその埋骨《まいこつ》のとき、やはり彼は自室で蓄音器をかけていて、一歩も外に出なかったことがある。それは、兵隊は怒らせて置くに限る、という彼の所論の実践であったのかもしれない。事実この分屯地の兵隊は、他とくらべて行軍も戦闘力も秀れているという定評があったのだ。そして皮肉なことに、この分屯地の兵隊は、たしかに他よりも殺伐で憤《いきどお》り易い気質を植えつけられていたのだった。

隊長は、野戦馴れのした、いい体格をしていた。非常に鋭い眼をしている。彼は部下の報告をどう解釈したのか、夕方、自分で調べるから衛兵所の柱に縛って置け、といいつけた。

夕方、彼はやってくると、軍刀を抜いてその尖で男の股をズブズブ刺しながら、出血が衣服を浸してゆくのも構わず、罪の自白を迫った。つまり普通訊問の場合の最後にとる手段を、彼は最初から行なったわけである。

五分間で孫は自分の罪状を認めた。人間と人間が対決する場合、一方が絶対的な権力と殺伐な手段を行使すれば、他の一方は事の理非を超えて完全に屈服する——という事実を、それを目撃していた兵隊たちは一種不気味な惧《おそ》れをもって認めたのである。しかし、それもまた隊長の強兵の策の一つだったかもしれない。それならば農民一人くらいの生命は、ごく安いものでしかなかったのだ。

薄暮時になって孫を殺すことになった。クリークに近い空地の一ヵ所を掘って、そのこちら側へ孫を向こうむきに坐らせた。相手がこっちを向いていると、兵隊がさすがに動揺して刺さないのと、もう一つは死体の処理にひまがかかるからだ。

穴に面して坐らせれば、後ろから駈けてきて一突き刺し、刺すと同時に剣を抜くと、その拍子に、恰《あたか》も精巧なゼンマイ仕掛けでもしてあるもののように、相手の身体は穴の空間で見事に一回転して、うまい具合に穴の底へのめり込むわけである。ゴゴゴゴとしきりに血を吐くが、そのまま上から土をかけてしまう。そうして孫も、そのようにして、この世から抹殺されたのである。

兵隊の埋骨式のときは欠席しても、捕虜を殺すときになると、隊長は先に立って指揮をした。さいわいなことに隊長は、孫の連れていた鵜に気がつかなかった。もし気づいていれば、これも一緒に殺して埋めてやれ、という菩提心《ぼだいしん》を起こしたかもしれなかったろう。

小暮は、孫の拷問されている間、彼のぐるりをうろついていた鵜を、素速《すばや》くつかまえて抱いていたのである。それから炊事場へ連れてきて隠した。

孫の処刑の際は、また鵜を抱いて空地へついてきた。孫が非業の死を遂げるのを、ふと彼は、抱いている鵜と同じ立場で眺めているような気がした。問題は残された鵜をどう始末するかということだったが、隊長が帰ったあと、現場に残っていた兵隊たちの相談で、とにかく孫の家まで届けてやろうという者と、ここで放して、鵜の自由意志に任したがよいだろう、という者と二つに分かれた。暗くなってきたので、結局その場へ鵜を放したわけである。

翌る朝、小暮は気になるので孫の殺された場処へ行ってみた。鵜は見えなかった。餌《えさ》は無数にあるのだし別に心配もあるまい、と考えて帰りかけたとき、かなり離れた水際で、いま水から上がったらしいのが、わさわさと羽をひろげて水を振り落としているのがみえた。かれは小暮の姿の近づくのを認めて、水を潜《くぐ》って逃げのび、かなりの距離をとってから、相手の敵性の有無を識別しようとしたのかもしれなかった。

よくは分からなかったが、小暮はしばらくの間たたずんで、鵜の方をみていた。明らかに鵜は怯《おび》えている。からかうふうに手をさしのべたり、口笛を吹いたりしてみたが、もちろんなんの反応《はんのう》もあるわけはなかった。

そのときから、毎朝、鵜の状態を見にゆくのが、小暮の日課になったのである。それはなんの意味もないことであると同時に、裏を返すと重大な意味をもっていることのようにも思われた。

というのは、日が重なるにつれて、鵜の小暮を惧《おそ》れる程度が、減少してくるのが分かってきたからだ。そして、さらにこの話を、小暮がもっとも親しくしている堀に話したときの会話で、堀に対する自分の同調を認めたことからである。

堀はS大を中退している男だったが、幹候を志願していなかった。本来なら、それでもかなり優遇されるべきだったのが、原隊であまり名誉でない病気で一ヵ月入院したため、兵隊としては絶対に浮かばれぬ立場に落とされていたのである。それを気にする男でもなかったが、その堀が、小暮の鵜の話をきいてひどく興味をもった。

「お前が鵜に惹かれるのは、鵜を媒体として、自分の置かれている現実に抵抗しているんだ。別に滝個人に対する問題じゃないと思うが、少なくともここにいるかぎり、おれたちはあいつの圧力に窒息させられてしまっている。精神的にはおれたちもまた、穴に埋められてしまっているわけだ。おれたちは要するに亡霊《ぼうれい》みたいなもんだな。まだしも鵜の方が、よほど新鮮な呼吸をしているじゃないか」

そうかもしれない、と小暮は思った。そして堀の言葉を、他の者に告げていったとしたら、おそらく大部分の者は共鳴するだろう。すると隊長に反撥しようとする気風が、微妙に底流となって分屯隊員のなかを流れるだろう。しかし、もしそれが洩れたとしたら――？　穴の中へ、くるりと一回転して落ち込んでゆく自身の姿がちらと脳裡《のうり》にみえ、小暮はかすかな戦《せん》慄《りつ》をかんじた。

堀はまた、気弱に笑っていった。

「なにしろここにいたんじゃ、彼我入りみだれる混戦なんてものには、いつまでもめぐり合えそうにないからな。そういう状態に恵まれれば、ちっとは息ができる。場合によっては、滝がどさくさのなかで死ぬか殺されるか、しないとも限らないし――」

なんとかならないか、と悪くあがいているものを、小暮もまた堀と同じにかんじている。そうしてそれに眼をつぶろうとする想いも、同じ比重で、胸にある。堀のいうように、亡霊になるのを免れるたった一つの方法は、自分を棄てて隊長の分身になろうとつとめることしかない。捕虜を殺すとき信用を得ようと思って、先を争って銃剣を立てて飛び出してくる連中のようにである。

恨みも、恨む根拠も、何もない捕虜を背後から刺殺する人間と、こうして鵜を手なづけようとしている人間との間に置かれた距離を、この現実のなかで結ぶのに、いったいどういう方法が残されているのだろうか——と、そんなことを小暮は、しみじみ考えざるを得なかったのである。

あとで分かったことだが、殺された孫に家族はなく、彼は鵜をだけ相手として暮らしていたのである。すると残された鵜の姿は、いっそう哀切の翳《かげ》を深めた。小暮は毎朝鵜を見に行く度に、ああいう事件さえなかったら、鵜はもっと素直に人を信じて馴染《なじ》んできただろう、と思いながらも、鵜を見る楽しみの度が濃くなってゆくのをかんじた。

鵜が自分の訪れを待っているような気さえする。よく馴染むようになったら、自分の手で飼ってやろう、と彼は計画したりもしていたのである。それは隊長へのひそかないやがらせのためではなく、もっと明るい意味を持ちはじめていた。

小暮が出て行って呼ぶと、かなり近くまで鵜は泳ぎ寄ってくるようになっていた。分屯地のぐるりを動哨《どうしょう》している一人が、ある朝一緒についてきて、いくらかは驚いた様子で、

「飼うつもりなのか？　捕まえて食うつもりなのか？」と、きいたことがある。

「飼って、ひまなとき魚を捕るつもりだ。そうでもしないと楽しみがなさすぎるからな」と、

小暮は冗談のようにいった。

しかしそのときは、それがもとで、じきに思いがけない事態に直面するとは、彼はまったく考えていなかったのである。小暮は、自分の行為を見ている相手が、そして彼が伝えるのを聞くまた別な相手が、おそらく自分の行為に、ある爽快な印象を覚えはすまいかという期待があったくらいなのだ。

犬や鶏がそうであるように、人間に飼われてきた鵜は、やはり人間とともに暮らすのでないと寂しいのかもしれない。小暮は鵜を見るといつもそう思った。どことなしに空虚なものの影を、案外精悍《せいかん》な眼をしているこの鳥が、背に負うているようにも見えたのである。殺された主人の土饅頭《どまんじゆう》の上に立って、しわしわと羽を拡《ひろ》げている鵜を見たりするとき、人間が生きものの内部へ刻《きざ》み残している、感情の重みをみるような気がしてならなかった。もしかりに鵜が撃たれたのであったとしたら、男は水の色を見ても、やはり自分の鳥を思い出すだろう。よしんば彼が、事実密偵であったとしても、それはいささかも人間と鳥との感情の交流を妨げるものではない。

ある夕方、兵舎裏の河のほとりを散歩していたらしい中隊長が、ひょっこり炊事場へ顔を覗かせて小暮に声をかけた。

「クリークに鵜が一羽いるそうだな」

世間話《せけんばなし》の口調だったので、小暮は、それが殺された男の飼っていたものであることを説明した。言外にそれとなく、無実の罪で男を殺したことへの批判はふくまれていた。が、もちろん相手は、そんなことを気にする神経など、持ち合わせていないことも分かっていた。

「どうだ。おれはまだ鵜を食ったことはない。が、ひょっとすると、あいつはうまいかもしれん。なにしろ新鮮な川魚を食ってるからな」

「鴉《からす》と同じようなもので、肉は不味《まず》いときいていますが――」

小暮も鵜の食用についての知識はなかったし、そういったのは、鵜を殺せというかもしれない相手への、防禦のつもりだったのだ。しかし、隊長は当初から、小暮に鵜を殺させてしまうつもりだったのである。これはいま偶然に思いついたことではなく、いくらか計画的に考えていたらしいことが、相手の口調《くちょう》から読みとれた。

「鵜は大分お前に馴れているようだから、引き寄せて撃ってしまえ。縁起でもない奴だ」

隊長が最後にそれをいったとき小暮は、しわしわと羽を拡げる以外には、抗議の方法を知らない鵜が、それでいてある種の報復には成功しているのだ、と思いたかった。

たしかに、生き残って主人の墓地を離れようとしない鵜の生態は、さすがに隊長にとっていい気持はしなかったらしいのである。だが、これも小暮なりの臆測《おくそく》にすぎず、隊長は単に人の噂を耳にして以来、鵜を食ってやろうという貪婪《どんらん》な食慾だけをみつめていたのかもしれない。そして、もし小暮が鵜の射殺を怠れば、必ず誰かがそれを代行することは、はっきり分かっていたのである。

小暮は憂鬱な責任をかんじた。次第に気が重くなってきた。が、人の手にかかって、羽毛《うもう》を散らせて水の上に悶絶する鵜の姿態《したい》を思うと、やはり無惨《むざん》である。もし自分がやるなら、なにかの心は殺される鵜に向けて通じはすまいか、という一抹《いちまつ》のよりどころを信じ得た。それも実際は空漠《くうばく》たるものであったのだが。

小暮には、隊長の非情さに抗議を反芻《はんすう》する気持は失《な》くなっていた。それを不思議とも感じない、圧制のなかでの諦観《ていかん》が、ここでもひとつの習慣として果たされるだけである。それよりほかに意味をさぐってみても、ごくむなしいことだけしか掴み得ないことを、長い生活の間にさとっていたからである。

つぎの朝、小暮は小銃に装填《そうてん》してクリークへ出掛けた。その日はことさらに、鵜の住むあたりの風景を美しいものにかんじた。虫の知らせというわけでもなかったろうが、鵜はかなり離れた水面に、ぽつんと置物《おきもの》のようにじっとしていた。そこで眠っていたのかもしれない。水がかすかに揺れ、こちらへ、人影をみとめて泳ぎ寄ってくるのが見えた。小暮は立ったまま、わざと大きな姿勢で銃を構えてみせたが、鵜は別段恐れる気配もみせなかった。鵜を助ける方法はと、そのとき一瞬、小暮は考えた。なにかうまい方法があるように思えたが、それをさぐろうとする間際《まぎわ》で、その思想の死に絶えてゆくのをかんじた。そうして恰《あたか》も自分の意志でない別なものが、勝手に照準を、近づいてくる鵜に向けて合わさせている。

その照準線を辿って、まるでそれが楽しみでもあるかのように、鵜は泳ぎ寄ってくる。水に沈んだ樹木の影。澄み透った水。自分が起こす波紋に自分の影をもゆらめかせながら、ようやく主人以外の人間に対する親近を（今朝はことさらに）みせてくる鵜に向けて、ゆっくりと確実に照準がつけられたのである。

それでもまだ思考の停止したこちら側で、犇《ひし》めくように(何かの方法がある)と、それをしきりにもとめているものを、小暮はかんじていた。が、泡沫《ほうまつ》のようなもののほか、なんにも生まれてはこなかった。鵜が目覚めて、こちらへやってくるまでの時間は、わずかな時間でしかなかったが、小暮はいやな疲れが、自分のすぐ背後にきているのをみとめることができた。

たったひとつの方法は、鵜自身が本能的に危険をさとって逃げることしかない、と思った。だいぶ手前へきて鵜は泳ぎとまり、首を水に突っ込んだりしている。鵜の影が水底にしんとしずまった。

小暮は、静かに指を、引鉄にあてていた——。

黄土の記憶

山巓の廟

――いまでもぼくは、あの山巓《さんてん》の廟《びょう》を忘れない。

ぼくは隊伍の中の一員にしかすぎなかった。どんな討伐に出ても、地図一枚もっているわけではなく、漠然とした方向感しかなかった。駐屯地を出て二日目には、すでに周囲みな見はるかす山の嶺ばかりで、見覚えになるものは何もなかった。

山は恐ろしく深く、山というよりも海を連想させた。なぜなら、永劫《えいごう》につづくかと思われるほど実に無数の嶺々が穹《そら》の極みにまで累々《るいるい》とつづいていたからだ。しかもほとんど一木一草もない山肌は、ある刹那に、そのまま死滅した波を思わせた。どこもかもが静かに息の絶えた世界で、わずかに地を匍う灌木の類だけが、たまにこの世の生気を見せていた。

そんな山の中での地形の目じるしといえば、集落か、谷に湧く清水の位置か、とくに奇矯《ききょう》な風景を構成している黄土の断層か、さもなければ、いつ誰が何のために建てたともわからない、山巓の、毀《こわ》れた土壁の廟でしかなかった。長い年月の風霜《ふうそう》を浴びたいくつかの土像を祀《まつ》り、廟は、とんでもない荒涼《こうりょう》とした山々の一角に建てられていた。ぼくの覚えているのは、壁の一ヵ所を、大きく山砲弾でぶち抜かれている、一つの小さな廟である。

そのころぼくの所属していたのは、四十一師団管下の騎兵四十一連隊で、兵数五百、重火器といえば、機関銃だけをもっている乙装備の部隊だった。部隊は年に数度、基点である臨《りん》汾《ぶん》から東へ、太行《たいこう》山脈の中を、戦うためにのみ黙々と歩いた。ぼくは自分が山に呑み込まれると、山に馴れるまでの相当期間は、山の地表のもつ酷薄な非情さにおびえた。ぼくの知っている山は、本来、樹木や渓流に恵まれているはずだった。しかしそこには黄土の累積《るいせき》のほか何もなかった。

短くて一週間、長くて月余にわたる討伐《とうばつ》は、馬をやられたら最後だった。ぼくらはみな、急坂《きゅうはん》にさしかかると、下馬してたづなを曳いてのぼった。

夜はしんしんと冷気《れいき》がこめ、陽がのぼると間もなく、季節そのものが変わったように気温が上昇した。炎暑に喘《あえ》ぎながら、ぼくはよく泡の噴きあがるサイダーと、都市を縫ってゆく電車を想った。山の辛さと、山を逃げたいという一念が、その二つのささやかな幻想に集約されたのである。酒の飲めないぼくには、飢餓感を慰める手段は、冷たく冷えたサイダーを、充分に飲むことに尽きていたし、北辺の山奥の原始の憂愁《ゆうしゅう》については、耳の底で軋《きし》る電車の音が、もっとも端的に、都会への郷愁を象徴した。

　ぼくには戦闘そのものを考える余裕はなかった。体力が弱いので、いつも疲れていた。死ぬとすれば、戦闘以前に参ってしまうのではないかと思えた。

　山を歩きながらぼくは、もっともみじめな姿勢で、ぼく自身と対決した。ともかく、どんな方法を講じてでも、この山の中を生き切らねばならなかった。黄土の層が自《おの》ずと剥落《はくらく》してゆくように、ぼくはぼく自身の内部で、ゆっくりと時間をかけながら崩壊《ほうかい》してゆくものをみつめた。自身が、黄土の肌のように枯れ切れば、ある種の安定が得られるだろうと信じた。

　はじめて同蒲線を南下してきた翌春の晋南《しんなん》作戦を皮切りに、数度の討伐をくり返してゆくうち、ぼくはふと、山の極みに立ったとき、意外に山が賑《にぎ》やかなものであることに気づいた。苛烈な風土にのみ見えた原初の光景のなかから、きわめて微《かす》かだが、音楽のようなものの鳴りわたってくるのを聴いた。それは遠い砲声のように、あまりに素朴で、自我の死に絶えた耳にしか聴《き》きとれなかったのだ。

　そのころから、ぼくには乏しい雑草も美しくみえたし、灌木の背をかすめて翔《と》ぶ、山鳥の羽音も懐かしかった。わずかばかりぼくは、山の持っている意味に近づいていったようなのだ。単調な黄土の山相の羅列《られつ》しかない風景の滋味が、少しずつ理解されてきたのである。つまりは、この山のどこかに、撃たれて墜ちる渡り鳥のように、ぼくもまたひっそりとその死を預けることになるだろう、と思ったからだ。

戦争や死についての批判などというものは、それらの危険を離れた安全な場にいる者だけの贅沢《ぜいたく》な思想だった。風土や環境の激《はげ》しさの中で息切れしている身にとっては、その風土や環境と、どのように調和しきるかだけが問題だった。

ぼくは枯草のように、これ以上はどうにもならない究極の姿勢で、山肌に密着して生きることを念願するようになった。それ以外には、その土地で生きられないことがわかっていたし、またそれによってのみ、山の、かすかな体温を知ることができる。

ぼくは、討伐の度数を重ねてゆくうちに、山はけっして荒れ果てているのではない、むしろ原初のこの素朴な風景のなかに、人間がその人間的な修飾を捨てきったあとにはじめて味わいうる、なにかの美しい意味があるのではないか、という気がした。

もちろんぼくは、隊伍の中にいて、隊伍の有難さをしみじみ感じるほど、やはり山のもつ寂寞《せきばく》を恐れてはいた。そして、この地表のどこかを、いつも敵と味方とが、遊牧民のようにさまよい歩いていると考えたとき、素直に、敵そのものも懐かしかった。天と雲と山のほか、まず眼に映じるものは、それが何であっても、一番先に「その存在そのもの」への懐かしさが湧いたのだ。

二間《けん》四方にも満たないほどのその小さな廟は、漠々とした山の中では、確かに異常な目標となっていた。壁に砲弾がぶち込まれているということは、ここを楯《たて》として、敵か味方かが戦ったのだろう。山脈へのはじめての討伐のとき、ぼくはこの廟を、誰がいつ建てたものかをしきりに想った。真昼、ぼくらはその廟のほとりを過ぎただけだったが、つぎの討伐のとき、この廟の近くで部隊は露営し、ぼくは廟への分哨の一員として山上へ出た。ぼくが廟の中で、中央軍第八十三師に所属する、陸世芳《りくせいほう》と呼ぶ一兵士の名を知ったのもそのときである。

山中行旅《こうりょ》のとき、歩兵はほとんど集落から集落へと宿営地を予定して進むが、騎兵は逆に露営ばかりを重ねる。天幕を張ることもあるが、たいがいは土の上に、いきなり毛布をかぶって寝た。鞍《くら》を下ろされた馬は、身のまわりの枯草を漁《あさ》ったりしているが、疲れているからかれらもじきに横になって寝る。朝、馬と人の寝姿だけを影絵のように残して、ぐるりはびっしりと露が下りる。通常の場合、馬は一列に野繋《やけい》たづなをつなぎ合わせて、仮の馬繋場《ばけいじょう》にする。露営地は風を防ぐ凹地を選び、四方の山に分哨を配置するが、その一地点として、山巓の廟は恰好の哨所であったわけだ。

夜になると、月だけはみごとに明るいので、哨所の勤務は月明かりだけを頼りとした。廟の中で、仮眠の身を憩《やす》めていると、砲弾に割《さ》かれた穴から月が見え、月あかりは、枕元に立ち並び、また、傾いては互いを支えあっている土像の足元にも届いていた。

像たちはこの廟の中で、年に幾度か、この山を渡ってゆく部隊の、幾人かを身近に眺めたことだろう。夜目では見えわからぬが、彩色も褪《あ》せ、なかには首の落ちている土像たちが、それでもなお無常《むじょう》や無為《むい》を説き得るだけの、神秘の形だけは残しているように、ぼくには見えた。

夜が明け、哨所に運ばれてきた朝食を摂《と》る合間に、ぼくは廟の中に、さまざまに記されている落書《らくがき》を眺めた。それらはたぶん、この廟へ、警備に出た兵隊たちが、無聊《ぶりよう》のままに書き遺《のこ》していったものだ。その壁面では、敵も味方も入りまじって、下手な絵や、女の名が記されているのが面白かった。

その壁面で見るかぎり、かれらは、敵でも味方でもなかった。交代にこの廟に宿《やど》ってゆく、寂しい善意の人間でしかなかった。それらの一人一人は、たぶん篝《かがり》を焚《た》いて互いに車座になれば、すぐにでも膝をまじえて語り合える間柄なのだということを、壁の文字たちは暗黙に教えていた。かれらは郷里の土地や名や、その土地に特殊に記憶のある山や河の名や、短い詠嘆や、また素朴に肉感的な感慨や、いささかは卑猥《ひわい》な絵や、誠実に彫り込んだ異性への訴えやを、それをそのまま侘しい人生図として眺められる形で雑然と記していた。

そのなかに、詩句とも語録ともつかぬ幾行かのものが記されていた。それは短剣の尖で丹念に彫られていたが、正確な字句はいまのぼくの記憶にはない。意味は大要つぎのようなものであった。

雁ノ渡ル時ワレラモ渡ル
タダ雁ノ如クワレラニハ行先ガナイ
山頂ニ廟アリココニ眠リ
遠ク故山ノ夢ヲ見ルノミ
江蘇省海州県ヨリ第八十三師ニ入ル　陸世芳

かれは多分《たぶん》、八十三師に所属している兵員の中での、一個のロマンチストであるに違いなかった。かれの記した文字は、他のどれよりも意味が深く、この廟の壁を飾るにふさわしかった。中央軍八十三師というのは、八十五師と並んで、山西南部の山岳地区に於いては、もっとも厳しい軍規と秀《すぐ》れた戦闘力を備えていた。ぼくらは屹立《きつりつ》した崖の表面や、集落の土壁のいたるところに、「八十三師是人民的武力」と記されてあるのを知っていた。

それは、これら師団の民衆の信頼に対する誇示だったが、日本軍との戦闘においても、強烈な抵抗を示してきた自身の歴史を証明するものとみえる。事実、ぼくらは、部隊が八十三師か八十五師に接触するという噂のなかで討伐に出ると、通例の戦闘よりも遥かに多くの犠牲を覚悟しなければならなかった。

この山系に蟠踞《ばんきょ》する不気味な圧力として、ぼくらはこの師団を警戒してきたのである。しかし、この山巓の廟で、たまたま明確な八十三師所属のひとりの兵隊と接触し得たときには、ぼくは、ぼくらと同じように山のほか何も見ずに遊弋《ゆうよく》しているかれらに、はじめて身近な親しさを覚えた。ぼくらはかれらを、単に「敵」という文字でしか認めていなかったが、かれらもぼくらのように考え、悩み、喘《あえ》ぎ、戦いしている生身の人間だった。それを、いまさらはじめての発見のように、ぼくはふしぎな感慨をもって身に受けたのである。

かれの字句の末行に、ぼくはぼく自身を潤《うるお》すつもりだけの一行を書き加えた。

陸世芳君ノ健在ヲ祈ル　一日本兵

と。それ以上のことを記す時間のゆとりもなく、ぼくはまた哨所の一員として、廟を引き揚げて隊伍についた。

　ぼくらは、蜒々《えんえん》と一列縦隊になって、ふたたび山を分けて進んだ。廟のない山上の分哨に出るときは、傾斜を利用して高粱殻《こうりやんがら》やアンペラを集めてきて、それを敷いて寝ることもあった。それが最上の贅沢だった。もっとも附近に集落のある時に限られてはいたが、そのかわり、高粱殻やアンペラが、月光に照って目じるしとなり、谷間一つ隔てた山上から、敵のヤミクモな乱射を浴びて、あわてて応戦するような羽目にもなった。夜の弾丸は、谷一つ隔てていれば絶対に当たることはない。谷を渡ってくる機銃の曳光弾は、螢火のように素速く美しかった。何もない山の果ての夜では、敵の撃つ曳光弾にさえ、見惚れることもあった。敵が去ってゆき、ふたたび静寂がもどると、ぼくは、いまの敵の中に、陸世芳がまじっているのではないか、ということを考えてみたりした。死生を天運に預け得れば、戦闘というものは、絶望的な苦痛をまじえた、もっとも充溢《じゅういつ》した遊戯《ゆうぎ》に似ていた。自身の茫々と風化してゆく或る種の快感を、ぼくは麻薬の作用のように味わっていたのかもしれなかった。そうしてじきに、ぼくは陸世芳のことも忘れていった。

　春だと、山を越え山を越えしているうちに、ふいと気づくと、行く手に懐かしい緑を刷《は》いて、青麦の畑の見えてくることがある。集落が近くなったのだ。飢えた馬たちは、みちみち傍らの青麦を欲しがって、しきりに頭を大きく曲げたりした。小休止になったりすると馬は、眼の色を変えて青麦を貪《むさぼ》り食った。

討伐を何度も繰り返しているうちに、単なる隊伍の一員でしかなかったぼくにも、部隊が、つねに或るきめられたコースを辿って山中行旅《こうりよ》をしているのだということがわかってきた。まったく識別のつけ難い相似た山相と枯草の肌にも、ふっと見馴れたものを発見することがある。いつか通った道だと、そんなときかすかな安心に似た想いが湧いてきた。これと同じに、山中を、敵の遊動するコースも、ほぼきまっていたといえるのだ。戦うために互いが互いを求めながらも、どうかすると、互いが互いを避け合っているのではないか、という気になることさえあった。

薄暮《はくぼ》どき、露営地を求めて、部隊はとある稜線を辿っていた。すると、いくつかの谷と嶺《みね》を隔《へだ》てた遥かな稜線《りょうせん》に、夕焼けを背景にして、敵の大部隊の移動してゆくさまが、影絵芝居のようにくっきりと、美しく空に浮いて見えたことがある。その位置までは、もちろん砲もとどかなかった。かれらは黙々と、あたかもなにかのメルヘンの中の人物のように、遠く静かに限りもなく稜線を渡っていた。歩兵が見え、砲車が見え、荷駄《にだ》の驢馬《ろば》隊が見え、たぶんそれは八十三師のような大部隊なのだろう、かれらは、ぼくらと同じ方向へ進んでいた。早ければ明日、遅ければ数日後に、かれらとぼくらは接触するかもしれなかった。

しかし討伐の間、ぼくらと、まったくめぐり逢うことはないかもしれない。かれらもまたたぶん、ぼくらの部隊の大縦列を、遠い地点から認めたことだろう。そうして互いは、敵同士としてでなく、まるで仲間同士のような姿で、おのおのの稜線を渡ったのである。

ぼくが分哨に立った山巓の廟へ、その次に訪れることができたのは、翌年の秋の作戦の時である。昼間のことで、その近くで大休止をしたにとどまったが、ぼくは大休止地点である凹地《おうち》から、廟のあるところまで行ってみた。廟の位置に警戒兵が出ていたが、ぼくはひとりで廟の中へ入ってみた。

あのときと、なんのかわりもなく、廟は永劫《えいごう》の瞑想《めいそう》のなかに眠っていた。新しい落書が、多分いくつか書き加えられたほかには、降りつもる風霜のほか、ここにはなんの変化も生まれなかったのだろう。

ぼくは陸世芳の残した文字と、ぼくが書き加えた一行とを、もう一度読んだ。そして、ぼくの一行のあとに、さらに書き加えてある一行をも見落とさずに読んだ。それはかれの同僚が記したと思える文字で、陸世芳の戦死を報じていた。民国二十×年四月　陽城県西方台地ニテ——とある日付と場所が、ぼくに、いつかの稜線での大縦列を思い出させた。あのときの太行《だいこう》作戦は、陽城県付近における彼我の衝突がもっとも激しかったのだ。

討伐にも運不運があって、敵と逢うときは最初から終わりまで戦闘のしつづけだが、逆に、ろくに砲声もきかず、露営を重ねるだけで駐屯地へ引き揚げてくることもある。連絡を得て戦闘地へ赴いても、すでに戦いは終わっている。

八十三師は死体を遺棄せず運び去っていった。陸世芳もまた、同じ部隊の者たちの手で、どこかの枯草のなかに葬《ほうむ》られたのだろう。

ぼくはそれきり、その廟を見なかった。もちろん、陸世芳の死について、新たに書き加える文字も持たなかった。かれの同僚は、いつか、かれのための一行を記してくれたぼくのために、かれの死を報じてくれたのだろう。それなら陸世芳の死を悼《いた》む何かの言葉が、ぼくのなかからにじみ出てきてもいいはずだった。

ぼくは隊伍のなかで、うつうつと廟の壁について考え、それからじきに、埃の中でまたその廟を忘れていった。陸世芳をも、かれの友人をも忘れた。かれらのみではない、実をいえば、ぼく自身をさえ、しばしば忘れ果てていたのだ。

黄土の中での戦闘と警備とに疲れ、ぼくの若年はみるまに埃に埋もれていった。いつしか、ぼくはずいぶんと無感動になっていた。あのとき、廟の壁を見に行ったのが、おそらくぼくの最後の抒情であったような気がする。

それからの実に久しい歳月ののちに、あの黄土の山岳地帯を想うとき、山巓の廟は必ずぼくの記憶の中に蘇《よみがえ》ってくる。砲弾の穴からさし込んでいた月の光に、濡れそぼれていた毀《こわ》れた土像たちが見えてくる。その土像たちや土像を祀《まつ》った者たちの願いに、どのような意味がこめられてあったのかが、このごろになって、身にしみてぼくにわかってきている。すべて、なんという無為と無常であったのだろう。

そうしてぼくは、ぼく自らに、秘密を解き明かすようにささやきかける。陸世芳よ。君はもしかすると、あの深い山中で何かを生きるよすがとせねばならなかったぼくが、虚空《こくう》に描いたぼく自身の影絵ではなかったのだろうか――と。

アカシアの咲く村

十五軍撃滅作戦の行なわれたとき、ぼくは後方の壕にいて、真昼のうららかな陽を浴びながら、文庫本の万葉集《まんようしゅう》を読んでいた。ぼくらは自動車隊に便乗《びんじょう》して、はるばると太行《だいこう》山脈の麓まで運ばれてきていた。馬のない気易さをしみじみと味わった。敵の蟠踞《ばんきょ》する前面の山地を、すでに歩兵隊が包囲攻撃していた。友軍の小型戦車が二台、麓の砂地をゆっくりと走っていた。遠くで見ていると、戦争もどことなく閑雅《かんが》な趣があった。

ぼくが北支那にいたあいだ、らくな討伐はそのときだけであった。その他の討伐は、一冊の万葉集さえ重荷だった。糧秣と弾薬を除き、余分なものはつとめて携行《けいこう》しなかった。討伐の編成が発表されると、どの程度の危険度かを直感で測定した。いくらか安心ができると弾薬も減らした。ときには三十発しか持たなかった。三十発を撃ちつくしてなお包囲されているときは、百発あっても同じことだ、という諦観《ていかん》が、いつのまにか出来ていた。討伐の数を重ねるうちに横着《おうちゃく》になっていったのだ。

春先になると、風土病のアメーバ赤痢で、幾日も下痢がつづいた。それが、いったん討伐の隊伍に加わり、乗馬して進み出すと、ピタリととまった。埃の道を一里、汾河《ふんが》を渡って臨汾県城のほとりを過ぎ、しだいに丘陵地に入り、三日目には、深い山の中を進んだ。それから先は、山のほかは何もなかった。

北支那へ渡った当初、討伐の間じゅう、ぼくは激しい緊張をもてあました。ぼくは小さい手帳を胸のポケットに入れ、少しでもひまがあると、それしか救いがないもののように、せっせと短歌を書いた。それはつとめて直情的なもので、巧拙《こうせつ》を考えている遑《いとま》はなかった。せめぎのぼってくる感情を、もっとも端的に表現し得る、三十一文字の型式にまとめるだけでよかった。すべて、荒涼たるものの中で、けんめいに自身の、いずれは涸《か》れる泉を守りたかったのだ。いじらしく、ぼくの眼は燃えていたのではないかと思う。

馬　草を　食《は》みつつもふと耳をあぐ　聞きそらすほど遠き砲声
草に寝て　眠り入らんとす　この山に　親しきいのちあるもののごとし
砲声の殷々として谺《こだま》して　尽《つ》くるところなしこの山脈《やまなみ》は
ああこんな　山の真上のトーチカに　兵隊住める日の御旗《みはた》かな
アカシアの木蔭に据えし山砲の　撃つたび花の散りかかりおり

ぼくは歌作りを、自身の秘密な喜びとした。ほかには何も考えなかった。あとはただ、眠ることだけだった。

ぼくらは朝鮮竜山で編成されてやってきた。そのとき原隊から、ぼくらより一年古い少数の兵隊もまじってきた。かれらは除隊するつもりでいたのを、逆に引っぱられてきたので、なにごとも、ごく退嬰《たいえい》的にしかやらなかった。歩き方さえ緩慢《かんまん》で、どこにいてもひと目で分かった。ある集落で、昼食のあと、ぼくが木蔭で、歌の手帳を拡げていると、そうした古参兵の同じ分隊の中の一人がやってきて、いった。

「おれ、ちょっと行って、やってくる。どうしてもがまんできないんだ」

「なにががまんできないんですか」と、つい問い返したが、すぐに意味が読めて苦笑した。迂闊《うかつ》なことである。ぼくらはこの集落で数頭の豚を屠《ほふ》ったが、被害はそのほかに、数人の女が犯されたことになるだろう。もちろん若い女たちはとっくに逃げ散っているから、子を産んだ女をつかまえるより仕方がない。しばらくすると彼は帰ってきて、

「出発はまだか、間にあってよかったな」と、ごく満ち足りた眼をしていった。そののちもかれは、毎日ぼくに、「ちょっと行ってくる」を繰り返した。なぜいちいちことわるのか、なぜぼくでなければいけないのかがふしぎだったが、考えてみると、その場にぼんやり残っているのはぼくだけで、ほかの奴らはみんな、勝手な徴発（掠奪）に出向いてしまっているのだった。ぼくは歌のことばかり考えた。ぼくにはなぜかれが、「がまんできなくなる」のか分からなかった。体力の弱いぼくは疲れていて、かろうじて歌を作る余力しか残されていなかったのだ。戦闘もまた、重要な歌の材料となっていた。

尊くもあわれなりけり人死にて　ひとときあがる真白きけむり

けむりけむり　あわれ晋南《しんなん》の山奥に　屍を焼くけむりひとすじ

闇のなかに風と豪雨としきりなり　濡れたる担架《たんか》よろめきて来ぬ
ひと言を何といいしか聞き分かず　ひとのいのちのかくて終れり
麦畑を一段のぼりまた一段　駈けいる耳に流弾しきり
この山は死ぬるに寂し　水湧かず　鳥鳴かず　樹に雲も往かざれば

ぼくはノオトに歌の数のふえて行くのが嬉しかった。なによりの生き甲斐となっていた。歌の生まれてくる限り、この山の中にいても、自身の人間性は失われていかないのだと信じていた。殺伐と無常のなかで、ぼくはぼく自身の心性《しんせい》の浄化《じょうか》を夢みた。あるいはそれは、死への姿勢への、つつましい準備であったのかも知れなかったが。

歌はぼくの、深い山を生きるための、ささやかな、心の桃源《とうげん》だった。山には、文明の色彩というものは微塵《みじん》もなかった。断崖を掘り抜いて暮らしている、穴居《けっきょ》の民《たみ》がいたるところにいた。ぼくは穴居の集落をみると、ぼく自身が、数百年も千年も、歴史を溯《さかのぼ》って来ているような気がした。穴居の家の入口には木の古びた扉のついているものもある。穴の中は乾いた埃の匂いがして、家財がほとんどないから、むしろ清潔だった。表に、かまどと何を祀《まつ》るのか祭壇があり、穴の一番奥には、たいがい牛を飼っていた。それがかれらの最大の資産だった。アルタミラの壁画の時代と、さしたる逕庭《けいてい》もないもののような印象だった。

ところが、山はときどき、その肌に隠している、思いがけない神秘をぼくらに覗かせてくれることもあった。たとえば、遠望すると、土倸《どこう》の山荘ででもあるような、みごとな集落があったりすることだった。それらは堅固な土壁の中に煉瓦を積んだ家並みを密集させ、そこが山中とはとうてい思えない、美しい秩序を構成していた。アカシアや胡桃《くるみ》や夾竹桃《きょうちくとう》の木を植え、家々の庭も、煉瓦が敷きつめてあり、古来、裕福に暮らしてきた面影がまだ残されていた。もっとも、いったん家屋の中に入ってみると、人影も逃げ散って乏しく、古びた糸車や、卓子《たくし》や椅子や水甕《みずがめ》や、鍋や食器や床に敷いたアンペラなどがあるくらいのものだったが、それにしてもこれほどの山の奥に、大なり小なり集落の散在していることが、ぼくにはいつもふしぎだった。

ふしぎといえば、長い討伐生活の間に、たった一度だけ、ぼくは奇妙な集落を見たことがあった。つまりその集落に限って、住民が、若い女もまぜて、ただの一人も逃げていなかったときのことである。それは、凹地への、ゆるやかな傾斜に沿ってつづいている城壁のない集落で、樹木、それもアカシアが多く、ぼくらが夕方に訪れたとき、樹々はアカシアの白い花ざかりだった。

集落は、煉瓦造りのしっかりした大きな建物が多く、もし掠奪を目的とするなら、願ってもない収穫の多い集落のはずだった。けれども部隊はその集落で宿営し、翌朝そこを発つまで、誰も紙一枚の掠奪もしなかったし、多少の宿泊代まで置いたのである。通常、露営を重ねることの多い乗馬隊だっただけに、その集落での一夜の泊まりは楽しかった。

先ず、部隊がその集落にさしかかったとき、村人たちはごくにこやかな表情で、老幼男女ともに、手を振って迎えてくれた。それは軍を恐れるための追従《ついしょう》でなく、素朴な人情味にあふれていた。かれらには、まったく警戒と不安の色がなかった。ぼくらはいかなる討伐の際でも、その集落で遇せられたほど、分け隔てのないもてなしをされたことは、一度もなかった。はじめのうちぼくらは、単なる迎合《げいごう》だろうと推量したので、庭に遊んでいる鶏を追ったり捕えたりした。ふつう、鶏でさえもが訓練されていて、土間の奥や高粱殻のなかにひっそりと逃げ込んでいるものだったが、そこでは鶏ものんびりしていたし、村人たちは、兵隊が鶏を追うのを一緒に手伝ってくれたものだった。村全体の手応えのない温和な雰囲気が、じきに兵隊たちを空回《からまわ》りさせ、かれらはじき一種の魔法にでもかかったように、村人たちと気楽な交歓をもちはじめた。

ぼくらは各家々に分宿したが、どの家にも女っ気が多く、彼女たちは炊爨《すいさん》を手伝ってくれたし、食事のあとはぼくらに土謡《どよう》を歌ってくれ、さらにぼくらの歌をききたがった。

そのころになるとぼくらは、この村のすべての人が、この村に久しく住みつき、ついさきごろ病死した米人宣教師の教化によって、敬虔《けいけん》なキリスト信者になっていることを知っていた。

ぼくは宗教というものが、これほども非力《ひりき》な威力をもっているものとは、そのときまで、考えてもみなかった。かれらは他愛のない素朴な隣人観だけで、ひとつの「敵である部隊」と、驚くほど短時間に融和したのだ。そしてぼくらは、つねに荒れた眼をして山々を彷徨《ほうこう》しているけれども、けっして住民をまで敵視しているのではない。ぼくらは理屈をこえて、ささやかな団欒《だんらん》の場を持ちたい念願に燃えていた。いつ、どんな集落に対しても——ということを、しみじみ悟ったことであった。

ぼくは朝早く、水飼い（馬に水をやる）のときに、傾斜の一方にある教会堂を訪ねてみた。それは小さな廟を、そのまま教会堂に直したもので、屋根に木の十字架を飾り、堂内の祭壇の下に、古びたオルガンが置かれていた。この深い山の中に、オルガンがあろうとは、信じられなかった。堂内には粗末な木椅子が十ばかり並んでいるきりで、目に立つ装飾もなく、それがかえって神秘な趣《おもむき》を加えていた。ぼくは堂内に入って、べつだん何という理由もなく片隅の木椅子に坐ってみた。

そういえばぼくは、この山中を生きながら、黄土に埋もれてゆくぼくの若年を、ぼくなりの哀惜《あいせき》で悼《いた》むことは多かったけれど、といって誰をも拝《おが》んだことも、祈ったこともない。ぼくは茫々たる風化のなかで、早晩ぼく自身が黄土そのものになり果ててしまうだろうことを予測しながら、せめてものぼくへの灌漑《かんがい》として作歌にいそしんだのだ。それも願いや祈りではない。静かな諦観であり、逃避だった。

白い顔が二つ、くり抜いた窓から覗き、少女がふたり、水運びの途中らしく、ぼくをみて会釈《えしやく》をした。この少女たちもおそらく、一夜を、兵隊たちと送ったのだろう。楽しげな眼元をしていた。ぼくはオルガンを指さし、弾《ひ》けるか、と、手真似できいてみた。頷《うなず》きあったあと、ひとりが入ってきて、気さくにオルガンに向かい、ぼくには分からなかったが、たぶん讃美歌だろう、それをしばらくのあいだ弾いていた。

そのしばらくののちに、ひょっと気がつくと、窓にはびっくりするほど多くの兵隊たちの顔が見えた。かれらは堂内に入らず、みんな窓のところにばかり犇《ひし》めいていた。おそらくぼくがオルガンを弾いている少女と、何かの黙約があるのだろうとでも、思い込んでいるらしかった。

ぼくが起つと、少女も弾きやめて、含羞《はにか》みながら堂を出ると、水桶をかついで麓の方へ小走りに去っていった。ひとことも口はきかなかった。堂を出ると、朝の陽がまぶしく遍照《へんしょう》していた。ぼくはぼくの胸のなかで、まだオルガンが鳴りつづき、かすかに歌っているもののあるのを聴いた。

広場の馬繋場の方へ歩みながら、ぼくは、「アカシアの咲く村なりき」とつぶやいた。つづいて何かの詩句が出てくるかと思ったが、それきりでとまっていた。ぼくは同じ語句を繰り返しながら、なんの変哲もない、ただの村娘である今の少女たちに、しかしいい難《がた》く優しいものを読みとった。どこの集落にも、たくさんのああした少女たちがいるはずだった。もし彼女たちが、軍を恐れて、驚くほども遠くへ避難してさえいなければ。

陽が高く昇ってからその集落を出た。当分のあいだは青麦の眺めがつづき、馬は満ち足りて、爽《さわ》やかに耳を振って歩いた。ぼくのほとりを、歌いながら追い越してゆく者がいた。歌っていたのは例の「ちょっとやってくる」の古参兵で、かれは無心に、〝菜の花畑に入陽《いりひ》うすれ〟とくちずさんでいたのだ。かれは少なくも昨夜は、清潔に眠ったはずだった。当然のような、ふしぎなような気がして、ぼくはかれのうしろ姿をみつめていた。いくらかの驚きをふくめて。

翌る年の春、ぼくらはまた、その集落のほとりを過ぎた。日中のことで、そこで大休止をしただけだったが、この広大な山の中に、無数の道があるなら、二度と同じところを通るべきではないと、そのときつくづくと思ったことである。なぜなら、集落は思いもかけず痛ましい変貌をしていたのだ。

事実、部隊は、めったに同じコースを辿ることはなかった。つねに討伐の目的が違っていたからである。それは討伐の戻り途《みち》だったし、多少の迂回になってもよい、あの集落を過ぎて帰ろう、という気持が、もしかして部隊の統率者の胸にあったのかもしれなかった。

たしかに、ぼくらは山脈の傾斜に沿って白いアカシアの花々が見えはじめたとき、一年前の記憶で胸のあたたまる心地はした。集落の入口には、あの日のように人々は集うて迎えてくれたし、その物腰にも、さしたる変化はみられなかった。そこらの壁や屋根のあたりに、あのときには見られなかった、銃弾の痕跡《こんせき》さえなかったならば。

そして銃弾の痕跡は、建物だけではなく、村人たちの胸にも、さすがに拭《ぬぐ》い難い痛手となって刻まれていたのだ。あきらかにいえることは、あの日よりもかれらは沈鬱《ちんうつ》だったし、女っ気が少なかったことだ。ことに若い女たちが見えなかった。彼女たちは、ほかの集落のそれと同じように、どこかの隠れ場へ逃げのびていたし、また、彼女たちのなかの幾人かは、この一年の間にこの世から消えていた。たった一度、この村を、雑軍が通過していったときに、踏みしだかれてほろんでいったのだ。

ぼくらが、一律に「敵」と呼んでいるものの中にも、人民と密接な連携《れんけい》をもっている八路《はちろ》軍《ぐん》もいれば、秩序のある中央軍の大部隊もいる。しかし、長い戦旅の間に一個団（連隊）が数十人に摩耗《まもう》している敗残軍もある。かれらはほとんど掠奪によって生きている山匪《さんぴ》で、兇《きょう》猛《もう》な処世のほかは生きる途《みち》を見失っていた。

しかし、悪いことに土民たちと言葉が通じるのだ。ぼくらの場合には、相手と言葉の通じないことが、かえって重要な緩衝《かんしょう》の意味を為《な》すこともある。その逆の場合も多いが、少なくもこの集落においてはそうだった。ぼくらはこの村で、互いの片言を笑い合うことを遊戯のように楽しんだのだから。

また、ぼくらは、いちおう帰るべき駐屯地を持ち、そこには私物と軍用の支給品と、ともかく眠る場所と、内地からの郵便と、自分を慰めるに足る郷愁の時間とが待っていた。さらに数人の、朝鮮から渡ってきた春婦《しゅんぷ》たちが、五百の兵員を、けっこう顔色も変えずに受けとめる余裕をもって、部隊が留守の間に新緑を濃くする樹木のように、何度目かの処女に戻ってさざめいているはずだった。

だが、荒れた山脈のほか、住むべき土地のない雑軍化した敗残兵たちは、始終狼のように飢えて彷徨《ほうこう》している。病者は置き去られ、戦死者はそのまま枯草の中で風化する。かれらにとっては、かれらの集団以外の者はすべて敵だった。兵力の消耗を恐れて、敵を見れば敏捷に逃げ回るが、囲まれると殺伐な戦闘力を発揮した。平常憂鬱な捨て身のなかで訓練されつづけている窮鼠《きゅうそ》の威力をみせた。

この一年のあいだのいつの日にか、この集落で凄惨《せいさん》な何かの出来事があったに違いなかった。かれらには空腹を満たすためと、情欲を処理するための本能しか残されていない。ことに山西省における性病の猖獗《しょうけつ》はすさまじいもので、敵の戦力の強弱は、兵員の性病者の保有量の如何にあるとさえいわれていた。もしぼくらが、かれらの立場だったら、アカシアの花や、オルガンの音色に、心を動かしただろうか。村人たちの挙措《きょそ》から感じられる暗い影に、ぼくらもまた同調してゆくものをとどめ得なかった。

風のない春の陽ざしのなか、教会堂の屋根の風見鶏だけが、静かに眠るように、考え込んでいた。ぼくらは、あまりしゃべらずにその集落を発った。

黄土の谷間は狭く深い。屏風《びょうぶ》のように屹立《きつりつ》した絶壁がどこまでもつづいている。まれにその肌に露出した炭層を見ることもあるが、ほとんどは黄色い砂の乾いた河だ。

数名の中国兵が、疲れた足どりで、その谷間の底を通っているのを、ぼくらは帰途、偶然に見つけた。かれらは小銃さえ持っていなかった。ぼくらは尖兵小隊だったので、かれらを捕捉するために、何名かが乗馬のまま崖の上を、かれらの方に向かって駈けた。下馬して崖の一端にとりついたときには、まったく戦意のないかれらは、両手をあげてこちらに帰順《きじゅん》の意を表していた。かれらはむしろ、ぼくらに発見されたことで、助かっていたのかもしれなかったのだ。

狭く深く墜《お》ち込んでいる谷間へ、下りる方法はその付近にはなかった。ぼくらは、誰が申し合わせたというわけでもなく、それぞれ銃身をのべてかれらに照準した。淡い土煙りがつぎつぎにあがり、遠い距離だから、かれらはみな玩具のように倒れていった。嘘のように他愛なく終わっていた。それだけのことだった。

ぼくらはまた尖兵小隊の位置にもどり、際限もない黄土の中を進み出した。ぼくらはみな物憂《ものう》く不機嫌だったのだ。谷間の底を歩いていた兵隊たちは、あるいは善良な部隊の者だったかもしれない。しかし、ぼくらはただ自身の鬱屈《うっくつ》した心情の捌《は》け口を、生きた対象に求めたかったのだ。

そのころは、ぼくはもう歌を詠む習慣は忘れていた。掻きまわしてみても、黄砂の手ざわりしかないほど、心情の乾いているのがよくわかった。ぼくは弾丸の音にだけ敏感に反応した。流弾が空を割《さ》いている壮快な風速に、めまいのような充溢をかんじるようになっていた。そして、そのころから、黄土の中でのぼくの新しい精神形成が、あるいは逆に、まったき崩壊が、はじまっていたのかもしれなかった――。

春　蘭

中原会戦《ちゅうげん》のとき、部隊は挺身隊となって峡谷《きょうこく》を南下し黄河の渡河点へ進出して敵の渡舟《としゅう》を奪取《だっしゅ》し、退路を遮断する任務を負わされていた。峡谷は前進する以外に逃げ道がなく、敵の大部隊の包囲に遭遇した場合は、全滅することも予想できた。久しく馴染んだ太行山脈に、どうやら、年貢《ねんぐ》を納める時期が来たのではないかと、古い兵隊たちは笑って観念していた。部隊の集結地点は毫清河《ごうせいが》の上流で、この渓流が峡谷の底を、ほとんど直線に黄河へ向かって注《そそ》いでいる。行程百四十支里の山岳地帯だ。

ぼくらは峡谷へ入って最初の露営をしたときに、意外な感動をおぼえた。それは峡を進むにしたがって、両岸に樹木が鬱蒼《うつそう》と繁っていたことである。乾いた山肌のほかは何も見ていなかったぼくは、太行山脈の中にも、こうした秘密な場所があるのか、と目を疑いたかった。河は大部分、浅瀬の連続だったが、みごとな清流で、峡谷の底は、いちめんの小砂利の層で、蹄《ひづめ》に触れる砂礫《されき》の音がきわめて懐かしく快《こころよ》かった。水の不自由さからは完全に救われていた。戦闘地帯は黄河の線に近づくにしたがって、ぼくらを圧迫するに違いなかったが、それまでのまだ安全度の高いわずかな時間を惜しむように、ぼくらは子供のように渓流の風物を楽しんだものだった。

いくらか淀《よど》みのある場所では、たぶん山女魚《やまめ》らしい魚が、非常なすばやさで、鱗《うろこ》をひらめかしてすぎたし、水のたゆとうている浅瀬には、無数のお玉杓子《たまじやくし》がつどうていた。ぼくは北支那にきてお玉杓子を見たのは、その峡谷の底がはじめてだった。ぼくらは、飯盒の米をとぎながら、蓋《ふた》でお玉杓子をすくって遊んだ。兵隊も討伐ずれがしてくると、ごくささやかなことにでも、自身の死生観を遊ばせることができるようになる。激しい緊張感で山の中を経めぐったのは、当初の討伐行のときだけだった。それだけ心緒《しんちょ》が荒廃してきたともいえる。

峡谷はかなりひろかったので、ぼくらはのんびり幕舎《ばくしや》を構築したし、炊爨《すいさん》のあとは車座《くるまざ》になって、あるいは最後になるかもしれない一夜の一刻を、歌って過ごしたりした。

ところで炊爨の前後になって、ぼくらは分隊員の一人である木坂の姿が見えないのに気がついた。ぼくらは渓流《けいりゅう》に惹かれていくらか有頂天になっていたのだが、食事の時期を過ぎても木坂は帰って来ない。この山中で行方を晦《くら》ますことはまったく考えられないが、足場の悪い絶壁もぐるりには多かったし、遊ぶつもりで怪我でもしたのではないか、ということになった。

陽の落ち切るまでに捜すつもりで、準備をしているところへ、かれはひょっくりと帰ってきた。いつになく明るい活気のある顔つきをしていて、分隊長から、いきなりどなられても、あんがい平気なようすでしきりに詫びた。その詫びの仕方にも、平素のかれとは、かなり違った挙動《きょどう》がうかがわれたのである。

ほとんど内地の風景と変わらないこの峡谷の印象が、かれを陰湿な戦争の恐怖感から救ったのではないか、とぼくらは思った。

木坂はこの冬、補充で回ってきた兵隊で、現地で再教育をやって、今回がはじめての作戦参加だった。それも激戦を噂されていただけに、非常な緊張感に憑《つ》かれていたことは事実である。

駐屯地を出てここまでのあいだ、ぼくは同じ分隊にいて、それとなくかれの行動はみていたが、漠然とした予感で、死ぬ人員ではないか、と思っていた。

もちろん、戦闘は運不運に左右されるし、だれも自分が死に一番近いとは思っていない。

しかし、仲間同士の中で、確たる理由もなしに、特定の一人の存在感の薄れてゆくことがあり、かれの死後に於いて、その状態の語られることがある。古い兵隊になると、馬に乗って駐屯地を発つとき、危ないのは自分だろうか、それとも他のだれかだろうか、ということを、ひとりで占《うらな》うように思いみることがある。そうした予感の線上に、つまり木坂は髣髴《ほうふつ》したわけである。だから、木坂が峡谷の底で、ふいに気力を取りもどしたのは、かれがそうした予感の線上から、大きく生の方向へ浮かび出したことを意味している。そのときの作戦に於いては、それぞれみな、通例の討伐行のときとは心構えも違っていたので、木坂の元気になったようすを、かなり複雑な安心感で読みとったことは事実だった。

夜になると、峡谷の空に月が出て、ぐるりは神秘な明るみに満ちてきた。瀬の音だけが高まりながらきこえていた。ぼくは流れのほとりへ出て、しばらく瀬の音を聴《き》いていた。物を考えるためにではなかった。単なる放心の状態に自分を置いているだけでよかったのだ。無益な思考はなんの足しにもならないことを、ぼくはよく知っていたし、またそれに馴らされてもいた。

作戦のあいだは、作戦そのものにつとめて没入すること、それがぼくらの処世観だった。行動と睡眠の反復、そして、その営為《えいい》の潤滑油になっているものが、まったく無心な放心の時間であったわけだ。ときには、それは小便をしている、わずかな時間にだけ制約されることもあったが。

ぼくらはぼくらの歳月が、黄土の中で徒《いたず》らに風化してゆくことについて、どうしても思いつめて考えざるを得ない時間が、周期的にめぐってくることを知っていた。そして、そんなことは駐屯地の、閑散な望楼の上ででも味わえばよいことで、作戦においては、いかに自身を戦闘的に盛り上げて行動しきるかが大事だった。その姿勢に隙があるだけ弾丸に当たり易くなるのだ、ということだけを信じていた。

峡間の暗い樹間のあちこちで、仏法僧《ぶっぽうそう》が鳴き出していた。それは以前、ラジオの録音放送で耳にしたことのある、故国の仏法僧とまったく同じ鳴き方だ。それを聴いていると、この渓流の周囲に、広漠として荒れた黄土の嶺がつづいているとはどうしても思えなかった。ぼくの耳が、仏法僧の声だけに傾き出してまもなく、うしろに足音がして、振り向くと木坂が来ていた。かれは自身のことについて、人に何か話したかったのではないか、とぼくは漠然と察した。

かれはぼくのほとりに腰を下ろすと、

「実は今日夕方、すばらしいものを見つけたんです」と張りのある声でいった。

ぼくは黙って木坂の話をきいてやった。気の弱い兵隊が、そうした形で誰かに凭《もた》れようとすることの多いのを、ぼくは何度かの経験で知っていた。物分かりのよい聴《き》き手になってやることが大切なのだ。かれはしかし、たいがいの兵隊たちのように身の上話などはせず、この峡間で見かけたという珍しい種類の春蘭について、異常な熱心さで話しだした。

もしかするとかれは、何かの物語にあるように、自己をこの境遇から救出するために、手ごろな樹木の中へ溶け込んでしまいたいとする念願に駆《か》られて、仲間から離れて峡間の一角をさまよっていたのかも知れなかった。そんなとき、ふいに、頭の一方に、光の筋が射し込むように、夢幻にかれを誘い込む芳香《ほうこう》に惹《ひ》かれた。そして、羊歯《しだ》や蘇苔《せんたい》の類が密生している片ほとりに、思いがけなくも、手に掬《すく》うほどの一叢《ひとむら》の支那春蘭を発見したわけである。

「それがどんなに見事なものか、明日、夜が明けたらあなたに見せます。私の家は祖父の代から、植木や盆栽には趣味が深かったし、私自身も好きで、かなり眼も肥えているつもりです。戦地へ発ってくるときも、もしかするとどこかで、珍しい品種をみることもあるかもしれない、と頭の隅で考えたこともあるんです。もっとも私は戦争がこわかったので、自分を慰める手掛かりになるものは、手当たり次第に掻《か》き集めようとしたためもありますが、しかし、ここへ来てみて実際がっかりしました。ひどい荒地で、少なくもここは植物の国ではない、土と砂だけの国だとがっかりしました。でも私はやっと、死ぬかもしれない危険な大作戦の直前に、まったく偶然に、すばらしいものを見つけたんです。樹の間が暗くなって花の姿が見えなくなるまで、じっさいつくづくと見惚れていたんです。あなただって驚きますよ。私は花のあった地形を克明にノオトしておきました。掘り起こして持っていこうかとよほど考えたんですが、どんな大戦闘があるかしれないのに、とうてい無理だと思い直したんです。花を傷《いた》めたくないですからね。駐屯地へ帰ったら、誰か使いを頼んで、何とかして持って来てもらいますよ。見よう見まねで栽培には自信があります。あれだけの花を育てるんだったら、どう考えても充分な生き甲斐になりますよ。絶対に手に入れるつもりです」

ぼくは、植物についてはほとんど知識もなかったし、栽培する興味もなかった。ただ異種の銘品だとする春蘭を見れば、その美を観賞するには耐えただろう。木坂の見つけたのは一茎一花梅弁のものが数茎群れ咲いているもので、色は純白だが、中心に淡紅《いろ》が匂い出ている。金陵辺種にみられるような黄線が非常に細い葉の根元から先端まで彩り、落日の余映のなかで、それはほとんど花に近いほど美しく輝いていたという。

ぼくは、ぼくがその花を発見したとしても、たぶんかなりな感動でそれをみつめたに違いないと思った。じじつぼくらは、美と呼ぶべきあらゆるものから、あまりに隔絶した生活を送っていたからである。ぼくがかれの話にかなりの反応をみせたことが、いっそうかれの気分をよくしたらしかった。

「もしかすると、今生《こんじょう》の見納めかもしれませんけれどね。でも死んでも諦め切れますよ。何にも見ずに撃たれて死ぬより、よっぽど恵まれてます。こんな深い山の中で、あいつはひっそりと咲いてたんですね。おそらく何百年も誰もその花を見たことはなかった。この峡間で咲いては散り咲いては散りしていたわけです。考えるとちょっと涙ぐましいみたいですね。まめにさがせば、花はまだもっと変わったのがあるかもしれません。私が兵隊でなかったら出掛けてくるんですが。まア、夜が明けてからの楽しみですよ。——ほら、あの辺です」

木坂は峡谷の一方を斜めに指さした。暗くて何も見えなかった。彼は指さした手をしばらく動かさずにいた。その挙動に、少し異常なものをぼくは感じた。かれの心緒《しんしょ》を満たす活気といったものでなく、一種病的な執着のようなものをそこにみた。木坂は背が高いが頑健な体質ではなく、戦死しないまでも、風土にやられて内地還送になってゆくようなタイプの兵隊だった。神経質な人間は、一方ではきわめて情熱的な面をもっているが、それが戦闘間の圧力で歪曲《わいきょく》され、かれのなかに微妙な醗酵《はっこう》をもったのではないか、とぼくは推量した。かれは自身の喜びの同調者を得て、いっそう張り切って、「明日の未明」をくり返し、ぼくと連れ立って河原を起った。

翌朝、まだまったく暗いうちに、ぼくらは師団命令によって叩き起こされた。敵の大部隊の移動の情報によって、一刻も早く黄河の線へ出なければならなくなった。部隊の装備を完了して、砂礫《されき》を蹴って進発をはじめたときも、まだ夜は明けていなかった。木坂は鞍を置きながらも、「残念ですね」と何度も、物に憑《つ》かれた眼をして繰り返した。行軍がはじまってからは、すでに春蘭のことはぼくの脳裡から消えていた。ぼくらはただ戦闘への期待によって自身を駆り立てたのだ。——黄河へ。

この作戦のとき、木坂は死んだ。

部隊が一路、亳清河の峡谷を南下し、黄河の見える線まで進出し、垣曲《えんきょく》西方高地にある湾《わん》里《り》という地点を攻撃した際に、流弾がその生命を奪ったわけだ。渡河点の渡舟を焼き払い、高地の警備につくと茫洋たる黄河は目前に在った。いくつかの屍を焼きつくすひまもなく、部隊は新たな命令を得て、さらに西進をはじめねばならなかった。渡河せず、太行山系から、平野を越えて東の連枝《れんし》山系へ移動する敵を遮断するために、急遽《きゅうきょ》聞喜へ進まねばならなかったからである。

馬蹄が捲き上げる濛々たる埃の中で、ぼくはこの作戦も、どうにかヤマを越えたのではないかと予測した。いくぶんのゆとりの中で、ぼくは木坂の死について考えた。かれの春蘭への熱意は、いわば焔の燃えつきる直前の気勢ではなかったろうか。峡谷を進んでいるときも、ぼくは時折、前をゆく木坂を見た。背をくぐめがちな疲れた姿勢はそこにはなく、軒昂《けんこう》としたものをぼくはぼくなりに感じとれた。

かれはたしかに、春蘭の香気に酔いながら死んだのである。あるいは幸福な死の在り方であったかもしれなかった。砂漠に生きるサボテンの中には、数十年に一度だけ開花する品種があるというが、もしその花の開くのを目前にしたら、旅人は一時の飢《う》えを忘れるかもしれない。黄土の嶺の中の一叢《ひとむら》の春蘭にも、そうした神秘の意味に通うものはあったと思う。彼は生きて黄河を、黄河の果てに霞む河南省の空を、そして、烈日に旺《さか》んな緑を吐いているぐるりの青麦の畑を見なかっただけだ。かりに生きのびていたとしても、かれは春蘭の記憶のほかは何も見はしなかっただろう。

山から山を月余に亘《わた》って転々し、ようやく駐屯地へ還ってきたぼくらは、さっそくに戦死者の遺留品をまとめた。寄せ書きの手紙を添えて遺族に送るためである。

兵隊の所持品は、すべてどれもありふれたものばかりでもの哀しいが、木坂の私物の中には、一枚の女の写真が仕舞われていた。ぼくが不審に思ったのは、通常女の写真が、本人の愛の対象であるとしたら、かならず胸のポケットに納めて離さなかったはずだったからである。まして危険度の多い今回の作戦ならなおさらだった。その一枚の写真が、かれの何であったかについて、仲間の間で問題になった。

下らぬ詮議はやめて、一纏《まと》めにしてしまえばそれで済んだことだったが、たまたま見回りにきた小隊長がそれをみて、「この女だな」といった。

相手がすでにこの世に亡いという安心で、小隊長はぼくらの問うままに話した。それはたとえ本人の死後であっても、秘しておくべきが礼儀であり、人情であるような性質のものだった。

本来なら木坂は、有能な幹部候補生として、外地へ出てくるにしても、見習士官として出てくるはずだった。しかしかれは、教育の途中で、幹部の資格を剥奪《はくだつ》されたし、身上調査書には、かれが軍籍にある限り、先ず一等兵以上には進級できないとする、思想的に要注意人物としての烙印《らくいん》を押されたはずだった。軍隊においてはこれほど致命的な痛手はなかった。

このことだけでも、木坂はよほど憂鬱であったに違いない。さらに木坂にとっては、彼が思想的に左傾し、在学当時かなり活発な行動をしていたという事実が、ひとりの女の密告によって洩れたということは、その心の負担を決定的なものとしたに違いなかった。その密告した女というのが、たぶんこの写真の主であるに相違ない、と小隊長はつくづくと写真を見入りながらいうのだった。

もちろん、どのような複雑な事情が、木坂と写真の女との間に在ったのかは、ぼくらをはじめ小隊長も知らなかった。ただ男女の間の察しがたい愛憎か、さもなければ木坂の入隊中に、つぎつぎに検挙されていった同志と、その関係者としての写真の女とが、苛酷な取り調べの前に立ち、女は支えきれずすべてを洩らしたのかもしれなかった。

いずれにしろ木坂にとっては、女の裏切りについての、どうにもならぬ憤りがつきまとってきただろう。彼女がもし木坂の愛人であったとしたら、とうぜん愛の終焉《しゅうえん》を招来しただろう。けれども単にその痛手だけで、木坂が女を棄て切れたかどうか。内地を遠く離れた別次元のなかで、自身の愛を、ふたたび正常なものに戻したいとする、孤独の中での叫びが、木坂の意志とかかわりなく燃え育って行ったとも考えられる。

かれは自身の愛と憎しみを日毎《ひごと》に焚《た》きつめながら、ついにはそれを結晶させていったのかもしれない。救いを求めようとする、彼の切実な視野の中に、あるとき、思いがけなく恵まれた環境の中で、それが一叢の春蘭となって現出してきたのではないだろうか。

あの峡谷のほとりで彼が見たものは、つまりは一場《いちじょう》の幻覚であったに過ぎないのではないか。かりにぼくが、かれと連れ立って、未明にその場を訪れ得たとしても、春蘭はぼくの眼にはうつらず、ぼくはただ彼の嘆賞《たんしょう》にあいづちを打つにとどまったかもしれない。

ぼくはぼく自身が、北辺へ旅立ってくる前後の、暗い不安の日々を遠く顧《かえり》みた。そして今更に、木坂が受けたであろうさまざまの衝撃をも推《お》し量《はか》った。

むざんな内攻が、かれを錯乱の状態に落とし込んだとしても、それは無理のないことに思えた。ぼくは木坂に対する、新たな同情を覚えてきた。ぼくにあのとき、より積極的な配慮ができたら、かれを殺さずにすんだのではないか、とそれを自身の責任のようにも感じたりした。

木坂に限らず、だれでも、心の隅に、愚かな秘密のかけらくらいはもっているはずだった。小さな——たとえば国を発ってくるときの見知らぬ駅で、見知らぬ女からの懇切な見送りの好意を忘れ難く、それを胸の底にしまって、戦い進んでいるようなこともあり得た。そして彼は息絶えるとき、その名も知れぬ女の面影を、自身の大切なもののように抱きとめているかもしれない。そんなことでさえ、ここでは愛の名をもって呼ばれるべきだった。

慰霊祭のあと、集落の土壁の近くへ、木坂や、その他の戦死者の墓所をつくった。そこは荒れた土地だから春蘭の影もなく、みるまに背の低いタンポポの類がはびこり、貧しい花を咲かせただけである。

後年、ぼくは東京の一角の古書肆《こしょし》で「山西学術探検記」なる一本を入手した。これはK新聞社が戦時中派遣した調査班の報告記で、探検地は鉄道沿線か警備区域内に限られていたが、地質や動植物の記事などが具体的に記されてい、アンダーソンの「黄土地帯」とともに、ぼくには懐かしい回想をもたらしてくれた。そのころぼくは、教科書類の出版社に籍を置いていたが、たまたま執筆者の中にその学術探検員の一人と友人だった人がいて、仕事の話で出掛けたときに、ぼくは山西山岳地帯に春蘭があるかどうかをたずねてみた。

ぼくの得た解答は、生育の条件さえよければ、もともと生命力の強い植物だから、かならず咲いているはずだ、ということだった。それどころか、もしかすると山西地方は、春蘭の宝庫であるかもしれない、といわれた。

　ぼくは太行山系を、人跡途絶《じんせきとだ》えた原始の山々とばかり思い込んでいたが、しかし、よく考えてみると、中国四千年の歴史の中で、しかも黄河の流域に属するある地方が、つねに茫々たる風塵《ふうじん》にのみ埋もれてきたとはいえない。ぼくたちは討伐の旅の途次、どうかすると、明らかに人力をもって築いたと思われる、石畳の小径《こみち》を通ったりしたこともあった。石畳は長い星霜《せいそう》に磨かれて、山肌を蜒々《えんえん》ととり巻いていたものだ。

　部隊は捷径《しょうけい》を選んで、ときにはやみくもに嶺を越えたりしたが、おそらく克明に辿ってゆけば、あの山々の間にも古代からの道があるはずだった。そこらが晋《しん》という国名で呼ばれていた時代にも、隊商たちは山脈の石畳の道を辿って交易したのではないだろうか。

　あるいはまた、北京の王宮へ向けて、泉水《せんすい》のほとりに住む美女たちの翫賞物《がんしょうぶつ》として、沁河《しんが》やその付近の渓流産の春蘭は、驢馬の背にゆられて、はるばると旅をしたのかもしれなかった。みはるかす褐色の山肌が、そのときぼくの眼に鮮やかな浪漫の色彩をもって蘇ってくるのを覚えた。

　そうして、あのとき木坂は、毫清河のほとりで、紛《まぎら》うかたなく春蘭の名花を見たのではなかったろうか、と改めて思い返された。それはかれの傷んだ眼に映じた幻覚では絶対なく、もしぼくが見ればぼくをも酔わしめた、すさまじい美と香気の結晶であったかもしれない。

　ただ、いまとなっては、それを確認する方法はない。ぼくはいまでも、小旅行の途次など、谷間《たにあい》を流れる清流を眼にすると、かならず遠い日の春蘭の峡谷を思いうかべる。木坂は果たして、あのとき春蘭を見たのだろうかと。そしてぼくは、日日生活に疲れ込んでゆく、自身を痛みながら、そのことを、ぼくに残されている一つの、美しい謎のように、胸の底であたためてみるのだった。

廟《びょう》

その日の陣中日誌の冒頭《ぼうとう》に、熊田少尉はつぎのように記している。

臨汾《りんぷん》ヨリ電話アリ。午後慰問隊六名当県ニ到着ノ由。女四名ヲ含ム。内歌手沖しおりハ、元第三大隊第二中隊ニ所属セシ、故沖伍長ノ実妹ナリト。

僻遠《へきえん》ノ地タル当県ヘノ慰問行ヲ敢テ提唱シタルニハ、些カ彼女ノ悲願ニヨルモノアルコトヲ中村中尉殿ヨリ言ワル。「君ラ最善ノモテナシヲセヨ」トノコトナリ。何分山間ノ僻地《へきち》ニシテ恐ラク意ヲ尽クシ得ザランコトヲ怨《うら》ム。

十四時ヲ過グルモ未ダ慰問隊到着セズ。念ノ為メ本部ニ連絡中ノ処、第三展望哨ヨリ「台家村附近ノ方向ニテ微カニ銃声ラシキモノ聞コユ」ト報告アリ。

多分ノ懸念ニヨリ急遽車輌二台ヲ編成シ偵察ト万一ノ場合ノ救援トヲ兼ネ出発スルコトニナル。慰問隊ニハ軽機二、重擲一ヲ含ム二ケ分隊ノ護衛附サレアル筈ナリ。

命ニヨリ熊田少尉、小隊指揮ノ任ニ当ル。

集落を百メートルばかり隔たった関帝廟《かんていびょう》を、八路軍の一隊が包囲してから、すでに数十分経っていた。廟の中で応戦していた銃声は、次第に衰えをみせてきた。さしてゆたかでもない兵力が、分秒を刻むごとに損耗していったのだろう。ありありとその様子が分かる。集落の土壁は地面と同じ乾いた色をみせて、ひっそりとしていた。この戦闘を覗き見ようとする好奇な顔も見当たらなかったのは、流弾がしきりに土壁に達し、あるいは土壁を越えて、集落の穹《そら》をしきりにかすめてゆくすさまじさが、土民をすっかり怯《おび》えさせていたからに違いない。荒れた黄土の一角で、断続して撃ち合う彼我の銃声だけが、ようやく最後の軋轢《あつれき》にまで昂《たか》まろうとしている。八路軍は、軽機のほかは、これという重火器ももってはいないようであった。が、遠くで聴《き》くと恰《あたか》も歌っているかにすら思えるチェッコの軽い爽《さわ》やかな銃声が、はっきりと彼等の優勢を象徴している。

——まだ晩夏の陽は、中天に燦《さん》と高かった。

そこは山西省汾《ふ》山《さん》県の近くであった。みるかぎり黄土の嶺が蜒々《えんえん》とつづいているほかには、眼を慰めるに足る一物もない。集落といっても土壁ばかりの名ばかりの山中の小村である。この付近は治安地区にはいっているから、平常《へいじょう》銃声を交えるなどということは、めったにない。まして、この計画的な奇襲を行なうについての情報を、八路軍はいかなる手段によって入手したのであろうか？　慰問隊にとっては、まったく不慮の出来事というよりほかはない。

ともかくしばらく前までは、驢馬《ろば》が粉臼《こなうす》を回している長閑《のどか》な物音でさえききとれるほど、このあたりが平穏であったことは事実である。その平穏な風色《ふうしょく》のひとところ、とある稜線をのぼりつめて、そこからかなり急な下りにかかる軍用道路の一地点に、いくつかの地雷が敷《ふ》設《せつ》されたのである。敵は百にも満たない八路の遊撃隊であったようだ。準備を終えるとかれらは半円を描いて陣を敷いたまま、土と一緒になってひっそりと、地雷にかかる獲物を待ち侘びていたのだ。

しばらくすれば山道をのぼりつめてくる、一台の軍用トラックのエンジンのひびきがきこえてくるはずである。そうして、トラックは一個か乃至《ないし》数個の地雷を踏んで、確実に爆破されるにきまっている。勝敗のけじめは、すでにその一瞬に決定するだろう。奇襲が成功した場合に、ほとんど一兵をも余さず殺戮《さつりく》するという八路軍の常套《じょうとう》作戦の上に、また新たなる一頁を加えることになるのだ。

そのころ、すでにトラックは麓に達していた。埃っぽく褪《あ》せた軍衣の群れに混じり、車輛の背で揺れ上がりしている女たちの姿は、背景の荒廃からなおさら浮き上がって、遠くから見ると、まるで黄土に咲いた花のように、そこだけ美しく空気を擾乱《じょうらん》して見えた。むろん誰一人その時までは、危難に対する予感を抱いているはずもない。ふだん少数の人員が徒歩で往来したとしても、先ず安全な行程が踏める、という見込みがたちうるほど、ここらは土匪や残敵の出没圏を離れているのである。

しかし、まだ旅馴れぬ慰問隊の人々の眼には、ますます山の気配が深まるにつれて、どうにも救いのない朔北《さくほく》の風物は、きびしい非情を感じさせずにはいなかったらしい。兵隊たちが気軽に話しかけねば、あるいは漠然とした不安の果てに、なにかの危機を予感することができたかもしれない。——が、兵隊たちが第一ひどく愉快がっていたのだ。

トラックが新たな上《のぼ》りにかかってから、

「泛山県てまだ遠いんでしょうか」

だれにともなく問うてみる女の言葉に、三、四人もが、いっせいに返事をしてやるといった、至極賑やかな応対ぶりである。ひとつには兵隊たちが、彼女たちのなかの一人、沖しおりを、故戦友の妹として、故国を出動する時の微かな記憶を辿った言い難い親近感をもち、しおりがまたばかに人懐っこい涙っぽさで昨夜からずっと兵隊たちの近くに馥郁《ふくいく》とたたずんでいる故もある。

「あと一時間くらいで着くかな。それまでにはまた、なんとか、車を故障させようじゃないか？」

軽機を抱いて、車輌の背のまん中に坐りこんでいる菅上等兵がいう。さきほど車が故障したときに彼は付近の集落から、どこでどうみつけてくるのか、笊《ざる》に一ぱいも落花生を仕入れてきた。この峠を越せば台家村《たいかそん》に沿ってゆくことになる。車の故障には恰好の場処だと、それに同意しているようなぐるりの視線が、笑いながら頷《うなず》いているのである。

「もう故障はして貰いたくないわ。みなさんあんまり親切すぎるんですもの」

まさにいま溌剌《はつらつ》と妙齢《みょうれい》の露《つゆ》をはじいてでもいるような、兵隊にはまぶしすぎる十八歳の春野すみれの微笑がある。この無邪気な、それでいてどこか蓮っ葉《はすっぱ》な風情《ふぜい》が、兵隊にいちばん親しみやすいらしく、彼女を囲んだ派手な談笑がどこよりも活気のある風景を昨夜からつづけている。

沖しおりが泛山県への慰問行を決意したとき、真っ先に調子よく乗ってきたのも彼女だが、それには何ものへともしれない情熱が若い冒険心となって燃えていたのだろう。しおりの身にとっては、むしろ悲壮に近いこころで兵隊たちの、とくに影井兵長のすすめに従ったのであるが。

昨夜、影井がしみじみといった。

「自分は前に泛山にいたことがあるからよく知っているのだけれど、ああいうところこそ慰問に行くべきですよ。あそこでは望楼の歩哨がしょっちゅうやられているんです。どこから弾丸がくるのかまるで分からない。ここで考えるとロマンチックなようだが、なかなか実際は楽なもんじゃありませんよ。それに慰問団ていう奴は、たいがい賑やかなところだけ通って、御馳走してもらって、あれではまるであべこべに慰問されにきているようなものだ」

しばらく間をおいて、ふと言葉を改めると、

「それからあなたの兄さんが死んだ場所について、なにか身近なものがかんじられるかもしれない」

その言葉がどうやらしおりの心を捉えたようだ。司令部では、周辺の分屯地回りを強《し》いて要望してはいなかったが、行くと言えば、ずいぶん喜んでくれることは分かっている。たと

えひとりきりでもいい、索漠としたものに衝突してゆきたい必死なものを、ひそかにそのときからしおりは胸にたたんでいる。そして、この脈々と際限もない山肌ばかりのどこかに、いまようやく肉親の匂いをかんじてくるようでもある。だからしおりは影井にふと訊いてみるのである。(ほんとうは影井と並んで腰を下ろしている桐生上等兵に尋ねたかったのだ。しかしなぜか、かすかに面映い気が、ある)

「兄の死んだ場所は、まだうんと山奥なんでしょうね」

「もちろん。一週間くらい歩くか。な、桐生」

うん、とうなずいて、兵隊にしてはよく澄んでいる眼が、しおりをみつめ、

「自分ももう一度そこへ行ってみたい気がする。でも、果たしてその場所を間違いなく発見できるかどうか、なにしろ何処《どこ》もかも同じような、木も水もない山と断崖ばかりなんですからね」

しおりの眼が、はるかに空を劃《かく》している累々たる山嶺《さんれい》の連なりを眺めている。これが沖の妹かと、いまさらのように桐生は思ってみる。偶然のような、また必然のような、ふしぎな想いがしてくるのである。ちょっと信じられないようでもある。あるいは嘆賞に価《あたい》するかもしれないこの見るかぎりの風色の果てに、しおりは、兄の血が枯草を染めた一つの地点だけをもとめている。しばらくは山々の起伏の果てに、放心とも信仰ともつかない、たぎる想いを委《ゆだ》ねているのである。

「ひどい山だわ。どうして木が生えていないんでしょうね」

声音《こわね》が天を怨む口調になっている。影井にも桐生にも、その心の所在《ありか》はよく分かるようである。彼女が本土を出て、華北をめぐるについての決意の前後も、昨夜しみじみときかされている。

「近いうち、秋の太行作戦があるでしょう。そのときどうです、一緒に行きませんか」

あんがい真面目な顔をしてみせる影井に、

「もし、歩けなくなったらどうします？」

「桐生がおぶってゆきますよ」

ちらと見交わした眼を、しおりはまた遠くへ投げる。うねうねと曲がりながら、もうじき車輛は峠の上に出るだろう。眺望が豁然《かつぜん》とひらける。山の貌《かたち》がもっときびしい迫り方で見えるだろう。しおりの視線が、また桐生や影井の上に落ちてくる。それを待っていたふうに、桐生がひとり言のようにいうのである。

「また今年も、あなたの兄さんが死んだときと同じように、河南の省境《しょうざかい》まで敵を追うわけです。ひどい山なんですよ。村の中に井戸があると、細引きを十本くらいつないで、やっと水を汲むわけです。でも、いつだったか、壁だけしか残っていない廃墟の村で、ちっとばかりコスモスの咲いてるのを見たことがありますよ。あれはじっさい美しかった。きっと兵隊が慰問袋から落とした種子が、あそこで芽を吹いたにちがいないと自分は思ったんですが、なぜかというと、そのあとずっと、河南の省境まで行ってから、敵にすっかりかこまれて、灌木の根にしがみついて弾丸を避けていたことがあるんです。そのときふいと眼の前をみると、キャラメルの古い包み紙が落ちているんですね。思わず弾丸の音を忘れるくらい、そいつもなつかしかった。やっぱりここにこうしてこんな山の中で、自分より先に戦っていた奴もあったかと思うと、何ともいいがたい想いでした。だからコスモスについても、そんなふうに信じたかったのでしょう。ちょっと感傷的かな」

本気なのか、それとも慰めるためにいってくれているのか、いずれにしろ深い思いやりを、しおりは桐生から読みとることができる。この人は親切な、ずいぶん情感のゆたかな人だ、とかつての彼の風貌への記憶と、また彼から兄の戦死についてその状況を切々と記して貰った書信の中の文字が、鮮やかに蘇ってくる気もするのである。

「ここが山西省の十国峠なんだよ。あそこに富士山が見える」

誰かが、冗談をいって慰問隊に説明している。明るい談笑をのせたまま、車輌は次第に峠の頂《いただき》へのぼりつめていった。そうして（おそらくこんなことがあるはずのものでない）予定の通り、トラックは無造作に地雷を踏んだのである。

瞬間、空に跳ね上がった前車輪のひとつが、顛覆《てんぷく》した車輛の喧騒《けんそう》をのがれて、ひとり生きもののように、しばらくは坂を転がっていった。たちまち周囲から銃声が湧いた。——その時から今にいたるまで、ずっと彼我の銃声がつづいているのである。

*

廟の壁は間断なく掃射されたチェッコ機銃の弾痕にまみれていた。あんがい強硬な抵抗が、敵に弾薬の空費を気づかせて以来は、むやみな銃声も遠のいたようである。そのかわりに、はっしと空を貫いてくる弾丸が、いくつかの生命をこの廟の中で確実にほろぼしている。

　煉瓦を積んで泥を塗り、石灰で彩色したにすぎないただ一枚の防禦物。幸か不幸か、その壁の数ヵ所に、煉瓦を十字に組み残した明かりとりらしい小さな窓があいている。たぶん最後はこの隙間から手榴弾が投げ込まれるのだろう。そこまで敵が近接してくるには、まだ数十分か、あるいは十数分かの、よゆうはあるのだろう。窓から機銃をはずし、弾倉を詰めかえながら、桐生はとっさの思念の底でそれだけの救いを読みとっている。

　すでに廟の中には、ただ二つの生命しか残されていなかった。それもやっとよろめきながら、この苦しい抵抗を支えているいのちでしかない。明かりとりの、十字の窓にまた機銃を突っこみ、稜線からふいと泛《う》いて出る見馴れた八路兵の空色の帽子を、もはや彼は一種愉しみのごとく狙えるようになってきている。改めて死を想うにはその時期さえもう過ぎてしまっているような気がする。

　ここにあるのは残された絶望の抵抗だけだ、と彼の中に深く囁《ささや》いているものがあるのだ。死生の空間が、恐ろしい速度で縮められていながら、それでいて心は次第に、不気味なほどとぎすまされてくるような気もする。むしろ息苦しいほどにも、切ないほどにも、あるかなきかにつづいている、喘《あえ》ぎのなかの息づかいのありがたさをかんじてくる。

　空色の帽子のひとつを、彼の指は一連射で確実に地にめり込ませる。そのときの充足感で、ちらと彼は背後を振りむいてみた。ほんのさきほどまで、明るい哀感で車輛の背に揺れていた沖しおりが、いまはみるもむざんに髪をふりみだしたまま、しかし一発の無駄も撃たぬ気構えで、微妙な崇厳《しゅうげん》さをさえ思わせるほどの姿で小銃を肩にあてている。訓練されてゆく時間が、彼女を犇《ひし》とかこんでいるようだ。そこにも死生の波間に、泛《う》くよりも沈むことの多くなりつつある、ひとつの得難いいのちが残されているのを桐生は見る。それももう幾何《いくばく》もなくほろんでゆくはずのいのちが。

彼女と二人きりがこの廟の中に残されてしまうまでも、彼は死に直面している已れの心理よりも、はるかに多く彼女への推測に心をとられていたような気がするのである。なぜだか知らない。余された時間の中に、弾雨の隙を縫う彼女との対話によってそれを解きあかしてゆきたいと思っていた。

それにしては執拗すぎる敵の攻撃に、しばしば彼は激しく苛立ってくる。女の身で、これほどの死闘に曝《さら》されるのを承知で、なんのために彼女ひとりだけが此処《ここ》にとどまったのか。単に彼女の肉親に対する絶ちがたい愛著の想いだけが、それほども女の情を浚《さら》ってゆくだけの力があったのか。あるいは奇妙だ、と。

はじめ此《こ》の廟の中に逃げこんだときは、三人の女と六人の兵隊とがいた、あとは地雷にやられたときに負傷して逃げおくれたり、途中で射殺されたり、幾人かは慰問隊を安全にのがすために、もっとも不利な態勢のまま、瞬時の眼まぐるしい戦闘のうちに死んでいったのだ。この廟の中で抗戦しているあいだに、さらに五人の兵隊がやられていったことも、いまとなればまたなんのふしぎでもない当然の帰結であるようにおもえる。たしかに、敵を狙う眼よりも、もっと激しいかがやきをこめて、かれらは地平の方に救援隊の見えることを、ひたすらに願いつづけていたのだ。それだけを最後のたよりとして、十字の窓に手をかけたまま、いのちを終えている。まるで白昼夢のような世界で、いったい幾時間（あるいは幾分にしかすぎないかも知れない時間）をどう戦ってきたのかすら、朦朧《もうろう》と意識の果てに消えて識別できないほどである。

身にかんじられることは、ただ銃を発射するときの、肩を快く叩いてくるふしぎなリズムへの陶酔だけである。陶酔といって差し支えないだろう。恐怖もなく戦慄もなく、決定された死の瞬間へ、自ら肉薄せんとする壮烈な意識にまで、いっさいは渾然《こんぜん》と昂《たか》められてきているのだから。

慰問隊にまじっていた二人の男の楽手たちも、いまは丘陵の傾斜を辷《すべ》り落ちたまま、黄色い泥の塊《かたまり》となっているにすぎないだろう。歌手である、沖しおりを除くと、あとは劇場の踊り子たちであったが、それにしては足の弱い女たちがよく逃げのびられたのが不思議であるが、そこには最初から八路軍の、女を狙うことを避けていた意図を知ることができる。

もっとも港きみ子は途中でやられている。しかし、それは流弾にやられたのだ。けっして八路兵が狙ったのではないことも分かっている。なぜか。この索漠《さくばく》たる荒涼《こうりょう》の底を、つねに鬼のごとく彷徨しているかれらが、女にむけて銃口を擬《ぎ》さなかった想いは、人種や国境を越えて、兵隊である身には深く頷《うなず》くことができるのだ。それだからこの廟に辿りついたとき、早速にも影井兵長が、彼女たちにむいて言ったはずである。

「あなたたちは逃げなさい。あなたたちは助かる。奴らは絶対に撃ちはしないから、このまま集落へ走って行くんです」

「でも、結局はつかまるわ。つかまったら、殺されるでしょう。ああ、どうしよう。殺されるのよ」

ひとりで身もだえして、ほとんど慟哭《どうこく》に近い叫びをあげてふるえたときのさまを、桐生はついいまのことのように思っている。いちばん気性の明るい春野すみれでさえ、恐怖のために、ぜんぜん言葉を発することも不能のように見えた。しかも躊躇していることは一秒もゆるされていない。

「もちろんあなた方はいずれつかまる。だが、ここに残ったら完全に殺されるだけだ。いっそハンカチを振りながら、敵の方へ向かっていったら、もっと安全だ」

「ああこわい。どうしても駄目。つかまる？　もしつかまったら？」

すでに応戦のはじまっているきびしい現実にむいて、影井が視線を避けていう。

「まずくいっても、奴らの慰安婦になるくらいだ。それでも、ずたずたにされて殺されるよりか、いいじゃないか。早く行きなさい」

信じられぬほども近く、そうしてむざむざとへし折られてゆく花が、いま眼の前に咲いているということは実際なんという皮肉だ。奇怪な運命へのひがみを影井の眼が語っている。

さっきまでは、いわば彼女たちは手に触れかねる楚々《そそ》たる野の百合であった。銃弾が不断に人間の本能をゆさぶりさますこの酷烈の中にいては、常住歯がみするほどの女欲に飢えながら、しかも酷薄な孤独と対決してきた憤りが、故もなく激しく燃え立ってくるのである。

影井もまたその胸を通り魔のごとく掠《かす》めてゆくものを一瞬みたのだろう。彼が彼女たちに与えた冷たい正確な決定のなかに、自《おの》ずと意地悪く豹変《ひょうへん》している人間の殺伐がみえた。が、その言葉は生への一縷《いちる》の頼みをはっきりと教えてもいる。

慰問隊の拉致《らち》はなにも今日に始まったことではなかった。慰問隊や郵便車や糧秣班の行李が、殊更《ことさら》に危険を冒した敵匪の襲撃をうける率が高いのも、そこには山のほか住む土地をもたない人間の、絶望的な怨嗟《えんさ》があるのかもしれない。

僻遠の地に在る分屯隊の兵隊たちが、唯一の慰めとしている写真師でさえ、つねに執拗な狙撃《そげき》に曝《さら》されながら、きまってその生命を奪《と》られてゆく。

だが、過去のいかなる例をみても、少なくも彼らが意志して女を殺さなかったことだけは明らかである。耳をそぎ、鼻を斬り落とし、裸体にして身体を蜂の巣のように刺し貫いた、ほとんど凄惨をすら越えている屍の中にも、女の姿だけはみえなかったことが屡々《しばしば》の噂のなかにのこされている。

ともかく、車輌が地雷に跳ね上がると同時に、いきなり飛躍した現実の一切が、収拾つかぬ間に、人のいのちを急速にさらってゆきつつある。その不安な動揺に足をささえかねて、まったくの力つきた放心だけが女たちの瞳孔《どうこう》をひろげている。

死生の、ぎりぎりと壁を圧してくる実感が、だが彼女たちの去就《きょしゅう》を決定させずにはおかなかった。

ふたつの女の影が、のめりそうになって、一瞬の間に集落の土壁に向かって駈けてゆくのを、桐生はやはりその十字の窓で見たのだ。彼女たちの姿が乾いた土壁の蔭に消えるのを見終えたあと、すぐさましおりを振り返ったときに、すでに彼女は小銃を土間から拾いあげていた。

腹部貫通を受けたまま、辛《かろ》うじてこの廟にまでは転げこんできた桜田一等兵の銃である。彼は廟へ着くなり直ぐ死んでいる。そうしてそのとき、ひとりだけ、影井にさからって逃げなかった彼女の、そのめぐりをめらめらとりまいているかにみえる、あの異様な焔のごときものを、桐生も、またかんじたのだ。

それはもしかすると、彼女が此処《ここ》にとどまることを決意する以前に、かすかながら兵隊たちの予感したことであったかもしれない。この山脈の何処《どこ》かに、じぶんの肉親の兄を失っている彼女の、きびしすぎる現実への感慨が、どのような形で彼女の胸に蓄えられつつあったかも、兵隊たちは彼女と語って以来、それを充分に理解していたからである。

うわごとのように言いながら、彼女は明かりとりの窓のひとつに向かっている。

「あたしは逃げない。兵隊さんと一緒に死にます」

乾いた眼が、その奥で激しく哭《な》きつづけているかにみえた。一滴の涙も誕《う》まない苛烈に彼女が耐えていたことが、そのとき廟の中に残された幾つかのいのちを、明るい逞しさで抱擁したことはたしかだ。いまさら初陣でもない兵隊たちにとっては、包囲されきってしまえばそれなりの覚悟になずんでいってしまう。

だから自分がやられるまでは発砲の合間に、軽い会話を互いに交わしあうほどの余裕はいくらもっていた。むしろ戦うことが愉《たの》しかったのかもしれない。女と、それも尋常の立場でない女とともに包囲されたことが、いささかは錯乱を美しく彩色してゆくにちがいないと信じられたのだろう。

廟の中では桜田を失ったあとの六人が、影井の指揮によって防戦をつづけた。影井はいちばん落ちついていた。彼はしおりが桜田の銃をとりあげたとき、銃の撃ち方を彼女に教えた。さすがに動顛している彼女が、夢中で弾丸をはじき出すのを、

「そんなに力をこめては、じきに疲れてしまう」

ともう一度やってみせ、

「忙しいから、あとは自分で適当にやって下さい。あなたがなぜひとり残ったか、われわれにはよく分かっています。あなたを先に死なせるようなことはしない」

すでに彼は、これからの防戦の間に、まず自分から先にやられてゆくことを、願いとしてもっていたのだろう。冷たいほども静かに笑って、自分の銃に弾丸を詰めた。その影井もしばらく撃つと、ふいとしおりの方をむいて、

「沖さん。あんたは歌を歌ってもいいんだよ。助かるのも死ぬのも運委《まか》せだ。あわててみたって同じことだ。花の北京の灯点《ひとも》し頃はって奴がいいかな。それに合わせてわれわれも撃つさ。たかが相手は山賊じゃないか」

調子がひどく明るかったのは、はじめて銃を撃つしおりの、必死になって、却《かえ》ってぎごちなく隙をみせることへの、警告をこめた思いやりであったのだろう。そしてまた彼女を、少

なくもここで防戦している兵隊を、理解し得るほどまでに訓練してやりたかったのにちがいない。

桐生は知っていた。しおりが、急変した現実にはげしく追いつめられ、放心するほどにもなりながら、いくたびかの視線を自分に投げてよこしたことを。もちろんその眼はなんの意味も、また意識ももっていなかったかもしれない。だが、それだけに女の、みえがたい心の在処《ありか》が、かすかに心を掠めてくるのをかんじることはできた。

桐生はその視線と逢うたびに、なにか力づける言葉を与えるべきだと責められながら、結局は一言ものべなかった。彼女のぐるりを単に空《から》回りするだけの言葉を惜しんだわけではない。自分自身よくはつかめないながら、なにか彼女を一瞬に覚醒《かくせい》させるような、痛烈な表現をしきりにもとめる心になっていたからである。ただ不断に窓のあたりを脅してくる銃弾が、何よりも先ずここを守らねばならぬ、という責任を呼び起こし、彼女への手がかりを妨げてしまったのだ。

しおりははじめのうち、まったく口をきかなかった。敵を撃つ弾丸が、高く高く空にはずれてゆくのを見つめていた。それがいつのまにか低く、地面とすれすれに土煙をあげるようになってきて、はじめて心のしこりが、わずかにとけてゆくのをかんじることができた。しかし、肩は烈しく痺《しび》れて、まったく感覚がなくなった。銃身のほてりが熱い。引鉄《ひきがね》をひいている人差指が、じいんと音をたてているようだ。そのころになってようやく、戦いながら互いに話しあっている、廟のあちこちの言葉がきこえはじめてきたのである。

「菅。お前は無理して撃つな。細く長く弾丸をつづかせるためにな」

影井の横で、軽機を抱いている菅が、ひょいと壁の隅に敵弾を避けると、

「ちっと休憩しようじゃないか。撃ち方やめて、もっと引き寄せて一挙にやろうじゃないか」

「八路がその手にのるものか」

「とすると、どうやら敗け戦さの模様だな。おい高沢、友軍は来そうもないか」

はげしく憤っているような声が、「来ません」と、きこえて来た。

窓のすぐ近くを濯《あら》った数発に、はっと眼をつぶって壁際に身を寄せたしおりは、そのはずみで、ちらと高沢のうしろ姿をみた。そこに誰よりも懸命に、もっとも言葉すくなに撃ちつづけている、この中では一ばん年次の浅い、したがって戦闘の経験にも乏しい高沢の姿勢をみた。しおりは自分のつぎに、たぶん度を失っているにちがいない高沢に、そのとき微かなしたしみをかんじ、そのしたしみをかんじ得たことに、じぶんの弾雨の中の成長をわずかに知ることができた。

勝ち目があると、恐ろしく強くなるという敵の性質を、しおりは、昨夜、誰からかきいたようである。しおりが狙っている位置の、そこにのぞいては消えする敵の帽子。一発ずつの弾丸を空費しながら、しかも絶対に射とめることができないのを、しおりはいらいらとかんじてくる。かえってこちらが先にやられてしまいそうな、寒い予感がしきりに背を舐ってゆくのだ。

「天皇陛下万歳といって死ぬかな。いつか山下の奴が、ほら頭下鎮《とうかちん》の月あかりの道で、ぱったりと倒れたことがあったろう。俺は芝居じゃないかと思ったくらい、奴は見事に倒れたものだ。そうして実にはっきりと、あの万歳をやったものだ。何しろあのときは始めての戦闘だったから度胆を抜かれたが、なに山下の奴、ちゃんと生きていたじゃないか。調べたら膝をやられていたんだぜ。滑稽だったなァ。あの頃は。だが、いまじゃわれわれも変に悧巧な戦闘ばかりやるようになってしまったワィ」

弾丸を撃つ合間合間に、影井がつづけている。ときどき掃射を浴びせながら、機敏に壁際に身を退いては、菅があいづちを打っているのだ。

「しかし、こう囲まれたのもはじめてだな。そろそろおふくろの名前を呼ぶ練習でもしておくか」

「おれも、そのつもりでいま撃ってる。奴ら相当気負っている。案外長くないぞ。――ずっと弾着が正確になってきやがった。気をつけろ」

菅が、こんどは単射で、眼を据えて撃ちはじめている。一定の間をおいて見事に弾着を決定させている菅を、ふいと影井はながめ、はげしくたかまっている菅の闘志のなかに、その一刹那なにかあやういものをかんじた。

「やられた。菅！」

がくんと窓をすべって軽機が、土間に崩折れてゆく菅の身体と一緒にずり落ちていた。眉間をみごとにやられている。いったん抱え起こしたのをほおって、

「おい。菅がやられたぞ」

それからしおりにむいて、怒った口調でいうのである。

「窓から銃だけ出すようにして撃ちなさい。あなたは狙わなくてもいい。敵がずっと近接してきた」

充血してみひらいた眼をまっすぐ影井にむけ、しかし声はかすれてきこえたが、

「あたし、大丈夫です」

間違いなく大丈夫なのだと、暑熱のみなぎりこめる気配の底に、一抹の冷たい殺気の走るのを彼女は意識する。敵の一発ずつに鍛錬されてゆく自分をかんじる。そうして、太行山脈の何処かで失われたはずの、唯一の肉親への親しみを、やりきれなく身に覚えてくるのだ。たぶん兄もまた、このような苛烈のなかで、しかし、風に葉が吹き落とされてゆくような、ふしぎなほどのしずかさでいのちを終えていったのにちがいない、と。

桐生が土間を匍ってきた。なんのためか、熱をはかるときのように菅の額に手をあててみて、

「ちっと早く死にすぎたな。菅は、すぐむきになるからいかんのだ。性分は、死ぬまでなおらんな、影井」

「うん。奴はこれでいい婚約者がいたんだよ。来る手紙はその女からにきまっていた。考えてみると兵隊もかなしい商売だなあ」

一発撃ち込んでから、

「つくづく考えてみるとよ」

それでも、それきり菅のことは忘れてしまえばいいのだ。桐生は黙って菅の軽機と弾薬をもっていった。影井としおりとの間に、弾倉をひとつ投げて、その拍子にしおりと逢った眼に、やはり兵隊にしては澄んだ眼がかげりなく燃えていた。(親しみやすい顔なのだ。しおりが彼からの書信を読んだときに、あらためて思い起こした表情から、少しも離れていない面ざしなのである)

桐生は少し笑ったようだったが、果たして、そうだったかどうか、それをたしかめるほどのゆとりは、まだしおりにはなかった。

なにかをふいと熱心に考えつめている自分をかんじながら、そのくせ心の隅では、猟師《りょうし》が獣を狙うときの心理を、いま自分は学んでいるのだ、といった、ばかげた想念が、あんがい大きく揺れ返してきたりする。

しおりは焦って自分を整えようとし、この現実がきびしければきびしいほど、自分の中に湧きつづけてくるものがあるはずだ、と信じ込もうとする。しかし、それはなにか。という ことよりも、彼女にはただひとつの言葉だけが先に繰り返されてくる。

(死ぬかもしれないのだ。このひとも——)と。

すでに軽機を撃ち出している彼を背にかんじ、おそらくそこへ集中してくる敵弾を眼にみるおもいで、彼女は自分の照準のなかに、敵と一緒になって土煙のかげでゆらゆらさだまりかねている、桐生へのいい知れぬ関心をみている。それをよりいっそうつきとめてゆこうとする意識が、灼けた銃身に頬を押しつけさせるのである。

――しばらく経った。

「あんたにすすめるんじゃなかったよ。失敗だった。えらいことをしたものだ」

影井の声は、しおりにではなく、自分に言いきかせるひとり言らしかった。沈痛なひびきは、しかしひりひりとしおりの耳にとどいていた。彼女はひと言、彼を慰めようと思い、また仕方もないことだと、言葉も立ち消えてゆくのである。

そのとき血の飛沫が、かすかに頭にかかるのをかんじ、一瞬、戦慄がしおりの胸を吹きすぎていった。壁に縋《すが》りついてのめりこんでゆく影井を、眼の前に彼女は見る。

砕かれた脳が、壁に血の跡をひいてゆくのを見、とつぜん凍ってゆく自分の血管に気づく。間違いではない。あまりに正確すぎる眼前の事実が、しばし彼女を震盪《しんとう》しつづけるのだ。

そのあと、錯乱してゆく想いと、嘆きと、途方もない恐怖、それでいて心の遠くで、しずかに眼をつぶってゆくもののあるのを彼女は知る。

ほんの短い時間に、兵隊だけが長い駐屯生活と、無数の戦闘とによって得る、生の領野をつねに死に置きかえることによって自分を鍛えてゆこうとする、無心なほどの哀切、非情をきわめた冷酷、あるいはそれが宗教であるかもしれない透徹した位置に、彼女もまた彼女みずからの手で、自分を鍛えあげていったようである。

影井を抱き起こし、あきらめて、すぐまた帰っていった桐生が、

「いよいよ、冗談どころではなくなったな。こう簡単に整理されてゆくとは思わなかった。

奴ら、なんとしてもここを奪《と》る気だ」

桐生の運んできた影井の薬盒《やくごう》から、抜き出した弾丸を装填しながら竹塚が答える。

「たまには奴らに花を持たせるさ」

その、言葉だけでも不利な立場を否定しようとするようすが、ふと新鮮な活気を、この廟の中によみがえらすのである。

「意地になって攻めてきやがる。それほど怨まれることをした覚えはないがなあ」

こんどはたしかに微笑している桐生の眼が、申しあわせたように、竹塚と一緒にしおりの方をふりかえる。ちらと、それきりだが。

「頑張るか、友軍のくるまで」

しばらくは、気負ったすさまじい連射が、丘陵の角いちめんを削っている。

「しかし、あと、四人、きりだな」

竹塚の、その独り言が、しおりの耳にもはっきりときこえてきた。彼我の銃声が、いっときふっとんでしまう奇妙な真空の時間がくる。とつぜん寒気をもよおさせるほどの真空である。

「ここからの銃声が、泛山まできこえるかな」

桐生がいう。その言葉は、前にもだれかが言ったようである。さりげない重大な意味がこめられてある。しおりもまたその言葉をいく度も心の底に繰り返してきている。

「風の工合だな。風向が変わったかどうか。こう忙しくては風の方向をみているわけにも行かん」

　竹塚がのんきな返事をする。

　そしてまた幾刻《いくこく》かがすぎる。不安に不安を折り重ねてゆく危険な時間が。

　すると、いまのいま元気に話していた竹塚が、いきなり飛沫《しぶ》くような呻きをあげて立ちあがると、土間の中心までよろめくように、ぐるぐる旋回しながら空を悶掻《もが》いてやってくると、今度はしおりのいる方角へまた激しくよろめいてゆき、意味のまったく不明な絶叫を残したまま、壁にめり込む姿勢で仆《たお》れた。

　しおりは彼を抱き起こした。手にかかる死の間際のなまぬるい量感だけをみきわめる。彼は両眼を血みどろにしている。その死の方角をすら見失ってよろめいた竹塚の、まだ生あたたかく汗ばんだ肉体。眼をすえて、一刻しおりはおびえる。一枚の紙を裏返すほどな他愛ない死の在り方を。嘘ではないかと、信じ難い想いが、あとからあとからつきあげ、そのまま涙となってゆくのを、はっきりとかんじる。すでにぼろぼろになったワンピースの袖で、まったく感情を伴わないで出てくる涙を、彼女は拭っているのだ。このつぎに誰が死ぬか、突発的にその想念が、ほとんど叫びをあげさせるほどきびしく彼女を叩いてきた。

「ああ、だんだん死んでくの。桐生さん、まだ誰も助けに来ない？」

　はじめて、自らの意志でなく、訴《うった》えんとする言葉が彼女の唇をついて出ている。桐生が駈けよってきて、

「どこ？　やられたところは」

それで、ふとわれに返ったように、

「いいえ。あたしはどこも。ただ、だんだん頭がおかしくなりそう。あんまりひどい。いつまでつづくのかしら」

桐生はその哀願めいた口調のなかに、わざと弱まってみせている、しおりの心を聡明にみぬいている。むりもない。堪えがたいだろうと思いやることはできる。

「大丈夫。もう助けにくる頃ですよ。ほら、風が向こうへ吹きぬけている。銃声は泛山へきこえているはずだ」

それでもまだ気になるのか、元の場所からまた振り返って、

「疲れたら寝ころんでいなさい。まだ我々だけで大丈夫だ。あと二人いる」

この廟に残された兵隊のうち、もっとも若い高沢が、ひとりずつの屍を越えるごとに、ありありと闘志を凝集《ぎょうしゅう》させているさまが、眼にみえてきた。高沢は、とつぜん立ち上がると、

「桐生さん。俺は突撃したくなった」

そしてまた壁に吸いつくみぶりで照準をかさねている。

「あわてるな。助かるぞ。いまに」

自分に教えるようにも桐生が言っているのだ。次第に決定的な絶望感が、助かるより先に全滅するだろうという予感が、自分をとりまいてくるのを知る。しかし今となっては、せめてこの高沢を励ますより外はない。彼はふりむいてみる。はじめと同じ姿勢で、ちゃんと窓に倚《よ》って銃を抱いている、この辺土の果てのひとりの女のすがたを。

（ふたりのうち、どちらかが今度はやられる）

それからまた、幾分か、あるいはそれ以上の時が過ぎたのだろう。

そのあいだに高沢がかなりひどい負傷をしたのを桐生は知っている。致命傷ではなさそうだ。が、みるまに荒くなってゆく息づかいが、狂ってゆく照準が、もし来るとすれば友軍のトラックの土けむりが見えるはずの遠い稜線をみつめる眼のかがやきが、ようやく彼の末期《まつご》を、桐生にかんじさせてくるのである。それに対するなんの手の施《ほどこ》しようも、もう残されてはいないのである。

やがて高沢が立ち上がった。狂った眼になっている。

「おれはやっぱり突撃する」

壁に縋《すが》りながら二、三歩あるき、しずかに地を抱くようなみぶりで崩折れていった。まだ死んではいない。呼吸の度に盛り上がる肩を、一、二度、桐生は見、そしてそのつぎに、今度はまったく動かなくなっている彼を認めた。

それでもうこの廟の中に生きのこっているものが、たった二人きりしかいないことになってしまったのである。

＊

——ふと銃声が遠のいてゆく気がする。そしてまたみるみる近づいてくる。夢であるのかもしれない、とおもう。あるいは夢の上に、もう一つ夢が重なっているのかもしれない。逆上してはいない。どろんとした混濁《こんだく》から、ひょっくり身近な弾着が眼をさまさせたような。

それともどろんとした混濁に自分が支えきれず陥ちてゆく寸前ででもあるような。しばらく経つ。きき馴れると実に爽やかな敵の銃声が、またしおりの疲労をゆさぶりつづけてくる。壁を叩いて抗議したくなるほどの執拗な弾雨が、すさまじい速度で彼女を成長させて来ている。わずかの間に、深い経験を越えてきたようだ。着実に、この狭い廟の荒壁と取り組みながら燃焼してきたものがある。

水のような寂莫《せきばく》がしばしば彼女を襲う。生への無意識の未練であるのか、それとも、はや死に対する憧憬《どうけい》のごときものであるのか、それは分からない。分からないままに、引鉄《ひきがね》に触れている指先までが凍りついてゆくような、ふしぎなしずかさを身内にかんじさえするのである。たぶん己れを燃しつくしたあとのそこは、暗い深淵《しんえん》なのにちがいない。さまざまな記憶の断片がうつり消えしている――なんの脈絡《みゃくらく》もなしに。

しおりは、桐生からただ一度、兄の戦死についての詳細な書信を貰ったにすぎない。その頃からすでに勤労者慰問の旅をつづけていた彼女は、東海道沿線のとある軍需工場の一隅でその書信をひもといたのである。兵隊の筆に似合わず感情がゆたかで、死の前後の描写でさえもが、行間を埋めつくす一個の真情の所在《ありか》によって、彼女の思いをしみじみ深めさせてくれたとおもう。

そのときの文面の一節までが、ありありと思い起こされてくる。どのようにして兄が死んでいったかも、まったく銃声の絶えた山上の壕で、兄だけが不運な流弾を浴びたことへの悼《いた》みも。桐生が背に負うて山を降るとき朦朧《もうろう》とした意識のまま、「妹の奴が心配だなあ」と、微かに歌うように訴《うった》えつづけていたという。

この世にその兄を措《お》いてほかは、もはや誰一人彼女を支えてくれるものはいなかった。昭和十×年の秋に、しおりは兄を品川駅に送ったが、そのとき同じ窓に顔をのぞけていた、戦帽を目深《まぶか》にかぶった兵隊が桐生であったことは、そののち兄と一緒にうつっている写真を送られてきた時にもすぐに分かった。

「いい妹さんだなあ。元気で一緒に帰ってくるから待っていらっしゃい」

そのときは桐生も、出動間際の泡立った気流のなかにいたから、いまと較べると別人のような気楽な面ざしと口調で彼女に対した。そののち桐生の生き方には、たぶんに人柄をかえてしまうほどの、なにかきびしい辛酸《しんさん》が加えられたのであろう。

「うん。たくさんおみやげもってかえって」

たしかに、そんな気楽な返事を、まだ二十の若さが答えさせたような記憶が眼をさます。それとも黙って胸いっぱいな想いで兄の安否と、国の行く末と、兄を囲む兵隊たちの健在とに、無垢《むく》な祈りをこめて手を振っていたのかもしれない。どちらだかはっきりとは分からないが、それだけにいっそう懐かしい記憶の尾を曳いているようである。

それだから華北への慰問隊に参加した折の心底にも、たぶんに兄を喪《うしな》った土地への言い難《がた》い愛着をかんじていたことは事実である。そして、この泛山県への、いまとなっては無謀に過ぎた慰問行についても、桐生が本部要員の一人として護衛に参加する、という一事に動かされたことにも、またたぶんの理由はある。

車輛の背にいて桐生が、なにがなし沖伍長への友情に潤《うるお》いながら、朴訥に語ってくれた言葉のかずかずが、あの地雷にやられるまでは、どんなにか彼女をこの荒土《こうど》の索漠から救うことに役立ってくれていただろう。

ああ、あの地雷さえなければよかったのだ。そうして無事、泛山県へ着いたとしたら。無事臨汾へ帰り、長旅の果てになお恙《つつが》なく故山に到りつきえたとしたら。

水族館の窓から水の世界を覗きみるときのような、なにかしら未来への幻想が、あるいはそこにあったかもしれない。それを寂しいとおもう。

慌《あわただ》しいいくさの世を、おもえばなんの恵まれたくらしもしてきてはいない。ひょっとすると弾雨にかこまれているこの時間の底が、もっともあたしにとって充実しているかもしれないのだ、と。

窓の一角を噛み、その余勢で左肩の肉を割った弾丸傷の痕が、少しずつうったえるように痛みを加えてきている。まだこれ位なら大丈夫だ。兄のように一発だけで不遇にいのちを終える場合もある。

壁は四方にあり、敵もまた四周を囲んでいる。二人きりになって以来、碌《ろく》に言葉を交わす機会もなく、交互に窓から窓を泳いでは、この廟に残存している人員の所在が、できるだけ多いことを証明しなければならなかった。

涸渇と体力の蹌踉《そうろう》が、ようやく耐えうる限りに達しつつある。よろめいては窓のひとつひとつへ縋《すが》りながら、まだ救援隊は来ない、でも、もう来ても間にあわない。死にたくない。

まだ死にたくはない。がくがくと骨をゆすぶってくるほどの錯乱が、疲労の渦を必死にかきのけてやってくるのに気づく。こちらが絶滅しない限り絶対に解けることのない敵の執念な囲みが、ときには迫ってきて手榴弾となって土壁をはじいている。その度に盲滅法な闘志を掻き立てさせる。

敵は知っている。残されたいのちがもう幾何《いくばく》でもないことを。大胆に稜線をとび上がっては接近してくる空色の軍衣が、幻覚のごとく幾度も瞼を刺すようになった。

＊

いよいよ終局への確率がたかめられてきていることを、桐生もつめたくかんじとっている。所詮《しよせん》は無謀な抵抗だった。つねに二方は不在となっている。この廟の陣地が陥ちるのも、もう間がないだろう。やがて誰もいなくなった廟の中に塵《ちり》だけが陽ざしとたわむれる。そうして廟の入口へ積みあげた煉瓦や土嚢を突き崩し、飢えた八路の一隊が侵入してくる。あとはきまっている。そこにどんな光景と結末が展開するかも。

それに、しおりがもう、ただ弾丸を発射する機能だけになってしまっていることを、はっきりと彼は知っている。兵隊にとっては、あるいは覚悟の死であったと仮定しても、彼女にとっては、凡《およ》そ主観を支えきれぬ重荷であったにちがいない。おそらく彼女の方が先にやられるだろう。飢渇《きかつ》と、言語に絶する重労働に、いつまで耐えられるわけもない。

（焦るな。静かに考えよう。そこに何か善処の手がかりが尚《なお》有るか？）どうかと、彼は幾度も己れをとり直そうとしてみるのだ。静かに考え得ているようでもあった。が、静かに考えているはずの姿勢そのものが、水に板を沈めるように、気のつく度に思想の表面で、空転している。まだ断末魔ではない、と不湜に己れを振り返ってみるが、とかく足をさらわれる想いが先立つのはなぜだろう。

二年に近い日日のほとんどを、俺はこの酷薄な黄土の山脈と対決して生きている。岩と対峙《じ》《たい》したまま、己れを剥落《はくらく》してゆくもののぶきみな音響だけを、苛烈な戦旅の日日にききつづけてきたのだ。

際限もない討匪の旅のいつかに、剥落しつつすべてを喪失し、そのあとにある微妙な潤いが、五体に直接絡《から》まっている筋肉のように、得難い信仰として己れの中に発見されてくるのを知ったのだ。

あるいはそれも錯乱であったかもしれない。錯乱であってもよい。それよりほかこの現実に己れを確固ととどめうる、いったい何の方法が残されているだろう。

爾来、俺は山に近づいている。常に渋面をもって人間を迎えんとする原始の底に、己れを融《と》けこませ、そこにいつ骨を埋めることがあったとしても、充分己れなりの満足のもとに死ねるような、達観が湧いているのを信じてきた。自若《じじやく》という心境であったろうか。その姿勢を、こいつはいいと銃を肩にゆさぶりあげて歩き、岩の突角から、実に静かな眼をして敵を狙い撃っていたこともあった。

(ちょうどいま、この廟の窓から狙い撃っているようにだ)

ただ違うのは、いまのこの姿勢のぐるりには、むしろほろびることを願わしめるほどの、情感がみなぎりあふれていることである。ほんのこの一、二日のうちに、そして最後の数十分のうちに、己れの心の裡《うち》で、とんでもない孤独感への埋立《うめたて》が行なわれている。

ひとり荒野に立って歩むことを、かえって潔《いさぎよ》しとした負け惜しみから、いまは素直に解放されようとしている。振り向けば振り向いた位置で、まだ生きているひとりの女のために、余された生涯が、過去の一切の負債を賭けて燃焼しようとしている。

俺がこの沖の妹を、汽車の窓で、またここへ訪ねてきたときから、どれくらい好きになっていたかどうか、それは分からない。が、いまは決定された形で、ひとつの焔だけがいのちとともに燃えついてゆこうとする。

一刻も長く、一刻もゆたかに、まわりくどく、さまざまな思念をめぐらせる必要もないほど、敵が急速に包囲の環をちぢめてくれることに、いっそ謝すべきだろう。どうせもう知れているいのちではないか。やぶれかぶれのようだが、溺れかけて掴む一本の藁にしては、あんまりこの世の偶然が、美しくうまく出来すぎているような気もしてくる。この春、戦死した沖が、もし今日の事態を見ているとしたら、彼は恐らくどんな想いでいるだろうか。それがなにかふと面白く、死生の隅に気楽に坐りこめそうな気がしてくる。

しおりが肩をやられていることに桐生は気づいている。模様のように服を染めている血。手榴弾が廟の屋根にひっかかったまま炸裂し、瓦と土煙が濛々と降った。それきりで別に喊《かん》声《せい》があがるわけでもない。かえってそのときふと、静かな時間が桐生を訪れる。

「もう救援隊の来る望みはないか知れませんよ」

少しずつ狂乱へ傾いているしおりの傍らへきて、桐生はやさしい言葉をかけている。この期《ご》に及んでなお「まだゆとりはある」と、それを見抜いて持ち場を離れている自分に、ふとした充足さえかんじている眼である。

撃つ手をとめて、しおりも桐生を見、それだけでほっと自分が呼びもどされるのを知る。

「もうあきらめています」

「まだ早い、諦めきるのは。自分が死ぬまで、ひとりも此処《こ こ》へは入れない。しかし、そのあとはどうなるか！　強いでしょう？　敵も。八路は勇敢だからね」

「ああ」と答える言葉もなく、半ば放心した口をあいて、なんの意志もなくほんのしばし、しおりの視線が桐生をとらえる。己れを支えきれなくなっている心労のさまが、桐生にははっきりと読めた。あぶない。すでに、敵弾を懸命に避けようとする神経すら、かなり磨滅してしまっているのかもしれない。

しおりの肩をゆすって元気づけ、傷がそれほどの重傷でないことを見極めてから、桐生は元の壁にまた帰る。

これが最後の姿勢だ、とおもう。一発の無駄もなく撃ちつくさねばならぬ。けわしく自分の中から起ち上がってくるものが、惑乱するほども激しい。

桐生の脳裡を、沖の死んだ当時のことが蘇っては掠《かす》め去る。彼の背の上で、急に重みを増した沖の身体が、しだいに冷えていったことを思い出す。「やっぱり駄目だったな」とゆすぶりあげてやる元気もなくなって、背の低い灌木の枝や根につかまりながら、麓の野戦病院まで担《かつ》いでいったのだ。

その日のうちに沖をふくめたいくつかの屍を焼いた。しんとしずもっている山脈の穹《そら》へ、けむりは風雅にたちのぼり消えていった。そのけむりの眺めを、たったひとつこの世にのこされている哀切をきわめた風雅だと思うくらいの余裕をもっていたはずだ。それほど俺は深く山に昵《なじ》んでいたのだ。はじめは声をあげて哭《な》きたいほどもきびしい山の貌《かお》に思えていたのだが。

そうして桐生は、沖しおりへの手紙のなかに、それとなく己れの心理を伝えようとした。沖にはひとりの妹だけしかなかった。その妹だけが故山にいて彼の無事を祈っている。ということへの同情に動かされたのだ。

かんじやすい若者が出動間際に、しおりの思いがけない強い翳《かげ》を、その心のどこかにとどめさせていた理由もあったかしれない。だから浅い面識を頼るにしては、兵隊としてはゆきとどいた哀悼《あいとう》の文章を綴ることになったのだろう。

そしてもしその結果がここにあるのだとしたら。ここにこうして廟の最後をじりじりと追いつめられて死んでゆくことが。それもいい。たぶんそれは、俺にとってもっとも恵まれたことに違いないのだろう。いっとき弾雨の音が、誇張でなく、耳に涼しくきこえてきたりもするほどなのだ。

まだある。きたない兵室へしおりたちがはじめて訪ねてきてくれたときのことである。たとえ部隊名が分かっていたとしても。故国ともっとも遠いこんな辺土の一地点で、僅かながらも縁の糸を辿るということは、やはりなかなかの偶然に類する。肉親ともっとも身近にいたしおり自身は初めから、ちゃんと予想は立てていたのだろう。そうして彼女は望み通りその兵隊と逢った。そこまで行けば必ずいまも生きているということを。そうして彼女は望み兵隊の幾人かが、そこまで行けば必ずいまも生きているということを。

しおり自身は初めから、ちゃんと予想は立てていたのだろう。そうして彼女は望み通りその兵隊と逢った。ついでに三、四人の仲間も一緒に来たので、時ならぬ来客を迎えて、彼女たちをとりまく明るい無遠慮な言葉が弾《はず》んだ。そんな団欒《だんらん》は、しおりを心おきなく慰めてくれただろう。

「弾丸のくるのが最初から分かっていたら、俺が沖のかわりに当たってやるんだった。鉄兜を二、三枚かぶってな。それでも駄目なら死んでもよかった。どうせ俺は家では厄介者だったのだ。いろいろわけがあってな」

嘘にしろまことにしろ、その影井の言葉の蔭で、しおりは素直に笑っていたようである。好意のにじみ出ている、ゆたかなものを兵隊たちもまた彼女から受けとった。

「確か、あんたはあのとき、紫色のはかまを穿《は》いていたね。宝塚の女の子のやってる服装みたいな。あのころあれが流行《はや》っていたのだな」

誰かがいう。別な声で、

「お前、あんがいよく覚えとるな」

「うん。俺はそれで、沖にあんなきれいな妹がいたのかと考えたら、それ以来、奴に親切にしてやりたくなった。奴は俺の金を借りたまま死んじゃったのだ。俺が死んだら奴に逢って必ず催促する」

「あら」と、しおりは嬉しいかなしさで笑う。眼をふと戸口にやったのは、そこから兄が這《は》入《い》ってきそうなほどの実感が満ちていたからだろう。

「そういえば沖はよく借金したな。人から金を借りとくと、弾丸に当たらないと信じていたんです」

桐生はしおりに言って、これはまずかったかと思ったが、もうそれに揺すられるほどは、しおりも子供ではなくなっている。兄を送ってのち、しおりが、どのような生き方をしていたか知る由もないが、ときおりの沖の言葉から察しても、彼女には彼女なりの苦労があったことは充分うかがうことができた。たまに読ませてくれた手紙に、日常を偽《いつわ》りなく訴えてきている、苦しみは苦しみのまま飾らない筆致のなかに、かれら兄妹が、どのような意味でその日までつながれていたかの、深い情愛のながれをみることができたのである。

だが、なんでもよい。できるだけ罪のない無遠慮さで彼女を押しつつんでやることだけが救いなのだと、兵隊たちはそのとき素朴に弁《わきま》えていたのである。無理をして酒保品のサイダーや甘味品もあつめてきた。ここに沖の妹がきている、というどこかに涼しい愁いのある憩いのなかで、話の流れが泛山県への出張慰問をすすめることになったのである。

「なぜそんなあぶないところに、兵隊さんがいるんでしょう?」

彼女たちのひとりが、うっかり分かりきったことを話の興《きょう》にのってたずねるのを、

「馬鹿だなあ。あぶないからいるんですよ」とみんなして笑い、そうしてそんな会話ののちに、しおりが「あたしひとりでも行く」といった一言がすぐに他の女たちの心をゆすぶった

ことになった。

「そいつは有難いな。護衛は我々が引き受けた」

影井が、そのあと冗談に、

「だが、俺がもし敵だったら、明日、馬賊になってあなたたちを襲うね。そうして、ひとりを掠奪して一生山西の山の奥の穴の中で暮らす。なかなかいい場所があるんだ」

「掠奪されてみたいなあ」と、気軽に春野すみれがいってのけるのだったが、そのときののんきだった影井も、いまは土と血をかぶって、すでに死に絶えている。どこから群がってくるのか、屍体のぐるりに蠅がべっとりと貼りついている。

軽機を小銃に換え、装填した五発を撃ちつくさぬうちに、一気にその窓を洗った数発が、桐生の肩と腕を一瞬に貫いている。一旦《いったん》取り落とした銃をまた抱え込み、いよいよ、このつぎの一発が俺を殺すのだろう、とそんな気がしてくる。眼の前までとんできた手榴弾が、いささか土をほじったまま、不発の肌を陽に灼いている。ふと己れの周囲に時間の断絶をかんじ、彼は新たに弾丸を装填《そうてん》しながらしおりをみた。やはり彼女も撃ちつづけてはいる。だが、弾丸はもう、しおりにも桐生にも、いくらも残されてはいないはずであった。

＊

しおりは惑乱してくる意識の奥で、確実に目前の死をのがれる道のないことに思い到り、そのときはじめて、この廟へ着いてすぐ集落へ逃げていった二人の友人のことを思い出した。いまごろ集落の隅のどこかで、この真夏の陽の下においてすら、零下の体温に慄《ふる》えている彼女たちの幻影をみた。運命の大転回の寸前にいる、その夥《おびただ》しくやつれた影とまなざしをみる。どちらがいったい仕合わせだったのだろう？　けれどもあのひとたちはあれでよかったのだ。ああするよりほかになんの方法もありはしなかった。

釜山から天津まで、石家荘《せっかそう》を過ぎて、汽車がようやくの思いで、よろめきながら辿っていた娘子関《じょうしかん》の嶮も、つねに賑やかな談笑のうちに明け暮れてきた。各々が身に負うている責任に熱情と誇りをかんじてもいた。奇異な風土への興味も強かった。あのときの誰がこのような悲運を予期し得たろう。

みんなして愉しく与えてきた、無数の兵隊たちへのそれとない秋波《しゅうは》。兇暴な誠実のなかで、歌ったりおこったりする兵隊の心理にも、なにか嬉しくみんなの心は融けこんでゆく気もしたが、それも何もかも一切はここに終わろうとしている。夢となく、うつつとなく、際限もなく、一尺の壁を叩いてくる銃弾の中に。

しかし、あたしはこれでよかったのだ、と、力強く己れにうったえてくるものを彼女はひしとおもう。そうして最後に残されている二つきりの精神と肉体。廟の中いっぱいにたちこめている男の熱気をかんじながら、よしんばまたたきするほどの時間しか、あとに残されていないにしても、ここにいま生きのびている二つのいのちには、なにかの秘密な意義でもがあるようだとおもう。彼女は桐生に対するさまざまな関心を、いつしか心の底に深くあたためてきているのだ。

この荒涼のなかから、いまいのちとひきかえに、ひとつの激しい希求《ききゅう》だけが、もえ出ているのをみる。彼女もまたこの廟の中で、桐生とともに死んでゆくはずの已れに、かなしいほどの充足を認めようとしている。掌にうけてしばしのあいだ、みつめ想い耽《ふけ》りたいほどの、それは貴重な死への一刻であるような気もしてくるのである。

人間が死の直前に、走馬燈のごとくその一生を脳裡に描くという、時間と認識の超越が、すでにしおりにも桐生にもはじまってきているのではあるまいか。

軽機が故障を起こしたらしく、先程はげしく槓桿《こうかん》をいじっている音がしていたが、時間を惜しんで諦めたのだろう。そのあと桐生は小銃を撃っている。どちらも単発のますますさびしい抵抗だ。あるいは弾丸を節約することを考えたからかしら。もうこれ以上、何をしても生きている時間は知れているのに。

しおりはかつてない侘《わび》しい波紋につつまれ已れが沈みかけているのをかんじ、闘いつづけることをいっそ放棄《ほうき》してしまいたい想いが、執拗に已れの意識に絡まってくるのと格闘しはじめている。廟を出て突撃したくなった、といった高沢の心もよく分かってくるのだ。

敵が奇怪になにかを呼びあっている声が、弾雨のひまにきれぎれにきこえてくる。やがて稜線を躍り越えてくるはずの殺気を、もうどう支える力も尽きている。むしろ敵が已れの損傷を恐れて、案外地味な包囲をつづけてくれたことの天意を謝すべきだろう。

桐生がいまになって銃に剣をはめこんでいる。緊迫してくる気配を、なおその行為によって些かでもくいとめようとする気魄は、だが美しい。しかし、しおりには、全身のしびれてゆくような奇妙に甘い絶望がやってくる。すでに敵の精確な弾道をすら、必死に避けようとしない、夥しい流血のために、困憊《こんぱい》した頭脳は、もはや朦朧《もうろう》と生身から離れかけている。ずいぶん負傷もしている。何かしらすべてが天上に還ってゆくような、かえってゆたかな想いもしてくるのである。

しおりは桐生に逢って、まだ二日にしかなっていない。兄の戦死の報告をもらって以来、たしかに並々ならぬ好意と感謝をもって、しおりは華北への旅に発ってしまったのである。それがどうなったか返事も来ぬ間に、しおりは華北への旅に発ってしまったのである。しおりの桐生に対する説明し難い好意は、やがて彼がどのような顔かたちで、朔北の果てで自分に相対してくれるであろうか、ということにつながっていた。汽車が山海関をすぎ、白日の奥へ連なっている万里の長城を眺めながらも、そのことにひそかに期待を置いていたものであった。

窓で旗を振りあって別れたときの、その一瞬の記憶だけが眼にあった。夜が明ける毎に風色はますます荒廃の色を加えてきた。ときには生命をかけて前線を渡っているという悲壮感に溺れたこともあったが、桐生に逢って以来はしずかに忘れ去っている。なぜだかしおりは長いあいだ、桐生とふたたび逢うことを待っていたような気がする。

この廟のなかに、その二人だけが、いま生き残っているということは美しい不思議である。しおりは銃を撃つのをやめて、敵がいよいよ手榴弾を投げ込んでくるまでの時間を、桐生となにか話していたいと、しきりに願う己れをみる。だが果たして、言葉になるいったいなにがあるというのだろう。ここでもしそれが、どんなに激しくつきつめた想いであったとしても、発する言葉のすべては、周囲の現実に囲まれたまま、うつろな谺《こだま》だけになってしまうのではないのだろうか。それは恐ろしいことだ。それよりも深いさびしい沈黙と、死へ一歩ずつずり寄ってゆく時間を、いまここでこの世の最後のもっとも正しい証明として、互いが信じながらも生きることだけが、ぎりぎりの手段だというよりほかはないだろう。

それはどうにもやりきれないさびしさに思われてならない。いっしんに、自分の内部をさぐりまわし、なにもない、が、この苦悩な時間がやがてトンネルをぬけるように崩れ落ちてゆくときに、そこに死と同時に、いい得べくしていい得ないかがやくほどな充足が、あるいは訪れてきはしないだろうか。それは一片の空頼みにしかすぎないことであるのだろうか。

しおりは眼をつぶる。そこにあるもののかたちを、見極めようとする姿勢を整える。その時ぐるりの壁を、しおりはかんじる。壁のむこうの砂の海を。ずらりと残虐な銃口を構えている砂の海を。

すさまじい孤独感が彼女のなかで悶絶し、ただ一個の桐生にだけよりかかってゆこうとしている。銃を投げて彼の身体を抱き、そのことだけでいっさいを表明しうる必死な力をもって、彼が胸にうける一発を、そのまま己れの胸にもうけたいとねがう。

また、幾瞬かが過ぎたのだろう。しおりの弾丸は尽きた。先に死んでいった人々が残してくれた弾薬も知れていた。もはや今後どんな防禦の術がありうるだろう。

十字の窓に額を押しあてて、ほんのしばし、しおりは稜線の方をみている。長い無限の時間。いやになるほどの緊迫の連鎖であったような気もする。が、案外それは短い時間にすぎなかったのかもしれない。そうだ、あるいはどんな無力な抵抗でさえも、あえて支えきれるほどの時間であったかも？　滑稽な錯覚に取り憑かれて、あたりまえな敵の攻撃を、あまりにも高い恐怖の価値で買っていたのではないだろうか。

しおりは壁に背をむけて桐生をみた。凛然《りんぜん》と肩を上げて彼は着実な応戦をしている。平凡だが、兵隊のえらさというものを彼女は改めて意識する。まさしくあの姿勢が死の直前まで兵隊の身につづくのだろう。断崖の一角で撃たれた兄も、また無数の兄と同じな戦死者の数の中のひとりひとりも、無心にまでたかめられた必死な抵抗のうちにほろんでいったのだろう。それは何だか爽《さわ》やかなことだ。奇妙に明るいことだ。なにひとつ悲しみの影などさらない充溢《じゅういつ》だ。

いま眼のあたりに敵を邀《むか》え撃っている桐生が、それを明らかに証明している。あるいは私たちは死ぬだろう。まちがいなくきっと。どんなふうに死んでゆくのか？　ああ、どんなふうに死ぬことが、自分の痛ましさをもっとも深く慰めてくれるのだろう。

死にたくはない。が、時間の、地ひびきをたてている跫音《あしおと》が、あまりにもまちがいなく壁の向こうに殺到している。なにもかも、嘘におもえるほどの叫喚《きょうかん》が瞼いっぱいの土煙をあげて、濛々と意識の限界を侵してくる。

たぶん一切から脱落して、ほとんど夢みているような放心、その狂気のなかで、死へのつつましい時間が訪れてくるのだろう。それを迎えるだけのなんの用意もないうちに、あたしはいのちを終えねばならないのだろうか。

いまにしてはじめて、駅でほんのしばし逢ったときから、桐生を愛していたような錯覚が、せめてそこにだけでも救いを置かねばやりきれない寂莫が心を噛む。あるいはほんとうにあたしは、あのひとを心の、死の直前でなければ発見できないような、遠いところでひそかに思いつづけていたのではないだろうか。そうに違いない。そうでなければ、このいのちの間《ま》際《ぎわ》に、これほども冷静な眼と、それでいてたぎりつめている心とで、この世の最後の一瞬の光景を、あのひとの莞爾《かんじ》と銃を抱えている姿の上に見るはずがない。

そうだ、それにちがいない。そう信ずるよりほかには、なんの手がかりも、なくなってしまっている。この土壁のどこかで繙《ひもと》かれ、虚空《こくう》でよみあげられているバイブルから、山に向いて眼をあぐ、救いはいずこよりきたるや、と。そうしてその救いが、すでに来ているような、なにかしらあたたかくものかなしい安堵《あんど》が、血の引いてゆくおもいの底にありありとみえた。

風が吹き抜けてくるように、数発の機銃弾が、いましおりが額をみせていた窓からとびこみ壁を崩している。その弾丸のひとつが、ふいと起ったしおりの胸を、そのとき貫いていったことをすら、彼女自身は覚えていなかったかもしれないのだ。だからしおりは土間に匍いつくばったまま茫然と壁の一角をみつめている。崩れてゆく壁の砂を。

——そこで、しおりの時間は切れている。

そのあと彼女は、少しずつ土を匍って、もう桐生ひとりしかのこっていない壁際へ寄っていったのだ。なんのために？　すでにその理由すら失っている時間のなかを。

かろうじて引鉄《ひきがね》をひく力だけを残して、桐生は両肩も胸も、じぶんでは判断できないほどの負傷のために毀《こわ》されてしまっていたのだ。力のきかない両肩と腕と全身で一個の銃を抱きながら、かぎりもない黄土の波に対《むか》うことに、流石《さすが》に彼も疲れきっていた。

しびれた網膜のむこうに、白い土煙をあげて近づいてくるトラックがみえ、ふとそれはみえなくなり、茫々白日のつらなる稜線だけになり、また白い土煙があがり、視力が混沌と乱れはじめていた。あるいは、しおりが彼の膝に寄っていったときは、すでにその桐生の時間もまた、絶たれていたのかもしれなかったのだ。

幾分か、ひょっとすると幾秒かにすぎない刻《とき》がすぎたのだろう。あたりにはいちめんの薄明だけがたちこめている。氷のようにものおとのたえたしずかさのなかで。しおりがいう。あたしたち、ずいぶん撃ったわ。もうこれでたくさん。最後の一滴の力だけは、あたしたちのために残しておきましょう。もう無駄よ、なんのためにこれ以上撃つの？　桐生がいう。窓にはっしと額を寄せたまま。もう友軍がくるとすれば、この窓のまっすぐ向こうだ。あの峠を回ってくるときに、トラックの砂ほこりがあがるはずだ。自分は撃つよりもむしろその方を見ている。もうすぐだ。白い土煙があがる。その桐生の膝を、かすかにゆすぶるようにして。なにもあてにならない。それよりもあたしを抱いてください。もうほとんど死んでいるからです。けれどもまだほんの少しは生きのこっているものがある。この生きのこって燃えているものがなにか、ほんの少しあたしよりあとに死ぬあなたに告げたいと思っているの。

そうして最後の一発を撃ち終えた桐生の、がっくりと力の抜けた五体が、静かにつつましい意志あるもののごとくに、しおりの上に折りかさなる。そのあともなおふたりの言葉はつづいたかもしれない。それらの言葉のなかに、たぶんこの世では知られない、薄明の底へちりばめられ、淡い波紋となって死の波間にたち消えてゆく、無数の想いがあっただろうに。

四周から急激に撃ち出した銃声が、程経て申し合わせたようにぴったりと熄《や》んだ。白日のなかに、小さな廟が、ことりとも音せずたっている。戦えば必ず勝つという関帝《かんてい》を祀《まつ》った廟が。いくらか陽の傾いた山脈を背に、土煙のなかに影みたいにかすかにゆれさだまっている。まったく応戦して来ない。はじめて挺身隊が側いよってきて窓から手榴弾を投げ込み、その炸裂音がうしろの集落までふるわせる。集落の隅で、すでに敵の手中に落ちている、生きのびた二人の女の耳にもそれはきこえる。

しばらくすると、また粉臼を挽く音のきこえるほどあたりは静かになった。機敏な敵はもはや荒土の果ての雲のなかにとけこんでしまっているかもしれない。どこもかも、はじめからなんのかわりもなかったような静かさである。

そのとき、熊田少尉を長とする救援隊のトラックが、あの稜線の向こうに、黄色い砂ほこりをあげながら、近づいてくるのが、見えた——。

黄土の牡丹

第一章

楊貴妃というのは牡丹の花名です。

私がその花をみつけたのは、民国二十×年の晩春、晋南《しんなん》作戦が終わりに近づいていたころ、山中の小邑《しょうゆう》・澗城鎮《かんじょうちん》に宿営したときのことだった。部隊がその町に入ったとき大戸を下ろした屋並みは、シンと人けもなく静まり返り、まるで物語のなかの「眠りの町」でもみるような印象を与えていた。

澗城鎮は沁河《しんが》に沿って細長く家並みをつづかせた盆地の町で、ぐるりは、モミやスゲ類の灌木に蔽われた、山西南部の山脈が果てしもなくひろがっていた。河は水幅十メートルほどの浅瀬になっていて晩春の陽を浴びて波立ち流れ、器用な兵隊が釣糸を投げると、キラリと水を蹴って山女魚《やまめ》が撥《は》ね上がってきたりした。

この町へ宿営したのは、二個大隊の歩兵部隊だったが、私たちの宿営した商家は、たてられた戸を押し破って入ってみると、内部は片づけるいとまもなかったのか、商品が平常のままの状態で並んでいる。それは、ある意味で、私たちの掠奪《りゃくだつ》を諦めているようでもあり、また、私たちの道義心を信じているようでもあった。

商舗《しょうほ》といっても店をつきぬけると中庭があり、中庭を囲んで晋南式の房子《ファンツ》があり、その奥にまた中庭と房子がつづくという、なかなかに立派なもので、中庭にはきまったように夾竹《きょうちく》桃《とう》の植え込みがあった。問題の牡丹は、その中庭の夾竹桃の蔭に、ほっと息をのむほどの美しさで、一株だけ咲いていたのだ。それは実にみごとな臙脂《えんじ》の大輪であり、花瓣からたちのぼる香気は、この世のものとも思えぬ馥郁《ふくいく》たる香《かおり》によって、どのような殺伐をも、たちまちにその香のなかにとじこめ、やわらげてしまうほどの、優雅な肌の艶《つや》めいた息づかいのまま咲き足りていた。鉢の片隅には小さな木片を挿《さ》し、それに達筆で「楊貴妃」と記されていたのである。

その花を見た多くの兵隊のなかで、私ほど、その花の美しさに酔わされた者はいないと思う。そこに滞在している間、私はものに憑《つ》かれたように、名花「楊貴妃」を眺めつづけて暮らしたのだった。住民は、たぶん付近の山中にひそんでいるはずだろうが、この牡丹の持ち主は、おそらく無寐《むび》にも、この花の安泰を祈りつづけているに違いない、と私は、持ち主の心懐にまで想い及んだほどだった。

中国では家財の装飾にも、蘭や牡丹や芍薬《しゃくやく》を描くことを好むが、この索漠とした黄土の山層に囲まれた一廓で、これほども瑞々《みずみず》しい生気を孕《はら》み、嬋妍《せんけん》として燃え立っている牡丹を、私はいままで絵にも見たことがない。そして私は、だれよりもよくこの花の美を鑑賞できる、あるひとつの秘密を、そのとき心の底にもっていたのだ。私はその牡丹によって、私の秘密が、はじめて陸離《りくり》とした光彩を得て、長い戦塵に荒れつくしてきた心の底に、映発してくるのを見ることができたのである。

それは、約半年前の——秋。部隊がはるばる娘子関《じょうしかん》を越え、同蒲線を南下して臨汾《りんぷん》に着いた前後のことであった。警備交替の時期は、兵備の動揺に乗じて敵の蠢動《しゅんどう》が活発になるものだが、このときも着任そうそう、県城周辺の掃討に追い回されねばならなかった。

県城の西は、城壁をめぐって汾河の濁流が渦巻いていたが、情報を得て、汾河を渡った向こうの、連枝山脈の麓、もっとも山に近い甘亭《かんてい》村という、南北に別れた村落を攻撃したときのことだった。

敵はつねに兵力の損耗をおそれているためか、情報をたよって部隊が攻めて行ったころには、たいがい逃げ散っているのが常識なのだが、このときも甘亭村のよほど近くまで包囲態勢をせばめて行っても、銃声ひとつして来ない。

また逃げられたナ、と姿勢も大きくなって、黍《きび》畑を大胆に横切ったりして進んだのだが、すると、よほど村落に近づいてから、いきなり盲目滅法《めくらめっぽう》に撃ってきた。

弾着の具合から察しても、待機の応戦でなく、歩哨の油断から周章《しゅうしょう》しているに違いないことは明らかだった。こちらも無益な負傷を嫌って、山に向かう一方の退路をあけ、敵が逃げはじめてから村落に突っ込み、ただちに掃討を開始して、このときは若干の鹵獲《ろかく》兵器と、便衣《べんい》になりすましている残敵を数名捕虜にしたが、村落掃討のさい、私は、少なくも私にとっては、異常な体験というべきものに遭遇したのである。

村落はいくらかの畑地をへだてて南北に分かれていたが、私たちの中隊が南甘亭村《みなみかんてい》に攻め入ってから掃討をはじめたとき、最初は用心して、二、三人ずつ組んで、警戒兵を立てながらの捜索も、つい金目なものや隠匿兵器の掘り出しに熱中してくると、いつのまにかバラバラになり、めぼしいものをひとり占めしようとする意識にかられて、次から次へと新しい民家を漁《あさ》り回るようになっていった。

私もまた、気がつくとひとりきりになって、東側の畑地沿いの民家を、一軒ずつ探していた。別段これという期待があったわけではないが、とある一軒で、習慣的に寝台をひっくり返したり、戸棚を掻《か》き回したりしているうちに、ふと、薄暗い土間に立て並べてある水甕《みずがめ》に気がついた。水甕といっても、子供なら立って入れる位の大きさで、このあたりでは主として穀物を蓄えておくのだが、なにげなくその甕の蓋を、一つずつめくっていくと、いちばん壁際のひとつを覗き込んだとき、思わずはッとして、そのまま蓋をいったん締めたが、急に気になって、ぐるりを見まわした。とっさに、表の戸を閉めねばいけない、という意識だけが、どういうわけかピンと来たのだ。

　戸口からの明かりと、高窓から洩れてくる明かりだけで、土間は、外から入った眼には、薄暗く不快だし、油とにんにくと、蒸《む》れた布団の匂いとが、まじりあって立ちこめている。しかし、私は甕《かめ》の中に、そのとき、明らかに女を、女の香を、そこに、じっとしゃがみこんでいる姿を発見したのだ。私は戸口へ引き返すと戸を閉めて錠をかけたが、それではかえって眼につくと思い、すでに捜索の終了した証拠をみせるために、卓子を引っくり返したり、寝台からめくりあげた布団を、戸口のあたりに散乱させたりしておいて、それからまた水甕の場所に引き返し、蓋をとると、少し上ずった声で、激しくいった。

「姑娘《クーニャン》、来《ライ》」

　それだけですべて分かるはずだった。するとふしぎに、あたかもその言葉を待っていたみたいに、いきなり甕の中から怯《おび》えた女が、すっくと立ち、立ったまま壁によりかかり、薄暗がりながら哀願のまなざしを見据え、小さく迫った口調で（意味は分からなかったが）短く叫んで、手を合わせて拝むようすをした。

　それがかえっていけなかった。物に憑《つ》かれたような嗜虐慾《しぎやくよく》が昂《たか》まってきて、私は強引《ごういん》に甕もろとも転《ころ》がそうとした。すると「嗳呀《アイヤ》」とやや甘く、舌を噛むような叫びをあげて、女は甕から出てこようとした。背の高い甕だし、逆上と恐怖のために、土間に降り立つとよろめいて、膝を突いたまま振り向いた。その拍子に手で右足のくるぶしをおさえていたが、あとで考えてみると、どうやらそこに怪我でもしていたらしく、それがこの女を逃げ遅らせた理由だったようだ。

確かに私は兵隊としては、もっとも得難い発見をしているわけだった。このあたり、どこの討伐でも、若い女はいち早く逃げ散って、めったなことでは、色情を挑発されるような女には出逢えないことが、私たちの常識となっていた。

眼が薄暗がりの中で冴えてきた。私は思いがけなく、自分に恵まれたこの機会のために、身体が小刻みにふるえるほどの充溢《じゅういつ》をかんじ、行為は逆に荒っぽくなり、銃剣の尖《さき》で女の背や胸をじゃけんに突いて、「看々《カンカン》、看々」と繰り返した。なにかに追われている感じがしきりだった。

この国の民族性は、抵抗が無駄だと知ると、観念することも早かった。女は、私がおどろくほど手際よく腰に穿《は》いたものを脱いだ。うすやみに泛《う》き上がる白い肌が、土間にひやりと触れる感触を、私は自分の皮膚にも感じたほどだ。それでもはじめは、横にした両肢《りょうてあし》を頑《かたく》なに閉じて、かなり手荒くせねばひらかなかった。が、そのあとは眼をとじたまま、まったくの無抵抗で口ひとつきかなかった。

そのときまでの私は、まだ一度も女の肌に触れたことがなかったのだ。いつでも熱っぽい憧《あこが》れと、執拗《しつよう》な悔恨《かいこん》とで、白く盛り上がるふくらみだけを脳裡に描いてきた。出動ときまった原隊でも、乗船地の広島でも、ここまでの長い行程の間も、ぶすぶすとした燃え殻のようなものを整理しかね、そのことばかりを考えつめていたといってもいい。それだから、指に触れる女の肌の、ピリリと伝わってくる思いがけないぬくみでさえもが、異常に新鮮な記憶としていつまでも残ったのである。

私は女を犯したあと、身仕舞《みじま》いがすむと、今度は自分も手伝って女をまた元の水甕へしまってしまった。ほとんど無意識の状態でそれを強制したのだが、一つには、女をふたたび他の者に犯させまいとする不憫《ふびん》と、他に与えまいとする利己心とがからみあっていたのかもしれない。

女はなにごとも諦めたか、すなおに甕に沈むと、その上に蓋をのせても、コトリとも音をさせなかった。ただそれまでの間、底になお恐怖をひそめた凝視《ぎょうし》が、しばしば私を捉えていたことは事実だ。（あとになって私は、金か時計か、何かを代償として、甕の底に落とし込んで立ち去るべきだった、と、そのことをかなり真剣に考えたことをおぼえている）

その民家を出て、中隊の集結地になっていた中央部の広場まで帰ってみると、そこでは、例によって、嫌疑者《けんぎしゃ》に対する中隊長島岡中尉の取り調べと拷問《ごうもん》がはじまっていた。討伐のあとの拷問は三度の飯よりも面白い、と口癖にいっているくらいだから、島岡のやり方は徹底的だった。

この島岡という中隊長は、原隊で部隊編成当時に配属されてきた男で、背丈も六尺に近い頑丈さ、どんな行軍をしても、めったに汗を掻かない。酒焼けでテラテラした皮膚は、非常な精悍《せいかん》さをたたえていた。

その殺伐さは、傍観している時には滑稽さを感ずるくらいで、取り調べが縺《もつ》れると簡単に殺した。

野戦に在っては、兵隊に先んじて殺伐であることが、かれらを圧服して、統率の効果をあげることだ、と島岡は、それを信条としていたに違いない。

私が広場へ行ったときも、便衣の男たちが、木椅子がバラバラになるほど殴られて、何人も虫の息でへたばっていた。満足げに腕組みをしながら島岡は腰掛けてそれを見ている。

私は原隊にいた当時から、中隊長に対して、なぜか本能的に反撥してくるものを感じていた。こういう非情な人間の統率下にあることへの漠然とした不安が、期せずして常に彼への警戒を生んでいたというべきであろう。

それでそのときも、拷問の場をなるべく遠く離れるように、人垣のうしろへ回って行ったのだが、すると、そこに、このどさくさで思わぬ被害を受けたらしい老人がひとり、土にへばりつくようにして、しゃがみこんでいるのをみつけた。

別段私に、あらたまった慈悲心があったわけではないが、ただ、己れの情欲を果たしたあとの、しかも抜け駆けでそれを行なったという妙な優越感も手伝い、その上、中隊長に対する反感もあって、その老人をいたわってやろうと考えたのだ。

助け起こして病状を訊ね、言葉は分からないので、仁丹をのませたり、腕の擦過傷にメンソレを塗り込み、雑嚢から繃帯包を取り出して、傷口を縛ってやったりした。これはひどく老人にとって有難かったらしく、何度も「大人《タイジン》、謝々《シエシエ》」と繰り返しながら、しまいに私の胸の名札をみて、三浦と記されているのを「サンポウ先生」と読みながら、素朴に、首振り人形のように頭を下げて礼をいった。変哲もない田舎百姓の老人だったが、私がここにこのことを忘れずに述べておきたいのは、のちになって、この老人との、再会を持つ日がやってきたからである。

討伐が終わって帰隊する途々《みちみち》、私は薄暗がりに泛《う》かんだ女の面輪《おもわ》ばかりを反芻《はんすう》した。小柄な肉づきのしまった、眉の細い、日本では東北系に属するのだろうか、行き届いた化粧をさせれば、かなり目立つに違いないほどの容貌だったのだ。

そのときから半歳、いま私は潤城鎮の一角で、みごとな牡丹「楊貴妃」にめぐりあったとき、とつぜん胸に、灼熱するような痛みで、かつて甘亭村ではじめて知った女の肌のぬくみを想い出したのだった。そして、記憶の薄れたかに思えていた女が、実は、私の内部でそれとなく新しい形成をつづけながら、一つの生き甲斐にまで成長しつつあった事実を、牡丹をみたときの爽やかな感動によって、思い知らされたのである。

たとえばこの潤城鎮のほとり、沁河の瀬音を聴《き》きながら洗濯をしている合間にも、美しい波の変転のなかに、私はふと、単に戦うことによってのみ生きているむなしさを思っていた。そのむなしさの奥に、ぽつりと灯《とも》の点っているかんじで、そうだ、あの女はまだあの村に住んでいるはずだ――と考えてみたりしていたではないか。

部隊は潤城鎮を発つとまた山に分け入り、残敵を掃討しながら西進し、駐屯地に帰ることになっていた。この作戦は、出征以来、もっとも遠く山嶮《おか》を冒してきたものだった。それだけに山の風物も珍しく、禿山の岩を翔《と》んで灌木に駆け込む岩鷓鴣《いわしゃこ》をたまに見かけても、一種の旅情を感じた。谷間を行くと必ずどこかで紅鳩が、ウフウフ、ククク、クルー、クルーといった調子に歌う。それから、いちばん目につくのが鵲《かささぎ》。しわしわと渋く羽搏《はばた》いて、かれらは断崖にさしのびた枯木《かれき》に寄り集《つど》うている。まれに岩燕の列が一陣の風を刷《は》いて、谷間を行く隊伍の上を横切って行くことがある。風と、雲と落日と月明と、そして原始の酷烈さで地を灼く太陽のほか、なにもない山脈にも、やはり生きものの住んでいることは懐かしかった。潤城鎮を発ったあと、山容は草や灌木を次第に失いながら荒れてきたが、それと逆に私には、胸の底に新たに目覚めつつある、甘亭村の女の形が濃くなってきていた。さして体力の強くない私が、蜘蛛《くも》の巣に絡まれるような悩ましさに、喘ぐような想いをすらしたのである。

――潤城鎮を出て三日目に、私たちは、楊家《ようか》村という村に宿営した。とある嶺の頂を越えたとき、山の傾斜に沿って盆地にまで下っている、細長い村落を認めたが、煉瓦の屋並みの間を縫って、うねうねとつづいている白い道や、村落をいたわるように繋っている楡《にれ》、泥楊《どろやなぎ》、アカシア、槐樹《えんじゅ》などの木立があり、山中にはめずらしいほど美しい村落だった。

何よりも驚いたのは、人影がたくさん目についたことだ。残照が村を茜《あかね》色に焼いている道のほとりに、部隊を出迎えてくれているらしい老若男女が、それも他意のない微笑を向けながら、私たちをみまもっていた。入村して僅かな時間のあと、兵隊たちは一様にこの村と村人の気風に、ある種の感慨をおぼえたようだった。まるで日本内地の村にでも来たような、心の寛《くつろ》ぎと親しみがあったのだ。

井戸がいちばん麓《ふもと》にあったので、道の上がり下がりに気がついたのだが、この村には煉瓦造りの立派な教会があった。木の古びた風見鶏がその教会の頂の十字の上で、まさに消えなんとする夕茜《せきせん》をうけて回っていた。

宿営した民家の人たちは、故意にではないかと思われるほど、些《いささ》かの警戒の色もみせず、主婦や娘たちまでが兵隊の房子《ファンツ》へやってきて、寝具の面倒をみてくれたり、片言で話しかけると、気さくに答えてくれたりした。

私の泊まった家に、顔は似ていないが年恰好が甘亭村の女を思わせる娘がいて、それが仲間の兵隊たちに土謡を教えるほど馴染んでいるのを聴きながら、私は、たぶんこのように、無心であったに違いない甘亭村の女に、私が与えた忌《いま》わしい打撃について、いまさらに慚愧《ざんき》の実感を味わったものだった。ただ、もし自らにいくらか許せるものがあるとすれば、それは私自身があのとき女というものに対して少なくも無垢《むく》であったということだけだ。けれどもそのことは、自身を慰める足しにはあまりならなかった。

いつのころか、オランダの宣教師がこの村へやって来て、布教をしながら病みつき、そのままこの村で生涯を終えたのだという。

あくる朝、この村を発つとき私は、もし将来、甘亭村に赴く折があったら、なんらかの形であの日の罪の償《つぐな》いはしてやらねばならない、と単純な気弱さになって思っていたのである。

第二章

軍が晋南作戦を行なっていたあいだに、駐屯地の西、連枝山脈の一帯では、陝西省《きょうせい》から黄河を越えてきた劉伯承《りゅうはくしょう》の大軍と、それに押し出された閻錫山《えんしゃくざん》麾下の山西軍や、中央系の雑軍の跋扈《ばっこ》によって、戦局は新たな緊迫感をただよわしていた。橋梁や鉄道の爆破が頻繁に行なわれだしていたのである。

私たちの部隊が、汾河を越えた一帯、南は金殿鎮《きんでんちん》、襄陵《じょうりょう》から、北は南北甘亭村にいたる山麓一帯に布陣を余儀なくされたのは、同蒲線をまもるための止むをえぬ自衛手段であった。そうして私たちの中隊の赴任地は、皮肉なことに、北甘亭村にきまったのだ。

私は自身がふたたび甘亭村に赴《おもむ》ける幸福を（とよぶには、いささかの遅疑《ちぎ》を感じながらも）いくたびか繰り返し胸に問うてみた。当然、あの女にめぐりあうことになるだろう。はじめて私は、まざまざと胸底によみがえってくるなにものかを覚えたのだった。汾河のほとりに申し訳めいて青い芽を吹いてつづいている楊柳《ようりゅう》が、いよいよ甘亭村へ発つという日に、工兵隊の鉄舟で濁流を渡されるとき、なぜだか新しく眼に滲《し》みた。春のころから咲き残っているクローバや犬ふぐりなどのひ弱《よわ》な草花の類が、それでも河岸の湿地帯を埋めていた。はてもない広闊な天、流れ雲。道は一直線に連枝の麓までつづき、そこから北へ折れて十余支里、こわれた土壁に包まれた一廓、瞼の奥にいまも消し難く残されている甘亭村を、かつてその村を攻めたときと同じように、段々畑をのぼりつめていった、いちばん山ぎわに、懐かしく私は望見したのだった。

この村は女のいた南の一廓の方が裕福らしく、奥行きのある建物も多かった。駐屯直後、地形調査の一隊にしたがって、私もまた南北甘亭村を一巡したが、女の家の近くにある一寺院を見回ったとき、堂宇の奥に祀《まつ》られている不気味な土偶《どぐう》、たとえば人身馬面とか、千手観音とか、やたらに眼を剥いた仁王とか、それら塗りの剥げた数々が、「貴様また来たのか」とでもいうふうに、私を白い眼で眺めているように思えた。私は周囲の現実に喚《よ》びさまされるのをかんじ、なにかしらん、よくない未来を予感した。

甘亭村へ着いた日から、私は垣間見《かいまみ》にでも、あの女の家をみたい欲求に駆《か》られだした。しかし、部隊は陣地の構築と兵舎の改築のために繁忙をきわめ、それに不備な陣地と知って夜襲してくるかもしれぬ敵に備えるため、ほとんど連日に近い歩哨勤務で、容易には南甘亭村を訪《おとな》う余裕を見つけ得なかった。したがって私が南甘亭村を訪れるには、一種の脱営の形をとるよりほかはなかったのだ。

着いてまだ一週間も経たぬ、とある夜に、隙をみて私は単身、南甘亭村へ出かけて行った。夜は敵の密偵が潜入してくるので、一切外出は禁じられていたし、拳銃一挺だけは軽機射手のものを借用してきたものの、さすがに不安はかくしえなかった。私は、かつて私が戸を押し開けて入った女の家の前を、深夜の月あかりを浴びながら徘徊《はいかい》した。気やすく戸を叩いてみたい衝動もあった。が、結局、胸に月あかりのしみ込んでくるほどの理由もない寂寞感だけを抱いて帰ってきた。

ところが、崩れた土壁の蔭までくると、私の気配をみつけて駈け寄ってきた、先刻、歩哨に立っていた同僚が、いましがた非常呼集がかかり、全員、中庭に集合しているが、お前が不在なので騒いでいる、と伝えてくれた。

このときから私の不運がはじまっている。あとで隊長室へ呼ばれて行くと、島岡は上がり框《かまち》に軍刀を杖にして私を待っていたが、舐《な》め回すように私を見ると、

「脱柵《だつさく》の理由は何だ」と、そのわりに穏やかな語調だった。

このときもし私が、一切の事情をあけすけに彼に吐露してさえいたら、のちのちあのような紛糾は生まれなかったに違いない。ちょっとの間、私は返答をせずにいたが、すると不意に、実にみごとな早さで、「馬鹿者！」と叫ぶより早く、鞘ごとの軍刀が一気に私の胸を突いてきて、私は壁にのめり込むように倒されたまま、一瞬、息がとまり、我慢にも起き上がることができなかった。

「今後、故なく脱柵した場合は、見つけしだい射殺する」

島岡は冷たくそういったあと、こんどは軍刀を静かに私の前に差しのばした。これにつかまって起きろ、という意味だった。起きてよろめきながら出てゆく私の背後で、まるで冗談のようにもとれる口調で、島岡の声が追ってきた。

「罰として一週間の展望哨勤務を命じる」

翌日から私は、その懲罰にしたがったが、たしかにかなりな苦痛だった。ただでさえ過労と睡眠不足なのを、昼夜兼行の哨戒勤務は、三日目になると、日中、きつい陽のかがやくトーチカの上の展望哨所で、くらくらと眩暈《めまい》ばかりがしてきた。

不覚に朦朧《もうろう》とかすみかける意識の向こうに、南甘亭村の家並みが、いちめんの陽炎《かげろう》をあげているような、ある美しい幻覚を伴って見えてきたりした。

六日目の正午前、私が展望台に立っていると、麦の濃緑に彩られた風景の果てから、軽い埃を捲き上げて、一台の馬車がやってくるのが見えた。兵隊たちは、近いうち慰安婦や写真屋や菓子屋が店を開きにくる、と頻《しき》りに噂していたので、私もその馬車を注意してみまもっていたが、近づいてきてそれが楼門《ろうもん》の下をくぐってくるとき、馬車の背にいた一人が、いきなり手を挙げて、私に「やア」と親しげに呼びかけてきた。張《ちょう》という朝鮮人の通訳だった。馬車は張のほかに退院患者が一人、それから見知らぬ中国服の男女が一組乗っていた。

私がまだ立哨しているうちに、張はもう私を訪ねて展望哨へやってきた。小柄で色の黒い行動性に富んだ男で、討伐のときなど、人の三分の一くらいの食事で、けっこう耐久力は倍くらい持っているという、なかなか頑丈な男だ。

張は私にことさらな親近感をもっていた。というのは、駐屯直後の太行山脈の掃討戦の際、張と私をふくめた四人の将校斥候が道を誤って敵の包囲に陥ち、逃げながら、引率将校の村田少尉と戸倉伍長とは凹地へ降り、私と張は、敵の機銃に濯《あら》われながら山地を匍って、一晩逃げ回ったあげく、やっと本隊へ辿りついたことがあった。

村田少尉と戸倉は逃げきれず惨殺されたが、ぶじを喜び合う二人の心には、激しく通い合うものがあったのだ。もっとも島岡は、私と張が逆に殺されていればよかった、とそのとき傍《かたわ》らにいた幹部たちに話したそうで、張はずっとあとに、それを誰からか聞き、皮肉な苦笑で私に教えてくれたものだった。

張は展望哨で私と向きあうと、久闊《きゅうかつ》の辞を述べたあと、こんな話をした。

「私は島岡という男は虫が好かないのです。来たくなかったが、ほかに誰もいなかったし、それに久し振りであなたと逢いたかった。それから先程ごらんになったと思いますが、馬車に乗っていたのは中央軍の捕虜の孫大尉とその夫人です。もっともあの大尉は相当ひどい肺患ですが、人間はずいぶんしっかりしています。連枝には彼の部下だった連中もだいぶいるはずだし、いまに機をみて救出にくるかもしれない。大尉をここへ寄越したのは、ゆくゆく連枝の大掃討をやるための準備行動ですが、私の考えでは、彼はきっと島岡には忠実な協力はしないでしょう。大尉の細君というのは、ちょっといい女でしょ？　兵隊には眼の毒かナ、って気もするんです。何しろ島岡隊の強いのは、師団でも皆知ってますよ。すべて隊長の感化ですネ」

そういえば、と私も張の言葉で気がついた。それは私の脱柵事件のあと、それに刺戟されてか兵隊の脱柵が目立って激しさを加えてきていることだ。かれらは私のことを、「みかけによらぬ敏捷な奴だ」と、時には面と向かっていったりした。風土が荒れているから、性の飢渇はなおさらに深刻だったし、兵隊たちは土地に馴れ次第、ものになる女は虱つぶしに探して歩くだろう。とすると、手近にいる私の（？）あの女も、誰かしらに奪われてゆく危険率が、日とともに高まってゆくわけだ、と私は考えた。そして私は、まるで自分の所有物が奪われてしまうような、不安と焦躁の念の湧くのを覚えたのだ。私が張に頼る気を起こしたのは「みつけ次第に射殺する」といった、隊長島岡の言葉に、みじめに縛られている自分がやりきれなかったからである。

私は張に、折り入って力になって貰いたいことがある、勤務の明け次第相談するから、というと、張は気やすく、あなたのことなら何でも引き受けました、と私の肩を叩いて展望台を下りて行った。そしてその約束通り、張は、実に親身な協力を、私のために惜しまず提供してくれたのである。

勤務明けのあくる晩、日夕点呼《につせき》のあと、私は張の居室を訪ねた。兵室はぶち抜いて大きく改造し、分隊毎に纏まっていたが、張は捕虜を収容した隣室に、ひとりで住んでいた。張は燈芯のかげで軍隊雑誌の「陣中クラブ」を読んでいたが、おそらく私の相談というのは、姑娘を購《あがな》うための資金の調達依頼とでも想像していたのだろう。それで私が、「実は南甘亭村にいる女のことなんだが」といい出すと、うんうんとはじめは微笑を浮かべて聴いていた。

ところが、いちおうのことを素直に語りきると、その間に表情はしだいに真面目になり、しまいにやや深刻げに腕組みをして、話の終えたあとも、しばらく考え込んでいた。私もまた油を吸って燃えあがる燈芯のゆらめく焔だけを見ていた。へんに告白めいたのが、さすがに面映ゆくもあったのだ。

「三浦さん。あなたは珍しいほど、いい人間だナ。そうでしたか」といって張は腕組みをとき、朝鮮製の煙草「さくら」を取り出して私にもすすめ、

「ところで私も率直にいいますが、どうです、その女のことは諦めませんか。なんなら、私が他の村から連れてきて上げてもいい」と、私をさし覗く眼に、複雑な色が読めた。それは当惑と憐憫《れんびん》をもふくめていた。

するとなぜだろう？　私はふいに、あの女はおれがこの世でいちばんはじめに抱いた女だ、という奇妙な憤りのようなものがこみあげてき、同時にそれは、この北辺まで女の味さえ知らずにやってきたのだ、という一種の劣等感にも繋《つな》がっているのを覚えてきた。そして私は、あのときの女の肌の感触が、いまだにありありと身に残り、ふしぎな執着を深めてゆくのに驚いたのだ。

私はどうしてもあの女が欲しいのだ、といい張った。張はまたしばらく考えたあと、やっと思い切ったように、意外な饒舌《じょうぜつ》で、意外なことを喋《しゃべ》り出したのである。

「よくきいて下さい、三浦さん。いいたくはないが、みんな話します。第一にあなたは、この土地の女を、まるで内地の娘を想うように良心的ですが、どうして、そんなものではないのです。この土地は、おそらく中国でも、もっとも風紀の紊乱《びんらん》しているところでしょう。女は金のためになら、いつでも身体を売る。親が娘を犯しても誰も咎《とが》めもせず、姦通《かんつう》などはまるで常識になっています。あなたは自分のもっている夢の馬鹿らしさ加減に、じき気づきますよ。女に対して昔の罪を償ってやりたいなどというあなたの気持など、すべて金に換算して与えてやれば、ごく簡単にすむことなんです。それは私が引き受けましょう。しかし、ここにひとつ非常に困った問題があるのですが、あなたの話している女が、もし沈英という名の女だとすると、じつはもう島岡隊長が手をつけているのです。場所は寺院の裏手の、畑地沿いの民家――どう？　間違いないですネ。島岡のような男が、考えてみたって一週間も温和しく宿舎にいるわけはない。毎晩、護衛を連れて女探しだったが、私の着いた晩、はじめて私を一緒につれて沈英の家へゆき、どうやらこれが一番気に入ったようで、おれの専用だ、兵隊には手をつけさせるな、と、はっきりいっているのです。もし三浦さん、あなたがこの女を島岡と争うつもりなら、間違いなくあなたの敗けですよ。私の考えでは、島岡もあなたも、所詮は退屈しのぎに女に心を移すのでしょう? 戦争と女以外に、たしかにいのちの充実する何ものもここにはない。ただ、退屈の意味が、あなたの場合は、島岡とまるで逆なのです。あなたは島岡から、きっとひどい目に遭うでしょう。それでもなお、彼と同じ女を争いますか?」

私の胸のなかを、一瞬、激しい波の起伏が通過した。が、女に対する執着は少しも衰えなかった。たとえば私は黄土に咲く牡丹のように、女と名のつくものは、私の犯したあの女のほかは何もなかったのだ。島岡に射殺される、という懸念《けねん》は、逆に私の情を煽《あお》りさえもした。たしかに張のいうよう、死生の線を生き延びる最良の方法は、憤りか反抗かによって、不断に自己を燃焼させ、絶対に退屈させないことだった。軍国的な善良さや、反軍的な退嬰《たいえい》気分の奴らに限って、ふしぎにその胸元を弾丸が狙ってくる。私は張の目前で、はじめて、人間的な立場では、真っ向から島岡と争ってやろうと心をきめたのである。

張は私が、あくまでも女を争うという意志を伝えると、ますます当惑するかと思ったのが、逆に元気になっていった。

「やりますか。それなら私も精いっぱいあなたを援助します。私を信じて下さい。そしてあなたは、いまのあなたの気持、この土地では通用しない人間らしい良心を、ちゃんと失わずにいて下さい。あなたが島岡と同じに、ただ情慾だけで女を争うのだったら、じつをいえば私は寂しいのです。どこを見ても、そんな奴らばかりじゃないですか」

張の性格には、最後まで解明しがたかった一抹の影があったが、このときは、私はただ嬉しかっただけだ。それでやや感情的になり、余分なことをいい過ぎた。

「張さん、おれは正直なところ気の弱い男なんだ。おれは軍隊で、だれからも眼をかけられぬことが寂しかったのだ。おれは出動のとき、軍法会議か前線送りかと、それだけを営倉の中で考えていた。師団の射撃大会でおれの得た九十四点という成績だけが、僅かにおれの存在を支えてくれたわけだ」

「なんの罪でした？」と張は、話の途中でたずねた。

「藁布団の中へ、党関係のパンフレットを幾冊も隠していた。隊内で赤化工作をやっているという疑いだった。だがそれも、いまで考えてみれば、おれにとってはラブレター代わりの読物だったんだ。ラブレターのお蔭でおれは、おそらく、前線で折をみて殺してしまえ、ということになってるかもしれないよ」

「それは思い過ごしですよ」と張はいったが、なにか自身に思い当たるふうもあるらしく、何度もひとりで頷《うなず》きながら、ふと思いついたふうに傍らの壁に架かった雑嚢から、布袋《ほてい》に入れたものを取り出して私にみせた。

「これ、なにか分かりますか？」

「砂糖？」

張は子供のように声を出して笑ってから、またそれを仕舞《しま》い込んだ。

「島岡は、権力と階級を持っていますネ。で、私があなたに味方するとして、どんな武器があると思います？　阿片《あへん》です。この麻薬の魅力だけが、まさに金筋と闘い得る最上の武器ですよ。ひとつ、試《ため》してみますか？」

もう一度取り出そうとする張に、私は首を振った。張はひどく確信ありげに、

「明晩、とにかく南甘亭村へ出かけましょう。早い方がいいです」といって、それから簡単な打ち合わせをした。

じつをいえば私は、いささか張の言葉に、酔いすぎていたようなのだ。だから張と私との南甘亭村行きも、ことごとく失敗だった。話の都合で呼びにくるから、といって私を寺院の境内に残し、張が女の家へ交渉に出掛けている間、私は、今夜こそは、私にとっての重大な何事かが決定するのだ、と内心しきりにたじろぐものを覚えながら、長いこと待ち侘びていた。

内陣にさしこむ淡い月あかりに、いつかの不気味な像たちが、ぼんやり浮き上がっているのを、時折り眺めながら私は境内の棗《なつめ》の木の間を行きつ戻りつした。

どこか槐樹《えんじゅ》の高い頂《いただき》にでもいるらしい鳶《とび》の羽撃《はばた》きが、夜の葉を叩いている物音さえ聞こえ、しんと静かだった。

なぜとなく「不調だナ」という予感がした。そのとき、とつぜん遠くとも近くともつかず、ぐるりの静寂を掻きみだして、土民たちの騒ぎの声が聞こえてきた。水車を踏むらしい物音

もしている。休憩していたらしい農夫たちが仕事にかかったのだ。高粱粥《こうりやんがゆ》と韮《にら》とにんにくを常食としていながらも、この深夜、かれらは水を畑地の灌水溝《かんすいこう》へせっせと汲み込んでいるのである。そしてじきかれらは天性の暢気《のんき》さで、ごく鄙《ひな》びた調子の水掬み歌を合唱しはじめた。

「やア。ずいぶん待ったでしょう。今夜はとにかく帰りましょう」

すッと姿を現わし、それだけいって、張は先に立った。歩きながら張は話した。

「おどろきました。私の計算違いです。あなたのことをいい出すと、女は顔色を変えて、憎みましたネ。鬼！　鬼！　と叫ぶ始末です。あなたが鬼なものか、馬鹿。しかし、どうも私には分からない。結局、あなたが前のいきさつさえなかったら、まるで簡単なんですがネ。でも、両親の方は、これでいいなりになる見込みですから、とにかく気長にやりましょう。気長にネ。その方がかえって楽しみが長い、と考えるようにして下さい」

南北甘亭村をへだてている畑地のところへ出、そこを突っ切りながらも私は、期待通りとも意想外ともいえる張の言葉に、返事もなく歩を進めるのみだった。冷たい水をかぶる想いがした。そして明らかな自身の不利と、また、女へのいっそうの執着とを、同時に確認した。ちらりと、もう一度、強姦《ごうかん》してやろうか、という殺伐《さつばつ》が掠《かす》めていった。

ところで事の不首尾にかまけて、私たちは思わぬ油断をしてしまったのだが、二人が土壁の数歩手前まで来たとき、

「止まれ。撃つぞ」と、島岡の声がした。巡察か、乃至《ないし》は女の家へ行くためか、引率している護衛兵が、神妙に土壁の割れ目から銃口を覗《のぞ》かせている。

「つまらない芝居です。しかし、やられますよ」

早口に張がささやいたが、島岡は身軽に土壁を乗り越えてきて、軍刀を帯革から外して右手に持ちかえた。それからがひどいものだった。

私の軍隊生活は殴られた歴史だが、このときはまったく徹底的で、まるで半鐘《はんしょう》を乱打するように、軍刀が私の上に盲目滅法《めくらめっぽう》ふってきた。途中、島岡は、案外冷静な口調で、

「張。おまえが今夜の行動を説明するまでは、死ぬまでこいつを殴ってやる」といった。

私が畑地を泥まみれで匍いまわり、ほとんど虫の息になるまでは、それでも張は口を割らなかったようだ。あとのことは分からない。私は張に運ばれて帰り、三日間発熱し、一週間目に起きると、ただちに、こんどは十日間の展望哨勤務が回ってきた。

その展望哨所へ張が訪ねてきていった。

「どうも奴はひどい嗜虐症《しぎゃくしょう》ですよ。要するに相手は誰でもいいのだ。あなたの寝てる間に、伐採隊がやられてひとり戦死しましたネ。掠奪《りゃくだつ》に行って逆に殺された津田はともかく、引率の郷田軍曹ときたら袋叩きでした。乙幹の軍曹が、三日歩哨に立ったのは、たぶんこの中隊くらいでしょう。そのくせ一部の兵隊には人気がある。奴の癖をちゃんと知っている兵隊がいて、夜、隊長室へ行き、女を抱かんと眠れんからいまから脱柵します、といって申告したそうですよ。すると彼は、死なないように遊んで来い、といったそうです。――つまりこれはどういうことか。三浦さん、あなたは、私もだが、彼に対する作戦を誤った」

かすかに私は、そのときも一番はじめ島岡に詰問されたとき、言葉を惜しんだことを悔や

まねばならなかった。が、張が、展望台をぐるぐる回りながら、

「どうにも滑稽だ。やりきれない。次第にみんな気違いじみてくる。このごろでは、あの孫夫人が狙われだしています。島岡はそれを知っていて、おれが先に料理してやろう、と思ってるらしい気配ですよ」などと呟いているのをきくと、いまの私の位置が客観的に浮いてみえ、一種のいままでとは別な興味を喚《よ》びはじめた。それで私はいった。

「張さん、おれはおれでやるよ。あいつとの確執をますます深めることに努力する」

張は煉瓦で固めた防壁に肘《ひじ》を突いて、遠く臨汾平野へつづく風景に見入っている。もう夏に近い。ぎらつく陽《ひ》の下に、刈入れ前の熟《う》れきった麦の穂が波打ち、汾河は鈍い銀色を照りかえした。その向こうに、古雅な神秘さで、県城の埃《ほこり》色の壁が浮いて見えた。

「島岡があなたの目的を知ったのは、かえってよかったかもしれない。私は私であなたの代わりに、これまで通り女を説得するだけです。少なくも最後には勝ちますネ。最後には——」

最後には——と、私も胸に繰り返しながら、やがて展望台を下りてゆく張のうしろ姿に向けて、なにかしらん大きな事件がありそうだ、という漠然とした期待を感じていた——。

第三章

まるきり歩哨勤務に明け暮れていた私は、そのおかげで、孫夫人と親しくなることができ

た。孫夫人は三十をいくつか越えたらしい、つまり中国の女が急激に容貌を落としてしまう直前の年齢にあったようで、むろん肺患の大尉に付き添ってきた心労で、みかけはことさらな関心を刺戟《しげき》するほどではないにしろ、その衣裳《いしょう》さえ脱がせれば、隠された肌は思いがけない白さで、たぶんの弾動《だんどう》に満ちているにちがいない、ということがはっきり分かるのだった。

ことに深夜、ゆらめく燈芯をかざして兵舎の隅々の壁を見回っている夫人は、ちょっとした凄艶《せいえん》ささえ感じさせた。私は兵室巡視の際、灯をかざしている夫人に、あやしんで、なにをしているのか、と、たずねたものだった。

この土地には、二、三寸ほどの身長を持つ蠍《さそり》がいて、これを生きたまま酒漬けにして飲むのが、いわゆる強精剤、とくに肺患者の特効薬ということで、迷信かどうか、ともかく、ほかに薬はなし、それで夫人は空瓶《あきびん》を持参して、夜になると壁を伺い歩く蠍を捕えて歩くわけであった。

北門の哨所近くに、半壊した廟があり、懐中電燈で照らし出すと、一瞬背筋に寒さを感じるほど、蠍の群れている個所を私は知っていた。案内しようか、というと夫人は喜んで随《つ》いてきた。蠍は箸でつまむのだが、夫人の手先は器用なもので、身をくねらせて不気味な鋏《はさみ》をもたげる奴を、瓶がいっぱいになるくらいも捕える。

長い捕虜生活の故《ゆえ》と天性の語学力とで、夫人もまたかなりな日本語の片言を話した。捕虜になっていると、相手の人間性を識別する勘も鋭くなるらしく、夫人が私にふしぎなくらい気やすく話し出したのは、ひょっとすると私が、つねに島岡に敵視されていることを知っていたからかもしれない。

夫人と私とは北門の行きかえりを、ほんの二十分ほど話しただけだったが、しかしそのとき私は、夫人から重大な依頼をされたのだ。それは、何とかして手榴弾を一、二発貰えないだろうか、ということだった。それがいかなる目的のために使用されるのであったにせよ、張に頼まなかったのは、入手の困難による発覚を顧慮したからだろう。私は夫人がたぶん逃亡の意図を持っているに違いないと思った。が、あの病身の大尉を抱えて、いったい逃亡しきれるつもりなのだろうか。

別れぎわに、手榴弾は間違いなく届ける、また大尉の薬餌《やくじ》もなんとか手に入れて上げよう、というと、かざした灯の描く円光のなかで夫人は仏像を九拝でもするような、厳《おごそ》かな身振りで礼をいうのだった。このことは私は張にだけ内密に話したが、張はなにか心に期すもののあるふうに、

「あれで気の強い女だったら、島岡の室《へや》に手榴弾を投げ込むでしょうネ。貞女を犯すことは、よくない。思いきったことをやりますよ。いまに――」

まるで、それを待っている、といった口ぶりだった。しかし、私が手榴弾を渡したあとも、しばらくは何事も起こりはしなかった。夫人を取り調べる、という名目で、深夜、隊長室に島岡が夫人を幾度となく呼び込んだことを、その後、私も耳にしたが。

それにしても私は、年中よごれた毛布にくるまって、海老《えび》のように背をくぐめながら寝込んでいる孫大尉の心情を思わずにはいられなかった。もはや彼にとっては、いかなる薬餌も

気休めだけのものであり、死期は間近にあるように思えた。おそらく大尉の顔を、満足にみた兵隊はいないだろう。まるで亡霊を飼っているようなもので、夫人は、すでに大尉の所有から解放されているのだ、という感を兵隊に与えただろうし、ということは、鉦《かね》太鼓で女を探さねばならぬこの僻遠《へきえん》の地においては、たしかに看過しておくにしのびない魅力であったということができる。

張の話によると、孫大尉夫妻を北甘亭村へ呼んだのは島岡の要請もあってのことで、彼は孫大尉を案内役として、連枝一円を縦横無尽に掃討して歩き、その神出鬼没の行動力によって、敵の士気を沮喪《そそう》せしめ、あわせて己れの功績を確立したいことにあった、というのだった。

それが大尉が予想外の重態であってみれば、代わりに夫人を楽しむくらいは、捕虜給養の当然の報酬だ、という勝手な計算になったらしい。

もっとも島岡は自分ひとりうまくやっているわけではなく、近く、付近の村落と交渉して、慰安婦の一個分隊を設置する、おれの部下に、師団あたりからの、はかのゆかぬ配給を待たしておけるかといっていたりして、こんな点で、兵隊たちに或る種の物分かりの良さを匂わせてもいた。したがって私を除いた以外には、兵隊の脱柵を、大目に見ていたといえるのだ。

結局、私だけは、島岡のおかげでひどく損な立場になり、勤務がやっと明けても、当分は無謀な行動を慎むほかはなかった。ところがそのうちに、まったく思いがけない幸運が、私にだけ恵まれることになった。私たちは時折り小隊長の許可を得て、小隊長室用の装飾品などを、よく漁《あさ》りに出かけたものだ。その日も一個分隊ほどの人員にまじって、私も南甘亭村へ出掛ける機会を得たが、なんとしても今日こそ、とひそかに私は心に決するものがあった。たとえ張がどのような尽力を惜しまなかったにせよ、自分で事を行なわぬ限り、現状は一歩も拓《ひら》かれはすまい。逢ってやろう、あの女に、沈英に——と、畑地を横切っている間も、足の地に浮く思いがした。

南甘亭村に入ると、集合場所だけはきめておいて、各自バラバラになって行動を開始した。日中のことだから危険はない。私はそこらをいい加減に切り上げて、煉瓦の塀に沿いながら、ひとり女の家の方へ向かった。すると、通りを横切りかけたとき、行く手の道角からひょっくり現われてきた老人が、そのまま足をとめて私を待ち、近づいてくるのをじっとみつめてから、

「嗳呀。三浦大人」と呼びかけてきた。私も驚いて相手を見たが、この、藁でしばった豆腐（この土地のはにがりの多い固い豆腐で道に落としても割れない）を提げた老人には、見覚えがなかったが、相手はしきりに笑顔をみせながら、私の胸の名札を指さした。それでやっと私は、この老人が、はじめて甘亭村討伐の際、広場で傷ついていたのを手当してやった老人だ、と気づいたのだ。私が、分かった分かった、とうなずくのに気をよくした老人は、「先生《シイサン》、来《ライ》、来、来、来」と、手をひかんばかりにして、ともかく私を自分の家に案内するために、先に立った。そしてこの老人が、そのとき私の訪ねようとしていた、あの女の父親だったのである。

この偶然の邂逅《かいこう》が（私にはむしろ必然のように思えたのだが）私の身の上における、ひとつの重大な転機のポイントになった。私が女の家に連れられて行ったとき、ちょうど土間の食卓で、麺棒で小麦粉を捏《こ》ねていた沈英を、老人は「我的姑娘」と私に分かる言葉で告げ、それから娘に私を紹介した。もちろん最大限の好意をもってである。

しかし、相手は驚いたことに（いや当然のことに）一瞬の視線で私が何者であるかを見抜き、二度三度と眼を上げ、確かめるような凝視《ぎょうし》をした。その凝視は、ありありと私への拒否と抗議を意味していた。私は張の言葉の事実であったことを、いまや身にしみて味わったわけだった。私のなかにくそ度胸をきめ込もうとする想いと、わけもなく波立ってくるものとがいりまじった。

沈英は、私と視線の合うことをまったく避けているふうだったが、それでも老人のいいつけ通り茶を淹《い》れてきたり、干棗《ほしなつめ》を茶碗に盛って運んできたりした。

私が心ひそかに喜びを禁じ得なかったことは、久しく私が思い描いていた映像と、いまのいま目前にいる現実の沈英とが、重複しながら、じきに静かに密着してしまったほど、懐かしい相似をもっていたことだ。もしこれと逆に、私の幻影がむざんに裏切られたのであったとしたら、私は或いはむなしい苦笑のまま、島岡に素直に沈英を譲り得たかもしれない。

半分は通じない老人との会話に、中途半端なあいづちを打ちながら私は、土間の隅に転がっているビールの空瓶や、棚に置かれた軍用煙草のボール箱を眺め、かすかに沸き立つ想いで、島岡と沈英との夜の図を想像してみたりした。いま私に背をみせて麺棒を握っているこの頑なな女が、島岡をどのような形で抱きとめているのか、水甕から彼女を引き摺り出したときの肉感が、奇妙な復讐感を伴って私によみがえってくるのだった。

私は物いわぬ沈英の、固い背や腰を見やりながら、いったいいまこの女はなにを考えているのだろうか、と、まったく不明なものにつきあたった気で、ともすると戸惑った顔になって、老人に視線を移した。

ただ有難かったことは、老人がひどく私に感謝しているようすで、立ち去るときも、ぜひまた来てくれるよう繰り返してくれたことだ。

私はだが一歩戸外へ出たとき、沈英に対する新たな執着の情が、野火のように私の肌の一切を、チリチリ灼《や》きつづけてくるのをおぼえていた。

この日のことを張に話したとき、彼はたいへん喜んでくれて、いった。

「――三浦さん。じつはあなたのことについては、私も及ぶかぎりのことを沈英に話してみます。あなたの本心は、沈英と一緒になってこの村で暮らしたいと思っているくらいだ、とまでいってみました。たぶん分かってはいるはずなんです。国や民族が変わったって、やはり女は女ですよ。それにあなた、この土地でのんびり暮らすのも悪くはない。黄土にだってタンポポは咲くからネ」

そういえば、と私は、沈英の動作を、あれはいくぶん羞恥《しゅうち》に通じていたのだろうか、と、愚かな思い過ごしさえしたものだった。私は、いますぐ軍隊をやめさせてくれれば、沈英と一緒に暮らしてもよい、と心の一部では思っていた。

張は、とかく引っ込み思案になる私を元気づけるために、隙をみては南甘亭村へ説得にでかけてくれた。彼のいう阿片の効用は、老人を手もなく随喜《ずいき》させ、事情さえ許せばいつでも島岡と私を交代して貰いたいという意向にまで、相互の意志は通じていった。

ただ私は、沈英に対する肉慾上の意味よりも、彼女が、私のなにかを理解してくれることを、しきりにせがむ想いがあったのだ。

県城へ郵便受領に行く連中に頼んで、沈英の歓心《かんしん》を購《あがな》うための品物をことづけたりした。夜を避けて、日中、私も再三、沈英の家を訪ねはしたが、老人の歓待に対し、彼女は以前と同様、いささかも私についての好意ある関心はみせなかった。

そうして私は、女というものがどんなに強情であるかということを、このとき沈英を通じて、はじめて知ったのである。それでいて私は、沈英へとも島岡へともつかぬ、一途《いちず》な抗争意識が次第に尖鋭になってくるのを覚え、ともかく島岡との激突は、もはや目前にあって避け難いものだ、と思い込むに至った。むしろその機会を自ら醸成《じょうせい》しようとさえ考えた。そうしてその私の期待に応えるように、いくつかの事件がつづいて起こってきたのである。

その第一の事件というのは、予期していた通り孫夫妻の逃亡だった。駐屯以来はじめての軍旗祭の夜だったが、この日は県城からトラック便で加給品などが運ばれて来、夕方から、ずっと、どんちゃん騒ぎの無礼講をやった。

逃亡の事実が発見されたのは、すっかり夜が明けてからだが、このときは島岡は自ら指揮に当たって、捕虜夫妻を追うにしては大袈裟《おおげさ》すぎる二個小隊を編成して出掛けて行った。

これは私の考えだが、島岡のような人間にとっては戦闘さえ一種のスポーツなのではあるまいか、ということだった。なにか行動を起こすときには、彼は非常に上機嫌で、片手に小《こ》枝《えだ》の鞭をもち、それをびゅんびゅん振りながら、先頭に立つことが好きなのだ。

追跡隊にとって有利だったのは、途中途中で情報を掴んでゆく手掛かりをもっていたことである。この土地の貧しい土民たちは、自家用とそして商売のために、未明に驢馬を曳いて連枝の嶺に入り込み、炭層の露出している場所へ行って石炭を掘り、夕方山を降ってくる。なかには採炭所に小屋をもっていて寝泊まりしてくる者もある。島岡はそれらの採炭夫を、しらみつぶしに調べながら、小枝の鞭を触覚のように振り回して、しゃにむに、山脈へ喰い込んでいったはずだ。

とある地点で、石炭が道にぶちまけてあるのをみつけ、たぶんここで、孫大尉が驢馬を徴発して前進したものと睨《にら》み、山肌の傾斜の乏しい草をもとめて山羊を追っている土民や、嶺の一角で煉瓦を焼いている連中にも問い合わせて、懸命の追跡を続行し、張店という小集落を一キロばかり北上した地点で、遂に本望を達したのだった。

もっとも、ある意味では、この追跡は失敗に終わったともいえる。島岡としては、大尉を射殺し、夫人を見せしめとして、兵隊用の慰安婦にでも、してしまうつもりでいたらしかった。ところが孫夫人は、そこから断崖になっている地点で、みごとに手榴弾による自爆を遂げてしまったというわけだ。

島岡は、爆風で吹き飛んだ二つの残骸を、忌々《いまいま》しげに谷底へ蹴落としたというから、よほど腹に据えかねる想いがあったに違いない。

睡眠不足と強行軍とで、追跡隊の連中は、ひどくこぼしながら帰ってきた。「惜しいことをした。生かして使えば相当たのしめたんだが」と、充分の野心を持ちながら、孫夫人への機会を逸した連中は、すでにその経験をもっている仲間に意外な真顔で怨みを述べたりもした。

とうぜん話は、そこから孫夫人のことに落ちていったが、孫夫人が数度にわたって輪姦《りんかん》されていたという事実は、そのときはじめて私に分かったのだ。夜闇の底で、脂身の多い白い太股のひろがるさまだけが、そこだけ光をあてたようにはっきりみえ、卑猥《ひわいかん》感よりも、痛ましさと、そして、ある種の爽快な充足を私は感じた。これは私自身の内部にも、性の飢渇《きかつ》が口をあけていた故かもしれない。

張は島岡の内命を受けていて、孫大尉から連枝の地形その他の実状調査を進めることになっていたのだが、それも一向に捗《はかど》らぬうち、いわば相手に裏をかかれたような今回の仕儀だった。したがって島岡の鬱憤《うっぷん》が張に向けられていったのも、当然であったといえる。もちろん島岡は、孫夫妻の逃亡を慫慂《しょうよう》したのも、手榴弾を与えたのもすべて張の配慮だと、きめてかかっているようだった。

夜になって私は張を訪ねたが、昼間島岡と争論して、かなりひどい制裁まで受けたという張は、いつにない深刻な表情をしていた。彼は拳銃の手入れをしていたが、私がやや不気味に感じたほど、鋭い上眼《うわめ》でみつめて来て、

「近いうち、私も逃げますよ。ただあなたのことが心残りだから、いまも、考えていたんですが」

口調に沈んだ真剣さがあり、かならず実行するナ、ということは直感できた。私はアンペラの上に寝そべって、つとめて彼の気をほぐすようにいってみた。

「手榴弾のことだったら、率直におれが罪を引き受けるよ。おれはこのごろ、少し考えが変わってきた。沈英に冷淡にされればされるほど、島岡と正面から争いたくなってくる。おれはうっかりして忘れていたんだが、小銃一梃あれば案外使いものになる兵隊だった。三百メートル以内だったら、島岡を射ち損じることはない――帳さん。どう思う？」

「沈英のことは、だんだんうまくゆくはずですよ」と、張は自分の考えていることにしか関心を示さなかった。

「田ん圃《ぼ》の中の案山子《かかし》だって、毎日眺めていれば情も移ります。あなたは嫌われてもなんでも、できるだけたくさん通いなさい。私は、ここを逃げ出しても、あなたのためにはなるつもりですが」

「逃げるといって、どこへ？」

「あなただからいいますが、いままでも連絡はあります。敵と――。私たち朝鮮人は、自分の国にも日本にも、あなたたちほど未練はないのです」

私に対して怒る理由はないにしても、張の語調の、あるきびしさは、私の胸にじかに応《こた》えた。私たちがうっかり失念してしまっているところで、やはり民族的ななにかが頭を抬《もた》げているのか、と、さすがに寂しい溝を意識する。張はそれを自分でも認めたのか、ひょいと気のついたふうに、軍衣のポケットから銀製の指輪を一個取り出して、私に渡した。

「うっかりして忘れてました。孫夫人が、あなたにやってくれといっていたのです。ごらんなさい。牡丹が浮き彫りになってますネ。牡丹といえば、島岡の室に貼ってある絵、見ましたか？」

いや、と首を振りながら、私は掌《てのひら》の上で、貰った指輪の重みをはかってみた。孫夫人が殺された、という実感が、そのときはじめてピンときた。浮き彫りは割と凝ったもので、すぐさま私は澗城鎮の牡丹を連想した。眼も心も荒れていたから、ことさらにあのときの牡丹は美しく見えたのかと思ったが、のちに、島岡の室へ行ったときみると、杉村という絵心《えごころ》のある兵隊の描いた一幅が壁に貼ってあり、ちゃんと「楊貴妃之図」と記されてあった。

それで私は、島岡の心にも、やはりあの牡丹は残るものがあって、それで描かしたのだろうか？　と、やや矛盾を感じながら想像してみたことがあったのだ。そしてごく微かだが、そのときだけは、島岡への一種の融和を感じたものだった。

それからしばらく経って、張は予言通り奔敵した。彼は白昼堂々、将校服を借り、軍刀を持ち、写真をうつして貰うのだといって北門を出て行ったきり、帰って来なかったのである。張の奔敵が確認された直後、島岡は私を呼んで宣言している。

「貴様は、張に女をとりもって貰ったくらいだから、このことは疾《と》うに承知していたのだろう。そして誰にも黙っていた。これは明らかな通敵行為だ。だが貴様が張の日常の言動について詳細に報告すればおれは別に咎《とが》めようとも思わん。貴様の執心しているらしい女をやってもよいが、どうだ？」

考えようによっては、粋《すい》の利《き》いたらしくも思える言葉で、穏やかに、薄笑いさえ泛《う》かべていた。私は、張が奔敵の際、私に残していった重大な意味をもった警告を考えていた。むろん張は、さすがに言い渋って言葉は濁しがちだったけれど、つまり、沈英は隊長の専有物といったわけではなく、すでに何人かの兵隊も、金銭乃至《ないし》交換物資によって彼女と関係をつけている。

「あなたひとりが不利に立ち遅れているうちに、世間のことは世間並みに進んでいたわけです。ただあなただけには、いかなる物資を持ち込んでも、けっしていま、沈英は許しはしない。これをどう思いますか？」

私の暗い憤りの表情を、多少愉《たの》しむかにみまもったあと、帳は重ねて、

「実をいえば、これはいい結果の予兆なんですよ。沈英は、少なくもあなただけを、特別の眼で見ている。彼女が島岡を逃げるときは、あなたを措《お》いてほか、どこへも行きはしない。これは私があなたよりもこの土地の女をよく知っている、という点に免じて信じて下さい。いままで通りやりなさい。あなたは珍しいひとだ」

そこで私は仕方なく苦笑したものだ。

「嬲《なぶ》りものになってるのも悪くはない。張さん、あんただって、おれを道具にして、多少は退屈しのぎをしたわけだ」

張はそんな皮肉はまったく気にとめず、逆に、明るく輝く眼で、「あの指輪も沈英にやってしまいなさいよ」といったきりだった。それが奔敵する朝のことである。

島岡は私からの黙殺の意志を読みとると、別に制裁を加えるのでもなく、

「いずれ連枝の鼠どもに眼にものみせてくれよう。貴様も自分の蒔《ま》いた種子は、自分で刈り取るか」

といったきりだった。北甘亭村駐屯以来、はじめての大討伐を、島岡がうっぷん晴らしに計画したのは、それから間もなくのことである。

第四章

呂頭《ろとう》村という村は、駐屯地から山脈に入って、ほぼ直線コースをとって五十支里。水の涸《か》れた河を辿りつめ、それから尾根伝いに進むわけだが、名ばかりの山中の小村落で、村人は煉瓦や陶器を焼いて生計をたてている。ここにはゆうに一個団の兵力を収容できる兵舎が設備してあって、警備区域にもっとも近接している、敵の根拠地となっていた。

島岡がこの討伐を計画したのは、兵力の差においてたしかに無謀というべきだったが、彼には、駐屯地が一度も夜襲に見舞われないのは、敵がとくに島岡隊を恐れているからに違いない、という自負心があり、それならこちらから逆に叩いてやろうとする、根っからの好戦

欲が燃え立ったからでもあるだろう。

島岡は、この呂頭村討伐に、私への悪意を露骨にみせてきた。そのとき私は不覚にもひどい消化不良で悩んでいたのだが（一種のアメーバ赤痢で他にも患者があり、症状は同じだった）、島岡は私を残留隊に繰り入れず討伐隊の編成に加えていた。仲間の兵隊たちはさすがに心配して、衛生班の証明によって重ねて病状を具申しろとしきりにすすめたが、島岡への激しい抵抗心に駆られていた私は、意志だけでは補うべくもない自身の肉体上の問題を、どうやら誤信してしまっていたようだった。彼の背後を狙い撃っている自身の幻想に酔っていた、という方がほんとうだったかもしれない。

討伐への出発はすっかり夜になってからだったが、編成通りの人員をたしかめる島岡の心底には、私が逃げているのではないか、という皮肉な疑いがあったろう。

隊伍の一角にいて、すでに張もいないいま、私は自分の孤独を身にしみて感じた。もともと軍隊的な気風にどうしても馴染《なじ》みきれなかったために、兵隊同士の間でも、つねに一個の異質として、私はだれからも遊離《ゆうり》していた。部隊が出発し、まもなく山路にかかり、涸れた河底を辿りはじめ、昼間なら古代水成岩の断層もみえる崖に沿って、凹凸《おうとつ》の多い砂礫《されき》の道を踏みしめて歩みながらも、私は信仰のように脳裡に沈英を感じていた。

もう少し張がいてくれさえしたら何とかなった、とそれを繰り返し悔やんだ。あけくれ黄土の風塵ばかり吸っているので、頭は曇暗《どんあん》な狂気に憑《つ》かれているのかもしれない。

沈英に対する私の説得も、考えてみれば、あの仏寺の堂に祀られている人身馬面の像にでも物言うような、なんと少年的な営《いとな》みにすぎなかったことだろう。

張のいた室の、煉瓦一枚はずせば、そこが秘密な物入れになっていて、私に残してくれた阿片の包みがまだある。あれをもっと役立てて別途にものになる女を物色した方が早道だったろうかなどと、ともかく村落を出てしばらくの間は、私は行軍の肉体的な負担も忘れていることができたのだが。

しかし、やがて道は、山を深めるにつれて嶮しくなった。星あかりのほかは、ぐるりはしんと闇がたちこめている。その闇の、なにか意味ありげな不気味さが、進むにしたがって濃さを増してきた。

ヒタヒタと地下足袋の跫音が、しだいに乱れがちになり、隊伍が延びはじめるころには、私は「落ちるかもしれない」という不安に責められだしてきた。

それにしても、これはいままで体験したこともない悪路だった。正常な道でないだけに疲労は倍加し、いったいいつになったらこの河を抜け切って、尾根伝いに歩けるのか見当もつかず、息切れはしだいに頻度を加え、銃が甚しい重みとなって感じられてきた。

島岡の皮肉な微笑を意識することだけが、自身を支える最後の抵抗だったが、河幅がかなり狭くなってきたころ、ひそかな逓伝《ていでん》が届いて来、その、「落ちた奴は置いて行く。駐屯地へ帰れ」という押し殺した声は、まるで私のためにだけ発しられたものと受け取れた。

島岡は私の抵抗意識をちゃんと知っていて、それを逆に利用し、可能の限り苦痛を永続させ、もっとも不利な地点で私を放棄しようと計画していたのかもしれない。

長い時間の果てに、一人ずつ追い抜かれて、私はついに隊の最後尾にいたが、途中、よろめいている私を助けて、銃を代わりに担ってくれ、肩を貸してくれた分隊長が、集合命令で私を置いていったまま帰らず、その間に前方との距離はますます隔たり、しまいに私の跫音《きょうおん》だけが混濁した脳裡にときたま蘇《つまず》いたのか自身力尽きたのかも分からず、乾いた砂を抱いて私は地にのめり込んでいた。

砂の感触が、いう甲斐もなく懐かしく「敗けた」という悲惨な想いをすら、やさしくうけとめてくれようとする。

――そして、我に還ったときには、私のほか、ぐるりには誰もいなかった。非常な遠くで、銃声らしいものが一発きこえ、それきりであとは無限の闇と時間の深さだった。

河を伝って行けば駐屯地に帰れる、ということだけが私に残された一条の活路となっていた。ただその活路は、無限の屈辱と、拭うべくもない周囲からの蔑視《べっし》につづいていたけれども――。

楊柳の鞭で闇を切り割きながら進んでいるはずの島岡は、すでに私の落伍を確かめ処罰の方法を吟味することを娯《たの》しみながら充溢しているに違いない。しかも彼は、討伐の戦果についての期待をもあわせ持っている。が、といって落伍者を別に銃殺にもすまい、とさして気に病むことも――と、私はようやく自分を支え直し、やむなくひとりまた河底を辿って下りはじめたのだが、ところがしばらく経って、実に想いがけない出来事のために、まったく事情の逆変するような立場に、追いこまれることになったのである。

とぼとぼと、もと来た道を、重く屈した心で、どれほど歩いたことだろう。とつぜん背筋の粟立《あわだ》つ想いで、私は足をとめたのだ。河の曲がり角まできていた私の耳に、あきらかに入り乱れた跫音《きようおん》が、それは砂利を軋《きし》ませて次々に河へ飛び下りる気配にききとれたのだが、敵？　という意識が、忽《たちま》ち鮮やかに脳裡を貫いた。

確かに敵の影だった。息をつめてようすを窺《うかが》っている私の眼に、山の傾斜を一列になって下ってくるのが、山麓への捷径《しようけい》をとるためか、つい眼の先から河底へ飛び下りては、無言のまま前進をつづけて行く。とっさに私の考えたことは、自身の危険よりも、この一隊が、部隊の出発と入れ違いに、その虚を狙って（或いは偶然に）駐屯地への夜襲を決行するのではあるまいか、ということだった。

すると一瞬の恐怖と当惑のあと、今度はそのことが異常な関心となって襲ってきた。まもなく敵の隊伍は河底を遠のいて行ったが、私はまだしばらく気配をうかがったあと、自身驚くほどの緊張に足を踏みしめながら、そのあとにしたがって行った。

昂奮のために、あれほどの疲労さえ消散し、じわじわと汗ばむ闘志のようなものが湧き上がってくる。私一個の力をもってしては、いかにもむなしいことながら、激しい牽引《けんいん》が、ともすると私の足を速め勝ちにし、来るときはひどい苦痛だった行程が、下り坂の故も手伝って、じつに呆気ないほどの早さで山脈の最後の嶺を抜け、そこまで来て、もはや疑いもなく敵の夜襲の企図を確認することができた。

おそらく残留隊は、少数警備の不安を、「まさか今夜にかぎって夜襲もあるまい」という楽観で打ち消しているに違いない。いっそ骨休めのつもりで、のんびりやっているかもしれないのだ、と思うと、私はいま自身の立たされている位置の重要さに、あらためて深い感慨をおぼえたのだ。

山麓への最後の傾斜を、先に下っていった敵の隊伍は、私が岩肌から岩肌を縫って次第に麓へ辿っていったときには、いったいどこに布陣したのか、まるで見当もつかなかった。長い時間をかけて、かれらは完全な包囲と、村落内への潜入を企てるので、けっして当初から発砲はしないと私は知っていた。つとめて早く味方に夜襲を報知する以外に道は残されていない、と私は思いついたのだが、その私自身、すでに、星明かりに家並みの泛《う》いてみえる甘亭村の畑地へ、灌水溝沿いに大分近づいていて、こちらが発砲した場合の身の処置も、考慮に入れておく必要があるのだった。ただ、それにしてもぐるりはあまりに静かで、いまのいま私の経験していたことは、あるいは幻覚だったのではないかとさえ思われてきた。

ところが、そのときになって村落のあちこちで犬が吠えはじめ、非常な遠くでそれに呼応して鳴きはじめた声もきこえてくる。ここらの犬は臆病で、じつによく怯《おび》えて吠えるのだが、このときばかりはきびしい現実感で、さし迫った事態の急迫が意識させられた。

ひょっとすると私は、やはり朦朧《もうろう》と疲れていたのかもしれない。焦ってもいたようだ。時間でいえばそれほどでもなかったかしれないのに、私は敵がもう、村落の中へすっかり潜入しきっていると思い込んでしまっていた。

小銃では心もとなく、腰の手榴弾を抜いて、灌水溝に深く伏せながら、安全瓣をぬき発火させたのを、大きく前方に投げた。私は灌水溝が直線に村落につづいていると思い込んでいたので、そのあと村落まで駆けぬいて、残留隊と合同する予定でいた。

ところが、地鳴りをあげて手榴弾の炸裂したあと、束のま不穏な沈黙が深まり、と、私の位置のまだずっと後方で、気のついたように敵のチェッコが歌い出し、それに応えて西端の望楼から、友軍が撃ち出してきた。弾着が高く、慌てているようだった。もっとよく状況判断してかかればよかったものを、私は、溝を懸命に駆け出したが、しかし、溝はしばらく行くと左折し、左折しては敵とぶつかるかもしれぬという危惧で、こんどは畑地へ躍り出し、一気に望楼の下まで駆けつくつもりだった。

奇妙なことに私は、畑地を駆ける私の影を残留隊が、敵と見違えはすまいと、本能的に信じてしまっていたのだ。錯覚だった。

友軍の機銃は、私の影を狙ったらしい盲目滅法な弾着で迫って来、はじめて我に還って伏せた周辺に、敵のとも味方のともしれぬ銃声が捲《ま》き起こり、匍うまどろっこしさを嫌って、起ち上がり起ち上がりして、こんどは南甘亭村へ向けて駆けるうち、執念強く私を狙ってくる銃弾に、同時に左大腿に二ヵ所貫通を受け、一弾は左から右大腿へ達したことも分かった。

ぐるりは銃声と手榴弾の破裂音がしきりで、敵の叫声《きようせい》が村落の中から湧くのがきこえて来、私は必死に匍いずりつづけて、南甘亭村へ逃げ込もうとした。そこよりほか安全地帯はなかったのだ。

どこをどう匍いつづけてきたか、私もよくおぼえていない。気がついてみると私は、例の寺院のほとりを過ぎ、戸をたててはいるけれど内部でおびえた耳をたてている村落民の気配を気にしながら、あたかもそれが自然の意志ででもあるように、沈英の宅へ向かっていたのである。

私はなにも深い思考によって、沈英の宅を訪《おとの》おうとしたのではない。かなりの出血もしていたし、意識のかすんでくる時間がチラチラと眼の先にあるような思いもし、不様《ぶざま》な目に遭うよりは、いっそ沈英の宅で、よしんばそのことが逆に不遇を招いたとしてもいい、ともかくそこへ落ちついてみずにはいられない、一種の悲願のようなものに責められたのだ。

沈英の家ももちろん固く戸をとざしていたが、銃の床尾鈑で叩き、応答がないので、「老人、我的三浦」と呼び、なお「三浦、三浦、開門」と重ねていうと、やがて細目に戸が開き、つづいてびっくりしたように大きく開いた。

私は中に転げ込むと、口早に、呂律《ろれつ》のあやしい言葉で自身の負傷を告げ、血だらけの軍袴を指さしながら、それでもやっとの努力で、かれらが苦笑しつつよくいうような口調で「没法子《メイファアーズ》」といった。

そしてそのまま私は、土間を抱くようにして伏せていた。身体が燃えながら、そのくせ意識の一方が睡り込んでいる。案外、重傷ではないか、と思った。

すると、そのときだった。

私の耳に、ありありと沈英の声が、老人をせかしてでもいるらしい口調でなにかいうのがきこえ、そのあと私のほとりにかがみこんで、娘の手とは思えない素速さで軍袴を脱がし、傷の手当をはじめるのだった。

もっとも、貫通の手に負えない傷口は、布をあてて縛るよりほか処置の仕様もなかったし、それにいつ敵の一隊が、かつて私たちの行なったような家宅捜索をやるかも分からない。

悶転《もんてん》する苦痛さえなかったら、私はなにか一言、はっきり通じる言葉で、身に触れているこの、洗いざらしの服を着た、ひっつめの髪の女に告げたかった。なにを、どのように？

——だが、言葉は意に反して、稚拙《ちせつ》な謝辞のほかは浮かんで来ず、足先の、血の色を失って冷たく痺《しび》れている感覚だけが莫迦げて気になった。

戸外はいまだに銃声が継続している、壁のすぐ向こうで喚《わめ》き返している気配もききとれた。長以下十余名しかいない警備隊の末路のさまが、私の瞼《まぶた》を刺してきた。

沈英はじきに私の手をとり、かくまうためにか起ち上がらせようとした。せめては彼女の意志に従順にしたがうことに、私は夥しい惑乱のなかでの充足を感じていたようである。

ところが、それが偶然であったのか、それとも彼女の計画であったのか、いや、この家には、たぶんそれよりほか隠れる場所はなかったのだろうが、彼女が私をかくまおうとしたのは、いつか彼女自身がひそんでいたあの水甕、あの日いったん引き出され、犯されてまた閉じこめられた水甕だった。

老人が踏み台を持ってきてくれたりし、私はやっと、痛みを耐えてその水甕の底に、ひっそりと蹲《かが》み込んだ。

かつて彼女がもったと同じ恐怖と悲しみとの中で、陶器の冷たい肌にじかに接しながら、おびえながら刻まれて行く時間と対決することになった。

ただ私は少なくともあのときの彼女よりは幸福だったのだ。なぜなら、あきらかに彼女は私をかくまうための意志によってこの水甕を選んだのだから。

甕の底に伏せている私の上に、奥深く私をかくしこむために頭の上に布や笊《ざる》をかぶせる気配がし、そのあと、大豆をでもぶちまけるらしい、ザザザという物音がし、幾粒かは布の隙間から、水甕の底へこぼれ落ちてくるのだった。

これで助かるかもしれない、と思いながら、なお私は、敵に引き摺《ず》り出される刹那《せつな》の私を思い描いてもみた。はじめて私は、彼女が甕から引き出されたときの心の状態を、自らの身にひき較べて思い知った気がし、これでいくらかは自分の慚愧《ざんき》の情も果たされたのだ、と、あるふしぎな安堵に似たものをも感じ、それからみるみる力尽きて、意識の遠のいてゆくのを感じていた。


………………………

第五章

――私はこの谷間の底で、いま、射落とされた雁のように、むなしい羽撃《はばた》きも尽きて、幾度かの昏睡を繰り返しながら、数時間ののちにはこの山脈を行き迷ったあげく、敵の狙撃を受けるか、乃至《ないし》は飢渇の果てに茫々と岩みたいに、死に絶え風化してしまうかもしれない。

　第一私は、ほとんど歩行不能なほどの傷を受けている。ここは太行山脈の奥であって、何処を向いてもあの南甘亭村のように、私を甕にかくまってくれるところもない。試みに耳を澄ましてみても、地に湧く地虫の声と、音もなく崩れる流砂の気配のほかは、なにもきこえない。空には星明かりさえもない。いったいいつ夜明けがくるというのだろうか。

　私は喘ぎながら頬を押しつけている冷たく乾いた砂。静かに私の体温を吸いとりながら、できるかぎり、やさしく私を憩《やす》ませようとする、このおおらかな無慈悲はいい。

　――水甕の底で、あやうくいのちをとりとめた私が、県城の野病から原隊へ呼び戻されて帰ったのは、すでに秋冷の気の身に沁む頃になっていた。

　病室の窓の庇《ひさし》を訪れてくる雀の踊りと親しみ、私は負傷の回復をかなしみながら、しかし次第に、来るべきものに対しての、自身の態勢を整備しつつあった。

　今度こそ最悪の事態が私の上に訪れてくるに違いない、という想定を、寸時も脳裡から拭い去ることはできなかった。

　なぜならあの夜の夜襲によって残留隊は全滅し、重傷ながらも生き残ったのは、じつに私ひとりであり、銃声によって駆けつけてきた県城からの救援隊が私を村落はずれの畑地の一角から救い出したことも、私の負傷が誰の手によって介抱されたのか、という疑問も、そのまま島岡の耳に入っているはずだったのだ。

　そのころ劉伯承軍は、行きがけの駄賃に駐屯地のはるか南、侯馬鎮《こうまちん》を襲って太行山系への移動を完了していたが、トラックの背に揺られて駐屯地へ着いた私の、病み上がりの眼に、思いがけない新鮮な懐かしさで連枝の屹立した嶺が、ひろがる麓が、畑地のなかの南北甘亭村が、見えたことである。

仲間の兵隊たちは、私の奇怪な生存と、その前後の状況について矢つぎばやな質問を浴びせたが、私にとくとくとして語り得るなにがあり得ただろうか。

隊長に対しても同じことだった。私は、山中で敵の隊伍と逢い、奇襲を知って友軍に報知し、そのため双方からの射撃を受けて負傷し、村落外へ逃げのびて失神し、手当はその際、自身民家から持ち出してやったのだと繰り返した。

「まアいい。証人はお前ひとりしか居らぬ」と、隊長は深くは追及せず、私は私で、証人が一人も居らぬことに、やはり痛恨をかんじた。

「お前がひとり生き残っていたのは、お前の運の強さにしておいてやろう。おれがお前を呼び戻したのは、今度の作戦は先の晋南作戦よりも遥かに大がかりなもので、部隊は人員の整備を命ぜられて居るからだ。作戦までに身体を馴らしておけ。今度こそは、落ちたが最後、無事に帰れるようなわけにはゆかぬ」

口調は、事件から日を置いているためか、すっかり落ちついてきこえたが、それだけに抜きがたいぶきみさを、底に蔵しているようにも、私には思えた。

夜襲を受けた際、兵舎は、火こそかけられなかったが、無惨に破壊されたということだが、ふしぎに、隊長室に貼った牡丹の「楊貴妃之図」だけは、昔のままに豊麗な情感を湛えて燃えていた。何度も流し目に私はそれを見、こんども潤城鎮に行くだろうが、牡丹の季節ではないがあの町は、やはりあのままの美しさで盆地に残っているだろうか？　そして隊長自身も、ひそかに心の底に潤城鎮を想っているかもしれぬ、と、そのまなざしで島岡を見ると、彼は、加給品のビールを飲んでいる大胡坐《あぐら》のままギロと私を見返し、

「女と逢いたければ逢いにゆけ。南甘亭村にちゃんとおる」と、いった。

彼がこのときなぜ、考えようによっては好意ともとれる、また、一歩深めれば最後の慈悲ともとれるこの言葉を発したのか、その真意を私はいまだに解くことができない。この疑問が、あるいは私をその後も島岡への必死な確執《かくしつ》へと、逆に駆り立てていったのではないだろうか？

ひょっとすると私は、島岡を憎みすぎることによって、むしろ好意と同義な執着にまで達してしまっているのかとさえ、しばしば考えたほどなのである。

私は隊長室を出ると、以前、張の住んでいた室に行ってみたが、そこには張に代わって、どこから徴発してきたか、白い支那馬が一頭飼われていた。噛むかナ？　と思ったが、首をこちらへさしむけているその前髪を撫でてやってから、その足で南甘亭村に向かった。

島岡のことも作戦のことも、もう私にはどうでもよかったのだ。あるいは沈英のことすら、どうでもよかったのかしれない。自身をとりまいているもろもろの現象よりも、その現象からの照射をうけて自身の底に微妙な発光をしつつあるものの方が、私にとっては、よほど必要なのではあるまいか、と、そのとき考えていたのだ。野戦病院での療養の何ヵ月かの間、

長い静穏が私に与えてくれた、それはひとつの、死生観に繋《つな》がる智恵であったのかもしれない。

だが、私は沈英の家に赴いて、私の健在を、じつに朴訥《ぼくとつ》なようすで驚き喜んでくれた老人や、軍袴を脱いでまで癒りきった傷痕を見せたのを、さしのぞいて、感歎している沈英のまなざしを見たりすると、私自身、かれらによって救われたのだという、抑えがたい感動のために、ほとんどいうべき言葉をすら持ちえなかったほどだった。

私ははじめて沈英の手をとって、繰り返し礼を述べた。思ったよりも厚ぼったく肉のしまった固い手を。

――私の眼の前に、好意と好奇心といささかの羞《はじ》らいと、そして、おそらくはいまだに無意識のまま残存しているに違いない敵意と、それらがいりまじって醸《かも》されている特殊な関心で私に接しているこの一人の女は、私が過去に犯した女でもなく、その肉体の記憶によって、ふたたび私の中によみがえってきた女でもなく、もはや一個の神格をすらもって、至純な憧憬を私の中によび起こしている存在であった。

もちろん沈英にも老人にも、こんな気持の分かろうはずもなかったが、いわば奇蹟的に生き残ってきた私への関心のお蔭で、私はこの一家と特別な親交をもつことがゆるされているのを感知し、しばらくはたどたどしい言葉のやりとりにすら、自然な笑い声も湧いたりした。いったんほぐれだしてくると、いままで築きあげてきたものの効果が、おや？　と思ったりもするほど、かれらの、とくに沈英の動作の端々《はしばし》にうかがえたりした。

ところで、私はこのとき老人から、一通の手紙を受け取っている。それは張からのものだった。中国軍用の煙草であるアトラスの空箱の裏に二、三枚、鉛筆で記したものである。張が人に頼んで届けてきたとのことだが、懐かしい筆蹟で、文面は次のようなものであった。

手紙ハ野戦病院ニ届ケヨウカト思ッタノデスガ、ヤハリ沈英ノ家ニ預ケマス。甘亭村ノ夜襲以来、沈英ノ心ハアナタニ向イテイマス。シカシ彼女ヲ島岡ノ手カラ奪ウ為ニハ、アナタガ軍ヲ離脱シテシマウヨリ外ハアリマセン。

島岡ハ多分コノ作戦デ、アナタヲ殺ス計画デス。コレハアナタモ察シテイルト思イマス。私モ、コノママデイケバアナタガ島岡ニ殺サレルト思ウカラ、作戦ノ出動前後ニウマク逃亡シテ私ト連絡シテ下サイ。部隊ハ必ズ泛山ヲ通過スル筈ダカラ、アナタハソコカラ北ヘ折レ、マッスグ歩イテ、小サナ村落デスガ永里溝トイウトコロヘ来テ下サイ。ソコデハ私ノコトハ誰デモ知ッテイマス。

島岡ニ殺サレテハイケマセン。忘レズ逃ゲナサイ。

張に教えられるまでもなく、私の立場はよく分かっていた。が、忘れず私を考えてくれる張の好意はずいぶんと嬉しかった。それに、逃亡する、という手段を、いま私ははじめて教えられたように、一瞬、新鮮な感動としてうけとったのだ。そうだ、そこに、もっともよく現実を解決しうる最後の道がある——と。

しかし、山奥の名もない村落で、私は沈英とふたり何をして暮らすのだろうか？　一個の運命論者になっていた私は、それ以上深くは考えてみなかったが、そんな想いを秘めて、沈英をみる私のまなざしには、おそらく、どのような障碍《しょうがい》にもヒタヒタとしみ入って、相手の胸にうったえようとする、寂しく切実な力はあったかもしれない。

逃亡するかどうするか、という新しい命題は、潮の干満《かんまん》のように私を訪れてきた。しまいに私は、それをひそかに、愉しい遊びとして心に繰り返すようになったのだが、いよいよ討伐のはじまる時まで、やはり決心はつかなかった。

今度の太行作戦は駐屯地に一兵も残さず、野病も収容者のうち動ける者は帰隊せしめ、それ以外は北京へ後送して、野病もまた前線へ出動して行くという大がかりなものだった。作戦開始となり、私たちの部隊は、張の予測した通り、泛山《ふさん》を通過して、山へ分け入った。この前後、私はいよいよ自身の結末をつけるべき岐路に立たされていたわけだ。

中隊が北甘亭村を発つとき、住民たちは形式的な見送りをするために、日の丸の小旗を持って、軒の蔭や道のほとりに群がっていた。居並ぶ顔の中に、私はめざとく沈英と老人をみつけることができた。老人は顔中を皺にして私を認めて笑ったが、沈英はまったく無感動としか思えない表情で、半ばは老人の肩に隠れ込む風情《ふぜい》で、こちらに一瞥《いちべつ》を投げてきた。

けれども――これは私の錯覚かもしれないが、私はそのあと、背に縫いつけられている、沈英の視線をヒリヒリと感じることができた。かつて私はこのような視線を、いくたび、山中行旅の間に思い描き、自身の索寞を劬《いた》わってみたことだろう。

隊長島岡は、そこらへ散歩に行くといった気やすさで、いつものくせの小枝の鞭を振り振り、そのあたりに精悍な風《ふう》をうみながら、隊伍の先頭に立っていた。彼は出発の前夜、沈英の宅に泊まっていたから、いまさらの別離の情感もないだろう。またそんな人間的な情操など、当初から持ち合わしてもいまい、と私には思えた。

ここのところ、私に限らず、兵隊がかなりな出鱈目《でたらめ》をしても、いっさい容喙《ようかい》しなかった島岡の意志は、今次の作戦が、容易ならぬ犠牲を強いるものであるに違いないことを、彼は彼なりの野戦の触覚によって探りあてていたのかもしれない。

私という一個の兵隊の生死など、これから赴く大戦闘にくらべれば、まことに愛嬌にもならぬ些事《さじ》でしかなかったのかもしれない。

あれ以来、ふたたび沈英の肌に触れようとしなかった私の心情を、憐れむべきその感傷性を、彼がもし知っていたとしたなら、たぶん彼は私のことなど念頭から笑殺し去ってしまったにちがいない。

そして、泛山に着き、泛山を過ぎてなお私が隊伍を離脱しなかった第一の理由は、私の生命を抹殺するくらいのことは物の数にも入れていない、としているらしい島岡の傲岸《ごうがん》さへの、無益な反撥であったかもしれない。

それとも、生も死も、しょせんは天命のいたすところであり、島岡の手をわずらわすまでもなく、私は敵の攻撃の下にくたばるかもしれぬ。また島岡自身、ひょっとした流弾で滑稽な死に方をしないでもない。といった無常観への依存の故だったかもしれない。

泛山はすでに山の中の県城だが、ここまではまだ部隊の警備兵がいる。ここからは、山はようやく原始の相貌《そうぼう》を帯びはじめる。私を待っている張よりも、南甘亭村で、あるいは安否を気遣ってくれているかもしれぬ沈英よりも、私にとってははるかに大きな牽引を示していたのは、じつに、際限もない山々の起伏から醸《かも》されるふしぎな魅力だった。

私の担《にな》っているなんというまずしげな生存。しかもこの風変わりな兵隊はいまだに荒れ切れず、心の隅にひとつの面影を抱いている。それはまるで黄土の風景を背にして、揺れさだまる牡丹のようにも、得難く美しいものだった。じつをいえばこの、人間を、その寂寞の究極において支えようとする本然《ほんねん》の意志によって、私はきりもない幻覚と覚醒《かくせい》との日日を、営々と経めぐってきたにすぎないのではあるまいか。

いまさら逃亡によって、なんの解明があるだろう。あるとすれば、島岡との、この抗争を、ぎりぎりの場まで深めることによって、はじめてそこにこの世をうちとめているものの意義の発見があるのかもしれぬ——と私は、転向する想いのままに自身を酔わせ、一種の山気にあてられたもののごとく、こんどこそは島岡にも匹敵できるらしい自身の健脚をよろこびながら、あくまで隊伍にしたがって行こうと決心をしていたのだった。心の奥深く、島岡と対等に闘い切れるという確信が、おおいがたく息づいてきていた。

私たちの属する大隊は、まだ陽城県にもかなり距離のある地点で、本隊と別れて単独行動に移ったのだが、一見さほどの不安もなかったこの行動が、じつは、悲惨な終末を迎えることになったのだった。これは包囲をうけてのちに分かったのだが、たぶん十五軍の主力と思われる敵の精鋭が、大隊が独立行動に移ってから、つかず離れず次第に包囲の態勢を深め、大隊が、午後N凹地に大休止をしたとき、包囲を完了した一発の迫撃砲弾を合図に、それからはじつに眼もあけられぬ大攻撃で、日没に至るまでに、大隊の大半が死傷をうけたのである。

なにぶん防禦物といっては背の低い灌木林しかなく、つき添っていた大行李隊の一部は、たちまちに駄馬の屍の山を築いてしまう有様で、戦闘開始後三十分で大隊長倉谷少佐が戦死しているのをみても、その凄惨さは想像していただけると思う。

私たちは山脚《やまあし》にへばりついて、僅かな堆土《たいど》を利用したり、応急の壕を掘り進み、または屍馬を楯にしたりして防戦したが、無線器材も、真っ先に迫撃砲弾で破壊されるという始末では、連絡の方法もなく、事態の深刻は一兵に至るまで、ひしひしと感じられ、じつに夥《おびただ》しい混乱の底での悪戦だった。

台地に南面した私たちの中隊は、なんとか逆攻勢に出て前面の敵を駆逐し、戦況を有利に持ち直そうと努めたのだが、それどころではなく、夕景まで持ち場を固めるのが精一杯という有様だった。

思えばこのような混戦こそ、ひそかに私が期して俟《ま》ったものである。前後左右、どこからという見境いもなく流弾が群れてくる。私が島岡の背後に迫って一発ぶち放したとしても、なんの疑いもなく彼を殺せるはずだった。また逆に、彼が私を整理するについても、恵まれた機会であったわけだ。しかし、それは平穏《へいおん》な環境においてのみの幻想であって、一兵をも惜しまざるを得ない立場では、島岡はもちろん私への私恨など想いも出さなかったろうし、私は戦闘の合間、兵を叱咤している隊長としての島岡の、案外に余裕のある口調に、さすがに彼の土壇場の度胸のついたみごとさを、頼りに思わずにいられなかった。

たとえば薄暮になると彼は、布陣の形式を改めて、手榴弾による防衛に移り、散兵線を、いわゆる鶴翼《かくよく》の陣に敷き、山をすべり下りてくるかにみえるほどの精悍な敵を、二度三度、手際《てぎわ》のいい反撃で叩いたのである。私たちが夜に紛《まぎ》れて敵中を突破し、四散しながらもとにかく活路を拓《ひら》き得たのは、このときの島岡の作戦に負うところが甚だ多いはずだった。

構えている機銃の銃身を掴まれるほども近く、いきなり敵が跳び上がってきては攻めこんでくるような白兵戦も、夜に入ってから、しばしばくり返されてきた。中隊は各個に敵を撃破して脱出する、ということが決められていた。このときほど夜の有難さを身にして味わったことはない。私たちは、波の底を潜ってゆくような息苦しさで、灌木の底をヒタヒタ匍いつづけ、敵の乱射を浴びながら、歩哨線と衝突しながら凹地を逃げのびることに懸命の努力をしたのだ。おそらく無疵《むきず》で逃れ出たものはいくらもなかったに違いない。

山肌をのぼりつめるときにうけた手榴弾の破片創がもとで、私はひどい苦惨《くざん》を嘗《な》めながら、谷底を長いあいだ必死に匍いつづけ、また新しい山肌にとりついてそこを越え、それからまた谷に下って匍いつづけして、気がつくと、いったいどこをどうして逃げたのか、一切分からず、朦朧とした意識の奥に「まだ生きてはいる」という一脈の陽のさしこんでくるほどの有難さをかんじ、なんともいえぬ甘美な昏睡に長いこと浸っていたようなのだ。

——やがて、夜が明けるに違いない、と私は、死期の迫ったもののするような、めまぐるしい回想のあとで、はじめていささかの心のゆとりをもって、静かにぐるりを、まだあるとしもない味爽《まいそう》の気配の立ち迷うあたりを見回したりもしたのだった。

私がやっと我にかえったときは、すでに谷間の上に、陽がきらめきのぼっているころだった。咽喉の激しい渇きに堪えかねて目覚めたのだ。行軍でなく防禦の有難さに、水筒の底にはまだ薬にするほどの水は残っていた。たしかにそれは霊液としての作用をもたらしたのだろうか？

眸が弾《はず》みながら明るさをとり戻してくる想いで、私は身を横たえたまま、ぐるりを見回してみるだけの元気をとりもどした。岩とも泥塊ともつかぬ地肌の凹凸が、急傾斜のまま谷間をくぎっている。ところどころになにかをささやきあうように集まっている灌木たち。ああいいなア、と私はなにか寂しく潤《うるお》ってくるものをかんじた。なぜか分からないが、じぶんが分からなくなってしまうほど孤独であり、静かさであったからだ。

そのときである。私は面白いものを（それまであまり近くでうっかりしていたのだが）発見した。縞栗鼠《しまりす》が一匹、岩の上にちょこんといて、私を、首をかしげるようにしてみまもっているのに気づいたのだ。この瀕死の異様な生きものが、人馴れぬ山中のけだものには、ずいぶんとめずらしかったのだろう。ところがよくみると、その栗鼠のうしろにもう一匹同じようなのがいて、これは首から上を前の奴の肩のあたりからさしのぞけている。つかのま、二匹は置物みたいにキョトンとしてこちらをみつめていた。私がもしこの栗鼠をみつけることができず、しかもこのままここに放置されていたとしたら、はげしい懊悩《おうのう》のあと、ふっと妙なたのしさをかんじて、自身のこめかみに銃口をあてて、無心に引鉄《ひきがね》をひいたかもしれない。

非常に混濁している意識が、ふいと人間的良識にたちもどりうる、そんなきっかけを、この二匹の小さないきものは与えてくれたわけだった。

私はそれではっきりと自身の位置を認めなおし、さてどうすることがもっとも妥当な方法かに、思考の集中をはじめだした。是が非でも生きたい、とする切実感が、その思考のすぐうしろに、爪先《つまさき》だって喘ぎ寄ってきているはずだった――。

そして、そのときだった。背後に、砂を踏んで、ゆっくり近づいてくる人の気配がし、

「誰だ。死んでいるのか？」と、きこえた。

私は声に応じて振り返るよりも先に、それが隊長島岡だということを直感した。しかし、単に直感しただけであって、それ以外の特殊な意識は何もなかった。つまり疲れきった末の放心が、相手をしかと認めながら、それに付随してくる記憶については、いっこう無頓着なあの状態だったのだ。私は背後に島岡をみとめた。眼が悽愴《せいそう》なかがやきを帯びていたが、憔《しょう》悴《すい》のさまは一目で分かった。私が答えるより先、彼は私を認め、足早に近づいてきて私の傍《かたわら》に膝を折った。

「三浦か。どこをやられておるか」

「足です。この前の甘亭村のときと、ほとんど同じ場所です」

「フム。そういうこともあるかしれんな。痛むか」

「痛みます」

彼は伏せたままの私を転がすようにして傷の工合を確かめ、「よくここまで逃げのびてきたな」とひとりごとのようにいってから、黙々と応急処置をしてくれた。私もまた黙って任せきりにしていたのだ。寝たままの私の眼に、チラと、いまさっきの栗鼠が、岩をはね跳んで、断崖を駆けのぼってゆくのが見え、その気配は島岡にも分かったらしく、

「しまった。あいつを朝飯にしてやるのだった」と、声はある優しみを帯びていた。

「歩けそうもないな、おれが背負っていってやろう。おぶされ」

彼は手当のあと、すぐに私に背を向け、

「翼城まで辿りつけば野病がある。途中の村で腹を拵《こしら》えて休むことだ。なにしろ咽喉が渇いてやりきれん。――山の沙漠だナ、ここは」

語調はいささかも取り乱さず、私を担って彼は近くの村落まで、いな翼城までも充分辿りついてゆきそうだった。これはじつに奇妙なことだった。いったいなぜ私に、また彼に、なんらの敵意も湧いていないのだろうか。そこに在るのは、一人の隊長が一人の負傷した部下を救出しようとする、その意義のほかはなにもない。彼が私を殺したとしても、見ているものは断崖のどこかにいる縞栗鼠くらいなものだ。それだのに、彼は、無造作に私を背負うと、「ちょっと重い。眠るなよ」といったきり、私の背後に近づいてきた、あの歩調と同じに、

谷間を、ゆっくり歩きはじめたのである。

私はこの作戦に出るとき、そして泛山で逃亡を考慮し中止したとき、非常に漠然とだが、確執しあっている人間のその心の一番深いどこかに、たしかにひとつの協調の見出されるような予感を持ったことを、そのときも思い出した。それともひょっとするとこの頑丈な男にとっては、私と沈英を争うことなど、なにもかも承知の上での退屈しのぎの遊びだったのだろうか。戦陣の合間に、牡丹の一株を鑑賞する余裕であったのだろうか。見えないものが、私をとりまき、私は一個の小児のように、その背にのせられて、彼の体温の中に私の安否を委託するよりほかはなかった。そして、そのことは私に、いままで経験したこともない気楽さを感じさせてくれた。

「――来年の春は、潤城鎮の牡丹を掻っ払ってきてやろう」と、彼はいった、いや、彼は何も言わず歩いていたのだが、私の耳だけがそれを聴《き》いたのだ。彼はそんなことをいうはずがない。彼はこういったのだ。

「水の匂いがする。どこかに清水が湧いてるナ」

私は背の上で、ぐるりを見回したが、私には、岩肌と陽に灼かれる草の匂いのほか、そして、隊長島岡の奇怪な人間味の体臭のほかはなにも嗅ぎだせそうもなかった。

「隊長」と私は呼びかけていた。しかし、そのあとにつづける言葉は、まだなにも考えていなかったのである。

雲と植物の世界

序　章

いちばんはじめにその眼を見たとき、かすかな驚きが、しだいに昂《たか》まりながら、やがて、言い難い恍惚《こうこつ》にうつっていったのを、私はおぼえている。それはふしぎな静かさをたたえた、透明な湖の肌をおもわせた。なにかが、ここに仕舞われている。だれも知らない美しい秘密のようなものがと、まだ若く豊かだった私の抒情にうったえてくるものがしきりだったのだ。あるいは私は、深いうるおいを帯びたその眼の中に、私がこの世でたったひとりだけを恋い得る、無限の憂愁《ゆうしゅう》と憧憬《どうけい》に満たされた、異性を見出していたのかもしれなかった。

その眼はいつでも純一に、素直に、死ぬまぎわにも、ちゃんと空や雲や、あるかなしの草木を映《うつ》したまま、無心にみひらかれていた。いささかも不満をうったえず、課された運命の道を、じつに愚かなほどの従順さで生きて行くことの価値を、遠い北辺《ほくへん》の一角にいて、私はその眼から学んだ。そうして、そんなとき私は、私が人間の世界をやや離脱《りだつ》しかけ、ふと、その美しい眼のもつ意味に近づきかけているのを、しばしば感じることができたのであった。

私がはじめて「東聯《とうれん》」に逢ったのは、昭和十×年の冬であった。あとで馬匹《ばひつ》名簿をみる機会があったが、「岩手県××郡×村の産、サラブレッド雑種《ざつしゅ》」と記されてい、持ち主の名も見えた。東聯はこの連隊へくるまでを、東北の野で、鋤《すき》を曳《ひ》きながら、黙々と朴訥《ぼくとつ》に生きていたのだ。たぶん、かれを充分に愛し慈《いつく》しんだに違いない、これも粗野な愛情にみちた農夫と、その家族たちとともに。

私はかれの暮らしていた東北の農家の情景を、あれこれと思い描いてみることもできた。

東聯はそのとき十六歳、よく調教《ちょうきょう》のとどいた、たてがみの多い鹿毛《ろくもう》の馬であった。

——ここで断わっておかねばならないことは、私はまだ、ひとりの異性にも恋したことはない。私が恋したのは、私と一緒に、長い戦旅の生活を明け暮れた、懐かしい幾頭かの馬だけである。これからも私は、身内にせめぎあってくる、いいようもない若い悲痛な情感でそのたてがみを撫でながら、雲や黄塵《こうじん》や枯草の世界を生きたようには、だれをも愛することができないだろう。

私がこの物語の冒頭に、あたかもどこか異性の描写を想わせるような態度で、人とあまり馴染《なじ》みもない馬の眼をたたえた意味もそこにある。

たぶん私は、人間の煩《わずら》わしい世界よりも、雲や植物ばかりしかない、この世を隔絶《かくぜつ》した世界の方がどれほどにか人間の理想に近いものであるかを、どうやら説得しようとしてもいるらしいのだ。

ひょっとすると、案外私は、いまも自身の内部に、しんと澄みさだまって結晶している、あの驚きが恍惚に移っていったときの、馬の眼の印象だけを大切に育てているのかもしれない。

荷馬車曳きの馬が、町中《まちなか》にとまっていても、立ちどまって眺めるのだ。ああここにもいたと思う。いかなる人間よりも、おそらくもっともよく私を知ってくれているに違いない、同族への郷愁に似たものをかんじるからである。

私が習志野の騎兵隊に入隊するとき、「お前はきっと馬に惚れる」といった友人がいたが、それがそのまま、あまりにも厳粛《げんしゅく》な事実になって行くことに、私は愕《おど》いたものであった。

朔北《さくほく》の山の果てで、私は私にそんな餞別《せんべつ》の言葉を与えてくれた友のことを、しばしば想い出した。そのころ彼は近衛の歩兵隊にいたが、これも、酒保に飼われている猿のことを、部隊何千人の兵隊の中で、この猿が警戒しないのは、この俺だけだ、と葉書を寄越したことがある。しかし猿は、あまりに人間に似すぎている、その狡猾《こうかつ》さが――と私は想ったものであった。

私はその騎兵隊に入隊するまで、馬というものを間近にみたことはほとんどなかった。入隊して十日と経《た》つか経たぬかに、動作が鈍いといって、眼を三角に吊り上げた二年兵が、天地がぐるぐる回ってしまうほど殴りつづけてから、いったものだ。

「貴様のような奴には、あの馬は勿体なさすぎる。馬に対して申し訳がなかろう。東聯にあやまれ」

鼻血だらけのまま私は、馬房《ばぼう》から厩舎脇《きゅうしゃわき》の馬繋場《ばけいじょう》へ東聯を引っ張って来てつないだ。それから許されるまで、その前で不動の姿勢で挙手の礼をしていなければならなかった。

それはふしぎな光景だった。まだ私にいささかも馴染《なじ》んでいない十六歳の鹿毛は、「可笑しなことをする奴だなあ」とでもいったふうに、頸《くび》を上げたり下げたりする運動をしながら、眼はどうやら私を見てもいないらしかった。しかし私は、不覚によろめいて仆《たお》れそうになる意識の底で、そのときはじめて、馬の言葉の分かりかけてくるような、ある微妙な親近感をかんじた。

この動物に救われるよりほか、ここから脱出する途《みち》はない。今後、無際限につづいて行くはずの暗澹《あんたん》とした軍務の中で、つねに異端者めいた苛酷な取り扱いを耐えるには、この涼しくみひらかれた眼に酔うよりほかはない、と、おのれに教えてくるものがあったのである。

そのとき以後、私は人間を離れて、次第に馬に近づいていったようだ。

私が騎兵隊に来て、ふしぎに思ったことは、中央を通路にして、二列に馬房をしつらえた厩舎に、なぜ馬をみな壁に向けてつなぐかということであった。馬は、演習と運動と水飼いのほかは、三尺にもみたぬ鎖でつながれたまま一頭ずつが壁と向きあって暮らしている。かれらはなにを考えているのだろう？　なかには、とくに退屈な奴もいるらしく、一晩じゅう寝もせず、つながれた鎖をジャランジャラン引っ張っていたりするのだった。

馬が頸を下げると鎖の端末は床にとどく。すると馬は一気に首を上げて鎖を環から外《はず》そうと試みるのだが、止め金があるから鎖の端末は、環を抜けることはない。が、それを万遍なく繰り返していると、百に一度くらいの確率で、止め金が環をくぐってうまく抜けてくることがあるのだ。

馬はそれを知っている。そうして、毎晩、倦《あ》きもせず、この百に一度の確率となじんでいるのである。そのくせその確率によって鎖から解放され、あたりを窺《うかが》って、くるりと通路に首を向けると、忽ち呶鳴りながら厩番《きゅうばん》が飛び出してきて、むなしくまたつながれるというわけなのだ。するとまたかれは、五分と経《た》たぬまに、ジャランジャランと百に一度の確率をはじめている。なんという微笑ましい徒労だろう――と私は稚《おさな》く考えてみたりしたのだった。

馬は長い間、壁にさし対《むか》っているあいだに、いつのまにか聖者のように脱俗《だつぞく》していったのかも知れなかった。それともかれは、生まれ出たときから、なにか非常に大切なこの世の問題について考えてい、それがなんであるか分からないままに、しかも考えずにいられない無心の衝動にだけ憑かれている――そのために、眼はすべてを見ながら、じつはなにも見ていない、微妙な美しさを顕現《けんげん》してくるのだろうか――とも私は想ってみたことがあった。

いったいこの眼はどういう構造になっているのだろう、と私はたまに、まじまじとその眼と対決してみたこともあった。それは理解できるようであり、しかも何一つ分からなかった。多くの意味があり、そうしてなにももっていないようにも見えたのだ。この類い稀なかくされた美にめぐりあった以上、もはやこの眼に溺《おぼ》れ込んで行くよりほかはないだろう。もし私に、それに溺れこめるほどの恵まれた資性があるとしたならば、と私は思わずにはいられなかった。

私ははじめて東聯に逢ったその日から、東聯を愛しはじめた。ただ困ったことには、抱くにもいたわるにも、相手は大きすぎ、しかも言葉は杜絶《とぜつ》していた。人間と動物を隔てている、絶対の距離があった。しかし、その人間と動物との世界を、互いにくぐりぬけて来られる、一つの小さな径があるかにも思えた。それはお互いがお互いの情をもって感じ合う、いいかえれば、人間の眼を馬と同じな美しさにまで純化させることによって可能な方法なのだ。(そうして私は、一見他愛なく果たされそうなこの可能が、じつはそののち、数えも知れぬきびしい苦惨の日日を超えて、ようやくその果てでしか達しられなかったことを、想い知らねばならなかったのである)

班毎に三十頭ほどの馬がいたが、初年兵は一頭ずつの馬をあてがわれていた。大方の兵隊は、生まれてはじめて馬に乗ることを学んだのだ。最初は馬繋場につながれた馬の背に、二年兵に押し上げて貰って乗った。

馬の上からみる世界は、わずか数尺しか違わぬ地に立ってみる風景よりも著《いちじる》しく変わってみえた。ぐるりが明るく豊かにみえた。馬の背は、不安な、それでいて妙に居心地のよい弾動をかんじさせながら、たとえば鞦韆《ぶらんこ》に揺られているときの快感を喚《よ》んだ。

馬の背からみる馬の頸《くび》は異様に長く、左右に分かれたたてがみの景色もまた珍しかった。馬は立てた耳をピンピンと動かし、このまだ生まれてはじめて自分の背に乗った重心のさだまらぬ物体を、弱った奴だ、というふうに持て余しているかにみえた。その重心が馬の背の上で安定し、馬の感覚と人間の感覚とが、ある刹那にふとまじりあうことのできるまでになるのに、少なくも六ヵ月は必要なはずであった。それまでは兵隊は、単に一個の物体でしかないのだった。

乗っている背をくぐめて、馬の頸筋をポンポンと軽く叩いてやる愛撫の方法をはじめにおぼえた。それから舌の先を鳴らして、馬の関心を喚び、その心を静めてやる符牒を。あけくれ「おおら、おおら」と呼びかける声が口癖になった。その一声ずつの「おおら」と呼ぶことだけが、無際限の螺旋《らせん》階段を昇って行く唯一の方法だったのである。

別段私に限ったことではなく、兵隊たちはみな馬を愛した。苛酷な現実の中で、少なくも愛する対象をつねに持ち得ているということが、どれほど幸福であるかを、たちまちにかれらも理解していったのだ。兵隊としては意気地のない、そしてまた軍律を守らない奴ほど、ひそかに馬との馴染みを深めて行く速度が早かったようだ。かれらはそこに、軍務にいて軍とは別個な、おのれと馬とだけに通じる絶対の世界を構成し得る、逃避の場所を発見せねばならなかったからである。

看視の眼をぬすんで厩舎を脱け出した馬が、いつみても一頭か二頭、営庭を駈け回っていた。いったん逃げ出した馬は、飼い袋を手にして、すっかり追い疲れている厩番を揶揄《からか》うふうに引き離し、ときには勢い余って、どうッと引っ繰り返ったりしながら逃げ回った。尾を高くあげ、溢れる躍動に堪えかねた闊歩《かっぽ》のまま、気のすむまでは遊んでいる。

しかし、自身の空腹に気がつくと、じつに単純に飼い袋の餌にひっかかって、はじめから何事もなかったように厩番に曳かれて馬房へ帰って行くのである。

兵舎の窓から見る裸馬の駈けている姿は、そのままいつも一幅の絵となって、私の無聊《ぶりょう》の胸に灼《や》き込まれた。

午前と午後のいずれかは、乗馬訓練に費やされた。埒馬場《らちばば》を輪になって、並足と速足を反復している間も、班長の号令をきいているのは馬の耳であった。兵隊はやっと馬の背につかまっているのだ。馬は兵隊をなるべく落とさないように気遣《きづか》っているかに見えたが、それでも落ちる奴がふえてくる。

が、やがて四頭併馬《へいば》で駈けながら襲撃の散開に移れるころには、もう一期の検閲が間近になっているのだ。下馬した部隊と別れて、纏馬《てんま》した三頭の馬をたづなであしらいながら誘導して行く技術を覚えこむと、いちおう初歩の訓練が終わることになる。そのころになってようやく、人と馬との懸隔の一角がとれはじめるのだった。

つねに肉体の抵抗がその限度に来ているほどの激しい訓練と、精神の抵抗がまた抵抗の限度をしばしば超えかかるほどの厳しい規律と私刑の底で、兵隊たちはみるまに軍服色の類型のなかに嵌《は》め込まれていった。

銃器手入れの不備で叩かれることは日毎であったが、しかし馬手入れの不備で叩かれる者はさすがにすくなかった。

私たちは、兵室を抜けて厩舎にいる時間の方が多いくらいだった。そこで各々は、自己の意志をうったえうるひそかな友と語りあったのだ。乏しい給料を割《さ》いて饅頭《まんじゅう》を食わすのだが、甘味品に対しては、馬は兵隊よりもはるかに健啖《けんたん》な嗜好《しこう》を示し、それがまた兵隊との馴染みの端緒となっていったのである。

ひまさえあれば馬房にいて、馬をいじっている習慣のうちに、いつしか兵隊の個性の何十パーセントかは、その持ち馬の気質に通じあって行くようになるのであった。相手の名を馬の名で呼んでも不自然ではない返事が応《こた》えてくる。兵隊が著しく馬に似てくるのだ。表情でも動作でもなく、なにかの幻影のように、その兵隊にとり憑《つ》いている馬の髣髴《ほうふつ》をみる。

一期の検閲を終わると、勤務に就《つ》くようになった。衛兵よりも厩番《うまやばん》が遥かに愉しかった。二交代勤務の深夜、馬糧の藁を押し切りで切っている静寂の底にいて、馬の鼾《いびき》をききながら苦笑していることがある。

馬は行儀よく、前肢を折って寝た。それはなにか優しみのある、やや肉感的にもみえる、異性の姿態をふと連想させた。なかには両足を投げ出してドタリと寝ている奴もいる。

厩番のつく頃には、私も東聯とはずいぶん深い馴染みになっていたから、馬の寝ている馬房の中へ行って一緒に並んで寝てみることもあった。馬は人間の言葉を理解しないまでも、愛撫の語調だけはきき分ける。

馬は湿った草のような匂いがするが、その肌の、ビロードを撫でているような手ざわりは懐かしいものであった。すべての動物のなかで、馬がもっともよく人間の情緒に感応するのは、たぶんかれらがもっとも透明な気質の生きものだからだろう。我《が》もなく衒《てら》いもない従順な無心のままに澄んだ眼をひらいている。よしんばそれが愚かさの故の素朴であったとしても、素朴そのものの価値を、私はどうやら長い軍務の間に、東聯をはじめとする幾頭かの馬から学んできたようなのだ。

兵隊たちは、それぞれ、各自の性格や精神の歴史にしたがって、異なる愛し方を馬に示していたに違いない。私の場合は東聯に対し、その眼の中に、多分、私だけに見うる一個の女性を発見していた。私はあるいは不幸であったかもしれないのだ。なぜならこの世に心をこめて傾倒すべき異性を得なかったときに、すでに馬の優雅に湛《たた》えられたこの世のものとも思われぬ美しい深淵に臨《のぞ》んだからだ。

ここにもしおのれの一切を葬《ほうむ》り込んでしまえば、あるいは生涯、このまなざしの持つ意味と同等なまなざしにめぐりあわない限り、その相手を愛し得ることの不可能な罰を、私はこの身に受けねばならないと思ったからである。

そうして私は、自己の価値を認識する余裕をいささかも持ち得ない、負傷だらけになった精神を、その眼を見ることによって癒《いや》して行こうとする、奇怪な倒錯だけに囚われていたのであった。

けれどもまた、ひるがえって考えてみるに、自身のもっとも不遇な若年の歳月を、この切ないまでの魯鈍《ろどん》ともいうべき馬とだけ対して生きたことは、爾今、私の精神を形成していった時間が、つねにあたたかくたゆとう波の変幻の合間にでもあるような、ひそかなリズムの奏鳴《そうめい》によって、歌いつづけられていったともいえるのである。

まこと私は、東聯を愛撫しながら、東聯のなかに住んでいる、私には見えないながらも、大切な一個の異性の幻を眷恋《けんれん》したに違いないのだ。おのれをゆさぶる美に対しては、ただちに一切を葬り込んで悔いないとする私の人間性の構造の端緒は、じつにこのときにはじまっていたのではないかとさえ考える。

私は東聯をはじめとする、いろいろな馬の、その眼の中の虜囚《りよしゆう》としての遍歴を重ねて行くうちに、そしてまた多感な歳月を、人間として堪えうるかぎりのきびしい戦旅の底を歩んでくる間に、ついには馬と同等な素朴を——もはや抜きがたいこの世への不可思議な憧憬を、肯定を、理論を超えた情緒のすさまじい昇華のなかに迎えていったのである。

いわば十六歳の鹿毛東聯は、馬としてはすでに老境に入っていたのであるが、私にとってはいつまでも新鮮な最初の異性を想わせた。おのれのうちに無数の秘密と羞恥《しゆうち》を積み重ねる想いで、私は馬のたてがみを抱きながら、何事をか語りつづけて生きた。初年兵としての一年間、ほとんど窒息しかけるほどの重圧を耐えきるには、神経の繊弱《せんじやく》な私はそれよりほか方法を持たなかったからである。

第一章

二年兵になって私は、「沼好《ぬまよし》」という馬を貰った。もちろん東聯には断ち難い想いがあったが、とくに初年兵用として使われる資質の温厚な馬は、かれらに譲り渡して行くことになっていたのだ。新しい初年兵の誰かがまた、自身の生き方を、東聯のかたちのなかに見出してゆくだろう。ひそかに私の願ったことは、東聯の持ち主が、雑駁《ざっぱく》な性格を持たぬ兵隊であってほしいということであった。

沼好は十二歳の栗毛《くりげ》。班ではもっとも小柄な馬に属していただろう。軽機の駄馬「島風」を措《お》いてほかには、この沼好ほどタチの悪い馬はいなかった。すでに軍務の世界においては、執拗な虐《いじ》められ方をして行くに違いないという諦観を確立しながらも、私は東聯から沼好に持ち馬を変えさせられたことに、苦笑を感ぜずにはいられなかった。

だが私が、私に対する中隊諸幹部の悪意を気にするよりも、いっそこの新しい私の馬沼好に対し、積極的な好意を持たざるを得なかったのは、この誰とも馴染まぬ恐ろしく僻《ひが》んだ馬の姿勢のなかに、また私自身の形に似るものをみたからである。

沼好がなぜ兵隊に対して馴染まなくなったかについては、たぶん、馬の資性を根本から変えさせてしまったほどの激しい衝撃が、その歴史の上に在ったに違いない。事実、古い兵隊たちには、通路に掃き出したボロ（馬糞）を押して行く道具の柄が折れるほど、馬を折檻《せっかん》するものが幾らもいた。

馬は向こうむきになった狭い馬房のなかで、尻だけを左右に懸命に逃げ回らせながら、殴られる度に全身を顫動《せんどう》させておびえた。（初年兵のころは、そうした古兵の動作に血ののぼる憤りをかんじはしたが、私自身二年兵になってみると、そのきびしい打擲《ちょうちゃく》もまた、ある種の愛に通じていることが分かってきた）

馬は素朴であるだけに、自身が根本から揺すぶられるほどの衝撃に遭うと、そこで性格をまったく変貌《へんぼう》させてしまうことがあるらしかった。当時の、二年勤務で除隊して行く軍隊では、沼好の経てきた歴史について、誰に問いただすすべもなかった。

馬の癖にはいろいろあって、首を上下に玩具の首振り人形のように振ってる奴がいる。四肢を突っ張り、動物園の熊に似て、全身を左右に揺らしている奴がいる。熊癖と呼ばれているが、どれも退屈しのぎにやっているのだ。なにかにとつぜんおびえて、前後の見境いなく後退するのがいる。なかでも沼好は癖のもっとも悪質な咬《か》み癖《くせ》をもっていた。

かれの人間嫌いは、不意に歯を剥いて噛む。誰も敬遠して寄りつかず、とかく手入れもおろそかになり、馬繋場の一番隅に一頭だけ離されて、ぽつんと陽を浴びていたりした。やはり寂しげにみえたが、側へ寄ると、白い眼をむいてこちらを警戒するのだった。

その眼は、馬それぞれの持っているあの美しい瞳の奥の波間を、見せまいとして拒否するに似た、冷たい自我を想わせた。

それでも毛付主《けつけぬし》として接近する度数が重なって行くにつれて、いささかは私に対する沼好の態度の軟化はみえたけれども、それも、こちらも必要以上の警戒をして、あたかもハレモノにさわる想いで機嫌をとるよりほかはなかったのだ。

いつも沼好を見るときに私は、馬房で一番尻を殴られる度数の多いかれと、班でももっとも痛めつけられてきた私との対比を、皮肉な因縁めいてかんじ、そこにまた沼好への、私なりの親近感をもたざるを得なかったのだ。沼好をなんとか私のなかに抱きとめるということは、つまりは、私に対する幹部の悪意への、ある意味での抵抗であったともいえる。

しかし、私は沼好に対してはずいぶん機嫌をとったが、ついに匙を投げるよりほかはなくなってきそうだった。かれは鼻先にやった饅頭を、必ず一度は見て見ぬふりをして鼻を横に向けるのだ。無理に口に押し込むようにしてやると、それからあとは仕方がないというふうに持ってるだけはみな平らげ、現金に私の手にしている空《から》の袋を念のため鼻で押しつぶすようにしてたしかめてみてから、あとはもう無縁の人のように、棚の上の乾草をぽつりぽつりかじりはじめたりしている。

その動作は憎かったが、どこか人見知りをする人間の子供を想わせて可笑《おか》しくもあった。いつかこいつを分からせるときがくるだろう、焦ることはない、と自分にいいきかせ、頸すじを叩いてやってから私は馬房を出るのだった。

東聯に較べると沼好の眼は、機嫌のよいときでも白眼がちであった。眼がもっとも敏感に心緒《しんしょ》の在り方を示している。東聯の馬房に入ると、私はだからほっとした。馬は耳をいじれるのを嫌うが、この温雅な老馬だけは、何をしても静かに自分を支えたまま人間を信じ切っている。人を無条件に信じきるということは、美しいがまた悲しいものである。

馬の頸すじ、とくにたてがみの蔭になっている肌は、あたたかい艶めかしさをもっていた。秘密ないたずらでもしているような想いがした。私は馬の肢態を、神がこのような爽やかな造型を為《な》し得たことをよく讃歎したものだったが、それは生涯眺めていても見飽きることのない、単調でしかも律動にみち、平凡でしかも情趣《じょうしゅ》に溢れている。そうしてこれほど人間に近づき得るものが、現実の世界においては人間の言葉を解し得ぬふしぎを（あるいは不合理を）私はつきつめて疑ってみたりしたこともあったのである。

　私のあと、東聯の毛付主になっていたのは、宮野という小柄で目立たない初年兵であった。馬を申し送りするときに、すべての二年兵がそうするしきたりで、私も彼に東聯のよさを説明した。わずかに頬を上気させて、珍しいものをはじめてみるときの、新鮮なひとみのかがやきをみせて、宮野は私の言葉に聴き入っていた。その態度のなかに私は、たぶんこの東聯と似つかわしく生活して行くに違いない彼の素質をみた。兵隊としては、しかしあまり役立ちそうもない、やや腺病質めいた体格だったが、それだけに私は劬《いた》わりの情をこめて、なにかと彼の面倒をみてやることになったのである。それはもちろん東聯に対する私の愛情の変形でもあったのだが、のちにそれはもっと別な事情で、彼への情の異常な深化を示すことになっていった。

「雲にのってるようであります」と、いちばんはじめ、私がつきそって営庭を歩かしたときに、宮野は馬の上で弾んだ声をしていった。入隊したてのかれらの中には、まだ少年が残されている。他愛のない脆《もろ》さで、それは旬日も経たぬまに圧し潰されてしまうのであるが、私は馬上にいる彼を、彼の背の向こうにある蒼明な天を、はじめて二年兵になっている心のゆとりで静かに眺めながら微笑《わら》った。

　宮野は性格のどこかに弱い面があり、所在なくポカンとしているような空虚なところもあって、必死に成績をあげて行こうとせめぎあう初年兵仲間からは、じきにずれて、やっとついて行くような性格に見え出した。

「愚図、×××がついてるのと違うか?」と、意地の悪い二年兵はいった。

素直に顔を赧らめる宮野の、色の白い、困るとすぐ何かの助けをぐるりに発見しようとする眼になる顔を、それが今後、洗濯板のように揉まれて行く過程を、私は自身に引きくらべて想いやったりした。私は意固地な無抵抗の抵抗をつづけ切って、しかしあやうく脱走しかける間際に、二年兵の世界へ逃げのびて行けたのだ。それに較べればこいつの方が、まだもっと脆い危険がある、と、私は馬房で東聯と向きあっているときにも、やがて彼に訪れてくるはずの、不遇な前途を想いやらずにはいられなかった。

けれども私には私で、非常に陰険な方法で、私の怠業に対する、軍の報復が待っていたのだった。兵隊の世界は、進級の希望を棄て切ると楽になる。私は初年兵のときの反動で、二年兵になって以来は、勤務のほかは一度も演習に出なかった。出なくてすむのだ。あいつはもう勤務に使う以外には見込みがない、という決定をさえ得れば、その代わり勤務は人よりも多く回ってくるが、どのような怠け方に対しても、そのつどの文句は来なくなる。こちらの怠け方もまたうまくなる。そうして、月に一度くらい、その月の総決算である徹底的な私刑を、下士官から受ける覚悟さえつけておけば、丸一ヵ月、勤務のほかは、脱柵しない限り、どこかへ隠れ込んでいればよかったのだ。

私は馬房の脇の鞍置場の天井裏で(そこには予備の藁束がたくさん積んであったが)そのなかにもぐって、午前、午後、寝ていればよかったのである。

馬房は大部分がらんとして、演習に出残った奴だけが退屈げに遊んでいる。その背を藁束の上からひとわたり妙な親しさで眺めてから、寝よいように藁を直してから横になる。私はそこでいろいろなことを考えた。ほとんどは暗い想いに尽きていた。演習から帰って来て馬手入れをはじめている雑沓のきこえるまで、きまった日課のように私は昼寝ばかりして暮らした。

しかし、まもなく私は装工兵という職務の欠員補充を命令された。靴の修理をする仕事である。夜の点呼で読み上げる中隊命令を聞きながら、「やったな」と思い、さすがに心は重く歪《ゆが》んだ。隊の工務兵のなかでも、靴修理に回されるのが、一番程度の悪い奴ときまっていた。

「お前には、ちょうどお誂《あつら》えの仕事なんだ。有難く思って精励しろ」

班付の伍長が、本気か厭味か、語調は荒く眼は薄笑っていうのだった。それを黙って見返して返事もしなかった。服従しないつもりだったのだ。

けれども、一週間、二週間と遊んでいる間に、演習の激しい初年兵の、それも上等でない長靴の修理品が次第に溜まり出した。中隊の他班の装工兵たちは、私が装工場に出勤しない限り、可笑しくて人の班の修理はできないと突っ張りだした。こういう追いつめられ方をすると、私はさすがに参って来（初年兵たちが可哀想だったからでもあるが）、結局、敗退して行くものをかんじた。

心は暗く鬱積《うつせき》するもので満ちた。非常な憤りをつねに身に負いながら、私はしょせん装工場へ通わねばならなかったのだ。

馴れぬ皮革の匂いに悩みながら、牛皮と折革刀と縫糸と錐の生活になじんでいった。自分の心のささくれだってゆくのが分かり、どこの世界においても、自分は、靴修理にしか向いていないのではないか、という卑屈な憂愁が始終つきまとった。

いわばそのような私の積み溜まった憤りが、不幸にも東聯の持ち主である宮野に対して爆発することになっていったのだ。それは宮野の悪意のない不注意によるのだが、彼は靴底を泥だらけのまま修理に回して来たのだった。

工場のしきたりとして、他隊の工務兵の手前、看過することができなかったのである。踵の釘をうつとき濛々《もうもう》と舞い立つ埃をかぶると、私はそれが宮野であることにことさらな憎しみを覚えてきた。

夕方、修理品をとりにきた初年兵に、宮野を呼んで来いと言いつけた。宮野があわてて飛んでくると、他隊の装工兵が、先に立って彼を作業場に呼び込み、そうなると遠慮のないかれらの制裁に任すよりは、まだしもこちらで処理する方がよかった。

抛って置けば靴底を舐《な》めさせられるにきまっている。そのときになって後悔を感じたが、行きがかり上、他隊の者が納得するくらいの制裁は必要とした。もちろん殴っているうち、当惑とも驚愕とも慚愧《ざんき》ともつかぬ複雑な顔の歪《ゆが》め方で、よろめいては不動の姿勢をとる宮野に、私もまた切ない動揺に責められてくるのをかんじた。

私は、救いのないなにか悲惨な想いに、いっそ酔おうとさえ思ったほどの、錯乱に陥ち込んでいたようである。

そのとき以後、宮野は、私への動作は厳粛になりながら、心は遠のいているように思われた。正直それは寂しかった。彼とともに、東聯もまた私から遠のいて行くような、かすかな不安を感ぜずにはいられなかったからである。私は宮野を何度か、兵隊としての意識を棄てて慰めてやろうと思いながらも、それでいて、宮野がもっとも手痛く、私に負傷させたのだという怒りを、なかなかに拭いきることはできなかった。

やり場のない心の翳《かげ》りが、私を、始終孤独に押し黙っている男に変えてしまったようだった。そんなとき、あたかもそれが救いであるかのように、沼好が病馬厩へ入厩したのである。二年兵をも含めた機動演習の際、駈け足の最中に沼好は右脚のつけ根を蹴られたのだった。馬は集団の駈け足になると昂奮して兇暴な状態を帯びてくる。これも癖の悪い長定という馬が蹴ったのだが、元来嫌われものの沼好であるし、工場通いの私がとかく面倒をみかねるので、その蹴傷が意外に悪化し、化膿の箇所を切開しなければならなくなったのだ。このときも班付の伍長が私に言った。

「ほかの勤務は話して免除して貰ってやるから、つき添いで病馬厩勤務《びょうばきゅう》をやったらどうだ。お前の愛馬だろ。癒るまで連続の厩番《うまやばん》をやれ」

その言葉を、皮肉ととるか、むしろ好意ととるかを、私は彼の意地悪げな顔を見ながら、とっさに迷った。皮肉でもあり、また一部分は好意でもありえたかもしれない。病馬厩勤務は、半夜交替の不寝番よりも気分的には楽なのだ。私は沼好の白眼がちの眼を思い出した。

かれは化膿の痛みで直立ができなくなり、天井から吊るした綱で腹帯を支えられ、ふらふらと半分宙に浮き上がったように吊り上げられているのである。

入厩した日に私は病馬厩へ行ってみたが、白いおこったような眼をして、そのくせ身体はひどく頼りなく、四肢を遊ばせたままの姿勢で、妙な工合にゆるりゆるり馬房を回転しているのだった。しかし、その姿のなかに、憎まれ者の負傷したという、ある寂しい影を私は見たのだ。

その日から、私は病馬厩へ寝た。夕方になると私は、まるで自分の女が病んでいるのを見舞うような想いで、工場からまっすぐ厩舎《きゅうしゃ》へでかけた。食事もそこへ運ばせて食うことが多かった。昼食に班へ帰る際も、一度は沼好を見に行くのだ。傷口にあてた湿布を薬品で冷してやらねばならなかったが、夜中もしばしば起きて介抱した。私は沼好と私とが、こうして少なくも一種の隔絶とみなされる生活のなかで、互いをより深く感じあう機会に恵まれているのだと、思いたかったのである。整理しようもなく内攻してくる感傷の助けもあっただろう。けれどもそれは精神の純度を高めるには役立った。傷の痛みに動揺している沼好が、看護をする私にすら、とかく敵意をみせたがるのを、私はいいがたい切なさであやさねばならなかったのだ。その拒否の向こうに、私はこの生きものの本然《ほんねん》の、寂しいが豊かな心緒の仕舞われていることを信じ得たからである。

沼好が退厩《たいきゅう》するまでには一ヵ月の余もかかった。その一ヵ月が、日毎に私には、かけがえもなく、貴重な日日に考えられたのだ。私は私が東聯を愛したように、やがて沼好に溺れて行く自身をかんじはじめた。かれへの私の劬《いた》わりはますます深くなり、かれの傷の痛みが私にも分かってくるほど、宙吊りになってぐるりぐるり回っている、その姿勢を見ていることがたまらなかった。

　あけくれ、兵隊といえば私とだけさし対《むか》い、食餌《しょくじ》や、饅頭や、また傷の手当に熱中する愛撫のなかに、たぶん沼好は、その白い眼を通して、ごく徐々にだが自身の内奥《ないおう》にうったえてくるものをみたのかもしれない。

　私が行くと、その眼が明らかに私を待っているのを、錯覚でなく私は読みとることができるようになっていた。傷が快方に向かってからは、沼好の私への馴染み方もまた深くなっていたのだ。咬まれる心配はもちろん無くなった。

　宙吊りになったままかれは、よたよたとなっている足を不恰好な努力で私に向け、その首をさしのべてくるのだった。私が彼を助けようとして懸命になっている、ということだけはのみこんでいるその眼が、私には、日毎に、次第に黒眼の多い、昔はたぶんそうであったに違いない素直な資質の沼好に還りつつあるのを、ありありと認めることができたのである。

　このときを境として、また私の世界はひとすじの明るみを見出している。私はやっと小さな泉を掘りあてたような気がした。手で掬《すく》うほどのわずかな清冽であったにせよ、それは心を潤《うるお》すにはどうやら事足りたようなのだ。

　いよいよ沼好の退厩する日には、私は頭絡《とうらく》のたづなを、その背に投げ上げたまま、黙ってかれの先に立った。沼好は私のあとを忠実についてきた。この意地悪な馬が、こんなにしてたづなも不要のまま兵隊のあとにしたがってくるなどということは、おそらくだれも見たことはなかっただろう。沼好はそののち可笑しいほど人懐っこい馬になった。別段それが私でなくとも、だれかが劬《いた》わる動作を示してやると、いつも首をさしのべてきて兵隊の情を欲しがった。かれはひとに憎まれながら、白い眼をしてぽつねんと乾草を食べて暮らしているとき、おそらくは随分とさびしかったに違いない、と私には素直に考えられたのである。

「奇態なこともあるもんだ」と、そのときもまた班付の伍長が私を見ていった。

が、口には出さなかったが、彼が私になんらかの好意をもったに違いないことは、それからあとの私に対する、終始攻勢的だった態度の軟化からも読みとることができた。何一つ自由の許されぬ世界にいて、私は小さな珠玉《しゅぎょく》をあたためていたのかも知れなかったのだ。それは馬の眼のような、美しい情緒の屈折をみせる珠玉だった。

私は沼好の眼が、昔と違って澄んできているのに驚き、こうも変わるかと小首を傾《かし》げたほどであった。重い病患の快癒にともなって、かれは期せずして精神の病患をも回復していったのだろう。

日曜は、外出もせず、沼好を裸馬のまま連れて歩いて営庭で遊ばせた。この従順な裸馬のなついているさまを、人に誇示してみせることが、私の稚い優越感を満足させたのである。私の歩くあとを、つかず離れず沼好はついてきた。時には表門の脇の、面会所のところまで出かけてみたことがある。それは一期の検閲も過ぎた頃だったが、面会所の脇の木の繁みを抜けてくると、私を呼びとめる宮野の声を耳にした。沼好が眼についたからだったろう。

宮野は木蔭にあるベンチの一つに腰掛けていたのだが、人懐っこく笑いながら駈け寄ってくると、

「姉が面会に来てくれています。御挨拶したいそうです」

私が見るよりも先に、宮野の姉にしては意外な印象をうける豊麗なかんじのひとが、ベンチを立ち上がる前に、もう会釈をしていた。和服の濃い藍だけが、茫と一瞬に私を射た。少し伏目のまま、親しげな微笑をかくしながら近づいてくるとき、睫毛《まつげ》の奥からさしのぞくひとみが、睫毛をはじき上げそうなかがやきを帯びて私に迫った。しかもその眼には、「もうあなたのことは、よくお聞きしています」といった明るい意味がこめられてい、私は彼女の、やや上背《うわぜい》のあるゆたかな肩に微かな威圧をかんじたのだ。そうしていつだか工場で、宮野に私刑を加えたことを、痛い後悔で想い出した。

宮野は甲府連隊区から入隊してきている兵隊で東京へ嫁いできている姉だけが身寄りなのである。彼女は、宮野がいろいろお世話になっていて申し訳ない、と一通りの挨拶をしてから、新緑の匂いを嗅ぐように首をあげている馬に、眼を移し、

「これがあの――」といいかけて、少し当惑したらしいようすを、巧まない成熟の媚びにみせて宮野をかえりみた。

「ヌマヨシ」と教えられて、

「ああ、ヌマヨシさん」

その、馬に敬称をつけたのが可笑しかったので私は笑い出した。彼女も宮野も一緒に笑い

出し、それで互いの感情がしっくりときた。

「さわっても大丈夫かしら?」と彼女はいった。さわってみたいらしい子供っぽい好奇心もみえる。

「悧口な馬ですよ。人の言葉が分かります」

こわごわと、だが、じきに面白そうに首すじやたてがみを撫でてから、

「いまお話伺っていました。この馬が怪我をしたときの――」

その顔つきや態度のなかに私は、宮野が私のことを、かなりな好意をもって彼女に話しているのだと見抜いた。その故か、しばらく話していて宮野がふとベンチの方へ離れていった隙に、

「あの子を意気地がないとお思いでしょう? もしなにかのときはよろしくお願いします」

さすがに哀願に近いまなざしの色のなかに、私はそのころの戦局の動きを反映している彼女の、肉親への懸念のこめられているのを見たのである。頼まれ甲斐もない自身の軍隊での位置をふとかなしんだが、うなずいて微笑した。彼女が面会のために持参してきた土産物などを、宮野も私にすすめるつもりらしかったが、それは後回しにして、東聯を見に三人で厩舎へ出かけることになった。

このときの面会日以来、宮野はたしかに私のなかに深く住みついてしまっている。それは宮野が深く住みついたのか、それともやはり東聯なのか、あるいは案外、宮野の姉であったのか、私にはよく分からない。

孤独だったけれども、豊かに湛えられていた私の心の水面に、ときたまふと揺曳《ようえい》している、つかのまの宮野の姉の影を私はみることがあった。私は彼女の敏子という名前そのものが、いかにも彼女にふさわしい彫りの深い容貌を、どことなしに沈んでもみえた優雅さを、そうして精神の内部になにか微かに弾動しているものを感じさせる、一種の健康さを表わしていると思った。しかも私は日の経つにつれて、その映像の上に、幾枚もの理想化のレンズを積み重ねていったから、ついには微妙な光線の交錯するなかに、彼女を美しく捉えることができたのである。

季節は六月に入って、工場の裏の草地に生えている何本かの桐の木が花をつけていた。遠くくすぐったく艶めかしい匂いを、私は荒れた嗅覚にとらえながら、昏れきるまでの時間を、よく宮野と寝転んで話したものであった。私は宮野に対し、いつしか年次の隔てている溝を忘れてしまっていた。すると彼は、彼の姉が案じたように、気弱い素質を率直に私にみせて来、

「どこかへ逃げたいなあ、といつも考えてるんです」と案外な真剣さで、その眼が私に食い入って来たりし、かつて私の経てきた過程を、彼もまた同じように踏みつつある、その親しさと寂しさとに、私はあやうく感傷に足をさらわれそうになったりするのだった。

「姉はあなたを、ずいぶんほめていました。東聯も沼好もすっかり好きになったそうです」

そんな、問いもせぬことを、宮野がいい出したりすることもあったのは、夕闇に立《た》ち罩《こ》め出す桐の花の香のなかに、彼は彼なりに、私の情感の脆さをも、ふと探りあてていたのかも

しれない。だれかにうったえてさえいれば、そのつどの苦しみは救われるものだ、と私は宮野を考えていたが、しかし心の底では、次第に宿命的な予感として、いつか私自身が、この宮野のために、彼の身代わりになって、戦地で撃たれて死ぬ日がくるのではないだろうかと、その悲壮に酔うことを、たのしみだしているのに気づくようになった。

そうして、それはもちろん、私の死を哀哭《あいこく》してくれる彼の姉敏子の姿を描くことに終わっている。私はいかなる荒涼をも美化することが可能だと思っていた。死でさえもだ。が、そんな甘いものの考え方に、無数のくさびが打ち込まれることについては、そのときはまだ一向に考えてみようとしていなかったのである。

桐の花も終わりになった七月の半ばに、部隊の動員が確定した。慌しい幾日かの後に、私たちは、この部隊で馴染んだ東聯や沼好たちとも別れ、遥かに北辺への戦旅に発つことになったのである。

第二章

朝鮮竜山で私たちは、新設部隊の要員として編成された。まる三ヵ月、緑の涸《か》れた山岳地帯の予行演習ばかりをやったのは、これからおもむく戦旅の地が、ほとんどを山岳戦に終始するに違いない、華北山西省であったからだ。十月、人馬ともに新たな装備をして出発した。

竜山で部隊に配属されてきた徴発馬は、しかしあの原隊の、兵隊をあまりによく知っている素直な馬とはまるで違っていた。素質の荒い、馴致《じゅんち》の行き届かない馬が多かった。竜山駅から、かれらを貨車に積み込んで出発したのだが、その日から私は、新たに私の持ち馬となった「郁種」に手古摺《てこず》らねばならなかったのである。

郁種はそのとき八歳、アングロノルマンの雑種、栃栗毛《とちくりげ》の、たしかに馬相？ はよくない馬であった。馬には人を蹴っても馬を蹴らず、馬は蹴るが人を蹴らなかったり、いろいろだが、郁種は人も馬も見境なく蹴るのだ。もちろん人も咬む。鞍を置くときは嫌ってぐるぐる逃げ回る。それでも乗馬してしまうと、それで諦めるのか別に暴れることはしなかった。馬の搭載がはじまってから、この馬だけが貨車に積み込まれるのを、とくに嫌い、しまいには踏み板から足をすべらせるという始末で、ひどい目に遭わされてしまったのだ。

季節が夏から秋に向かいつつあった故でもあるまいが、朝鮮の風土は私にとって、荒涼とした印象をしか与えなかった。樹木も乏しく、気候は内地と違って大陸的で、八月に入ると、すでに暁方は肌寒く冷えた。

けれども、その朝鮮を発って北上して行くにしたがい、まだしも朝鮮の風土の方が、どれほどにか眼に親しいものであったかを、私たちは学んだのである。

汽車が錦州、天津、山海関を過ぎて、やがて娘子関《じょうしかん》を過ぎる頃になると、みはるかす曠茫《こうぼう》たる原野のほかは何もなく、申しわけほどの立木の向こうに雲もない乾いた天が展《ひろ》がり消えているのだった。

たぶん土民の墓ででもあるらしい土饅頭《どまんじゅう》のところどころの群がりが、黄土の起伏に趣を添えているほかには、これという眼を慰めるものもなかったのである。

寂しい駅を一つ一つ越え、爆破されて崖を顛落したまま赤錆びている貨車を下瞰《かかん》したりしながら楡次《にれじ》まで着く。そこから同蒲線を南下して臨汾まで来、乗馬で汾河を越えて十支里も歩いたあげくの、土壁も満足にない集落が、これからの警備と討伐の生活をつづける基地であったのだ。

もちろん新たな警備地であったから、兵舎も厩舎もあるわけではなかった。形ばかりの土壁を防禦する日中は伐採隊を周囲に派遣し、残った人員は設営に追われた。そうした寧日ない匆忙《そうぼう》の間に、日毎には、望楼とトーチカの築造を急がねばならなかった。そうした寧日ない匆忙の間に、日毎に私たちは黄土の匂いに馴染んでいったようなのだ。ただ、季節が冬に向かうころに、この辺土に駐屯したことは、あるいは幸福だったかもしれない。なぜなら春から夏にかけての、酷烈な異郷の瘴癘《しょうれい》を迎えるまでに、風土に対する肉体の抵抗度をわずかながらも積むことができたからである。

ここへ来る途中、風土が荒れてくるにしたがって、ふしぎな鮮明さで、宮野の姉敏子の映像が心に刻まれてくるのを、私はかんじていた。それを除いては、おのれの人生への、なんの手がかりもなかったからであろう。私の観念のなかで、彼女の潤みを帯びたまなざしは、いつしか馬の眼の、あのいい難い深みを帯びたものへと、つながっていたのである。

多忙な設営のひまをみては、宮野と、彼女の噂をしたが、まっとうな人間の世界を、遠く隔絶してきてしまっているという意識で、なにを話すにも気らくで遠慮がなかった。

「いい姉さんだな。じつに豊饒《ほうじょう》なかんじだ」

「写真があります」

彼は軍隊手帳の間にそれを仕舞っていて、話のつどに出してみせた。宮野はそれを私に貰ってもらいたいような風情《ふぜい》で、私を見ることもあった。私は黙っていた。むしろ宮野がそれを持っていることの方が、はるかに私にとってはたのしかったかもしれなかったのである。触れがたいものは遠くに在るほどよい。

設営に追われていたので、運動不足になっている馬は、精力をもて余して、作りかけた厩舎の柱を揺すぶったり、屋根の高粱殻《こうりゃんがら》を競争で食いちぎったりして兵隊を悩ました。ただ野戦の馬房は、原隊でのように、暗い壁に馬を向かわせる必要はない。かれらは陽の明るい青空の下で、働く兵隊たちを眺めながら暮らすことができたのだ。

郁種は気性の激しい故か、なかなか私に馴染みそうもなかった。多忙でかまっているひまもあまりなかったが、それでも出かけて行くと、へんにでこぼこしたかんじの表情が、自分の主人だけはよく見分けていて、無闇に咬みつくこともなくなっていた。ただ彼は小隊全部の馬を通じて、もっとも器量が悪く、あくたれ小僧といった風采、やや滑稽味のある意地の悪い顔をしている。

しかし私は、この馬の背と爪には、充分頼れることを知っていた。鞍傷と落鉄の危険率の少ない馬を持つことが、野戦に於いてどれほど有利であるかを、私たちは竜山の騎兵隊にいて、経験のある古い兵隊から聞いていたのである。こいつなら大概の山は、らくに越えて行きそうに思われたのだ。

それに較べると、宮野の貰っている「時花」は、サラブ系のスタイルのいい鹿毛の馬だったが、私にはなぜか、どこともなし暗い翳がかんじられてならなかった。しかもこれは牝馬《ひんば》だった。騸馬《せんば》（去勢してある牡馬）だけでは間に合わず、牝馬が、十頭に一頭位の割でまじって補充されてきていたのである。

「こいつは脚が速いから逃げるときは絶対だ」と、私は仕方がないから宮野にそういった。牝馬を割り当てられるのは、たしかにあまりいい籤ではなかったのだ。時花は痩せの目立った馬だったが、毛並みは、宮野が丹精をこめて、いつも艶やかな光沢を帯びていた。

厩兵舎がいちおう駐屯地らしい体裁を整えて来、臨汾から菓子屋や写真師や、四、五人の慰安婦が住みつくころになると、季節はもう春になっていた。

四月。私たちはここへ来て初めての、作戦の準備に多忙をきわめた。この秋からの警備交代の隙を狙って、陣地と兵力の補強に狂奔してきた敵を追って、太行山脈を横断し、黄河の線にまで敵を追い落とす予定の、晋南作戦が企画されていたからである。きびしい死生観の間に立ちながらも、私たちは山岳戦というものについて、そのときはまだ、少なくともそれが未知な世界に属するということへの、ある漠とした期待につながるものをもってはいたのである。それがどのような辛酸であったとしても、変化でさえあればそれをもとめようとする、おのれの風化に対する理由もない憤りに似たものを感ぜざるを得なかったのだ。

けれども、この作戦の、約月余にわたる山中行旅の間に、私たちは期せずして、内地勤務の部隊にいては五年の日子を賭けても閲《けみ》しえないような、苦役にみちた精神の遍歴を終えねばならなかったのである。私はかつて東聯や沼好を愛した。それはしかしまだ心のどこかに、馬を劬《いた》わるというゆとりをもった愛であったことは確かだった。

だが、部隊が晋南作戦に入って以来、日毎に山を極めて進軍して行く間、私は郁種に対し、東聯にも沼好にもかんじなかった、人と馬との切実な密着度の深まるのを、意識しなければならなかったのである。

作戦がはじまり、臨汾平野を尽きて太行山脈に踏み入ってからは、山のほかはなにもない。あたかも甍《いらか》を積み重ねたかに見える、壮麗にして、重畳たる嶺の列が、無辺際《むへんさい》の空の果てを劃して、見るかぎり打ちつづいているのだ。

三日、五日、歩いても山はなくならなかった。四周みな山の嶺ばかりになって、おそろしく美しい落日だけが、燃えたぎって沈んでゆくのだ。春の流雲が、置物のように動かずにいることがある。日中は山の熱気で真夏に近いほどの温度の昂騰《こうとう》をかんじ、夜はすさまじく冷えて、露営の天幕の上にびっしりと露を置いた。

岩というよりも黄土の凝塊《ぎようかい》にすぎない山肌は、いたるところで陥没し風化し、ふたたび雪崩《な　だ》れ込み陥没していて、夜は月光だけが青い階段となって、その奈落の底を射していた。山に深く入るにしたがって、敵との遭遇率も多くなってくるわけだから、夜行軍をすることの方が多くなった。太古の静寂に押し包まれた山の道を、夜っぴて埃を噛む蹄《ひずめ》の音だけがつづいている。

月の光が、妙にかなしく懐かしくなってきたりする。山へ入って三日もすると、馬はもはや余分の精力を失ってきたのか、めったに馬同士蹴りあうこともなくなってしまっていた。かれらは従順に隊伍にしたがって月光の道を歩いている。うとうとと馬の上で眠っていても、けっして落馬はしないものである。

大きく揺れて、あやうく落ちかける直前に眼が覚めるのだが、すると、眠り入る前といささかも変わらぬ月光が、馬の背を照らし出している。そうして馬の耳が、歩調のはずみをつけて、ピクンピクン揺れているのだ。見ていると、あわれで、単調で、あまりにもきりがなく、しまいに涙を誘ってきそうになってきたりする。日夜、歩いている限り、時計のセコンドのように、耳はピクンピクン動いているのだ。

午前か午後に休養して、やはり夜行軍をつづけている。なぜだかまだ一度も敵に遭わなかった。銃声もきこえない。この深い山の中にも、ところどころ集落があり、集落が近くなると、青麦の芽の伸びた畑地が眼につき出した。

馬を休ませると、馬は実に真剣な眼をして、その青麦を漁《あさ》っている。水の乏しい山地だから、馬はしょっ中、渇いているに違いないのだ。たづなの許す限りの半円を、みるまに馬は食いつくしてしまう。青麦が、そんなにうまいものかと、一握りの芽をちぎって私も食べてみたりした。少し甘い気もしたが、じきそれは舌に馴染まなくなった。なぜとなく馬を羨んでいる。そうして、青麦を食べつくし、ふと耳を立ててなにかを聴いているふうに、しんと眼をみはっている馬を眺めながら、その眼に穹《そら》の紺青の溶けこんでいるのを、私はなにか得難いもののようにみつめたりしたのである。

アカシアの花の咲いている集落がある。馬の上で花を見上げて通った。珍しい人にでも逢ったような懐かしさだった。一日、集落の影をみないこともある。が、とある嶺の角を曲がった途端に、思いがけなくもそこに展けている盆地の一隅に、まるで隋唐の俤《おもかげ》をそのまま残してでもいるような、みごとな城壁に囲まれた集落をみつけることもあった。その集落のほとりを、ひとすじの流れが、しかも一ヵ所、飛沫をあげる滝となってつづいているのだ。

しばらくは眼に信じ難く見惚れている。ほっと心に叫びをあげるものがあり、人間というものが住みついている世界の深遠さに、いっそ宗教観に近いおどろきをさえ感じたりしたものであった。

また満足には道もない崖のほとりを、ここでやられたら必ず潰滅《かいめつ》する、という不安に責められながら辿《たど》っていることもあった。そんな場所にも、春ともなれば、あるかなきかの枯草が芽を吹いていたりする。それを無理な姿勢で、懸命に馬は食おうとするのだが、すると黄土の道は、馬の偏《かたよ》る体重を支えかね、脆《もろ》く崩れて馬を後肢から崖に顚落させてしまったりする。前肢から落ちるなら先ず膝を折るようなこともない馬が、尻から転げ落ちると、案外なだらしなさで腰を抜かしてしまい、崖の底に匍いつくばったまま、前肢を足掻《あが》いて起きようと努めながら、むなしく土ばかりを掘っている。そうして少し経つと、ふとなにかを発見したような静かさにかえって、ぺたんと首を土の上に寝かせてしまい、眼だけをうったえるかに見開いて、空や、雲や、自分をみまもっている兵隊たちをみつめている。たったこんなことで、もうこの一頭を救う方途は尽きているのだった。獣医が注射で馬を殺すために、憐れみをこめた劬《いた》わりでその首すじを撫でてやる。殺されることを予感しているとも、していないともつかぬ馬の澄んだ眼が、首すじに注射の針を突き刺されてもなお、無心な明るさでぐるりを眺めている。そうして嘘のように瞬時に動かなくなる。

兵隊が四、五人下馬してその場に穴を掘り、鞍をはずして馬を埋めるのだ。墓標もない土饅頭一つを残して、まもなく部隊は前進する。馬を失った奴は手近な集落まで歩き、そこで驢馬か支那馬を徴発することになるが、いまに敵と遭遇しさえすれば乗り手のない馬が余ってくるだろう。

そんな日毎の繰り返しのうちに、馬と人は次第に一体にならざるを得なかった。耳は本能的におのれの馬の蹄の音だけを聴いている。鉄の釘一本ゆるんでも、きき分ける耳になって行くのだ。弱い馬はちょっと無理をすると、腱を腫らして跛行《はこう》した。一日、二日、持ち主は馬を曳いて、歩いて行軍した。夜は寝もせず馬の脚をこすり、また冷やしてやった。不眠と疲労に朦朧となった眼が、ぐるりの重畳たる山貌だけを茫とかんじながら歩いている。鞍の重みだけを乗せた馬は、やっとたてがみにつかまっている兵隊を引き摺るようにして歩いた。それでもまだ敵にめぐり逢いそうもなかったのだ。

山の貌《かお》は、みな同じようでいて、時々刻々に変幻している。ときには、この山にして？と信じ難い清冽なながれにめぐりあうこともある。地図でみれば沁河の支流であるが、現実の眼でみれば、それはやはり一個の奇蹟に思えるのだ。ながれのほとりに露営をする。浅瀬を泳ぎ回っているお玉杓子がいる。半ばは人間を離脱しかけてしまっている心に、それは幼い郷愁を喚《よ》び起こしてくれるのだった。飯盒の蓋で、そのお玉杓子を掬って喜んでいる奴もいるのである。

「このまま敵と遭わずに作戦の終わるということがあるでしょうか」

その河のほとりで、宮野が私の側へきて話しかけてきた。兵隊たちはいろんな意味でみんな不機嫌になっていて、自分の馬とだけしか口を利かぬことが多くなっている。たまにこのように水の流れをみると、そこでかれらはみな人間の言葉を想い出し、時には陽気に歌ったりもするのである。寂しいけれど朴訥でいい、と私はそんなつどに、荒れながら純化して行く人間の資性を考えてみた。私もまたその例に洩れない。あるいは私こそもっとも荒れつつ純化しているのかもしれないのだ――と。

宮野は私より若いだけに、そうして優しい姉を身近にもっているだけに、たぶん湛えられているものは私よりも豊かであるに違いない。そこになにか救いに似たものを感じ、討伐に出てからすっかり陽に焼けている彼の、いくらかは鍛えられた容貌を私はみつめている。

「あの子を意気地がないとお思いでしょう?」といった、彼の姉の唇元《くちもと》を私は想い出すのだ。

「部隊によっては、ほとんど敵と遭わずに済むこともあるそうだ。その代わり遭い出すと、初めから終《しま》いまで戦闘ばかりする。運だよ」

「われわれは、こんどは運のいい方らしいですね」と、彼は一寸眼をかがやかした。まァそうだ、と私は笑っていった。宮野が明るい顔をしていたのは、こんなふうにして終わってくれる作戦なら、なんとかなってゆくだろう、とその安心からであったろう。私自身、そのときはまだ心の底で、彼と同じことを想っていたともいえるのだ。

翌日、河のほとりを発ったが、夕方近く部隊は、別なコースを辿ってきた友軍の歩兵部隊とめぐりあった。彼らは霍県《くわくけん》から出発してきているのだといったが、直接自分の足でこの山岳地帯を歩いているためか、騎馬の部隊よりも遥かに肉体的にこたえているのだろう。二里程先に赤壁という小集落があって、そこで宿営をするといっていたが、すでに彼らの中には相当の落伍者がいて、道に匍いつくばったまま身動きもしないでいるのを幾人もみかけた。最後尾の一隊が収容して行くのだ。それを見ながら私は、微かに暗澹となるものをとどめかねた。

騎馬の部隊は馬の参らぬ限り先ず落伍することはない。そうして私は、私がもし騎馬の部隊でなかったら、この体力ではもはや間違いなく土を噛んで落伍していたに違いない、と。原隊にいたころ、一番軽い馬糧の豆粕一俵さえ担げなかった自身をかえりみたのだ。すると私は、その私を乗せて、耳をピクンピクン動かしながら歩いて行く郁種の、この無言の支持に、なにやらん熱くせまってくるものを、改めてかんじたのであった。

私たちもその夜、赤壁の近くに露営した。歩兵は馬を持たぬから、集落から集落へと宿営して歩くが、騎兵は不意の襲撃を嫌って必ず露営をする。時には天幕も張らずそのまま土に寝る。暁方、人と馬の寝姿の跡だけをのこして、夜露がびっしり降りているのだ。この赤壁の付近で、各々のコースをとってきた幾隊かが集結し、また別れて太行山脈を、河南との省境まで南下して進むらしかった。

夜更け、われわれは、どこで撃っているのともしれぬ、殷々《いんいん》たる砲声をはじめてきいた。そうしていまこの晋南作戦が、けっして安易な行軍だけに終始するはずもないという予感を、身にしみて味わったのである。夜明けまで、風向きによって遠く近く、除夜の鐘をでも聴いているような、ある感慨をもって砲声は耳にひびいていた。

翌朝、出発準備をととのえているときに、すでに尾根を越えて進発して行く歩兵部隊の列を認めることができた。山の肌をいたわるほどの早い陽の光の中で、隊伍のあちこちに散らばっている日の丸の旗が、黄色い地肌に映えて花のように咲いているのを見た。

私たちは歩兵部隊とは別なコースで出発したが、まだ正午前である時間に、すでに昨夜戦闘の行なわれたらしい地点を通過している。断崖の底に遺棄されている敵屍と、その屍体にまつわっている防毒面のゴム管がみえたりした。機関銃の夥しい薬莢《やっきょう》が、馬の蹄に散ってさかんな音をたてた。山はしんと静もり、どこにも敵の影もなく、陽がくるめきながらのぼり、春にしてはきつい陽ざしが、乏しい枯草を灼きはじめている。今日は敵に遭うだろう、となにか凛々《りり》しくよみがえってくるものがあった。傾斜の嶮しい上りには曳馬をして歩いた。交戦をはじめると、おそらく無謀な馬の使い方をせねばならないからだ。

行軍の間、馬を抱えているだけに、水にはずいぶんと難渋せねばならなかった。小半里もあるかと思われるほどの、傾斜の深い凹地へ下って、かつかつ湧き出ている清水を水嚢に汲んできたりした。渇ききっている馬は、眼の色を変えて苛立って水を欲しがった。また凹地を下り、昇った。万遍ない繰り返しのようにだ。

疲労もある限度を越えると、疲労そのものに免疫になってくる。ようやく水を飲み倦《あ》きると、馬はみなみち足りた潤《うる》んだ眼になって、兵隊の愛撫に甘えようとしてくる。なんの慾も計算もない悲しいほどの素朴そのものだ。水嚢を旅嚢に結びつけると、馬の首すじを叩いてやってからまた乗馬する。すでに駐屯地を出て旬余の間、私たちは山と雲と乏しい雑草のほかは、なにも見なかった。もしこの山脈に敵がいなかったとしたら、おそらく寂寞の情は倍加しただろうと思われる。ここでは敵もまた原始の荒涼を埋めるための、重要な意義をもっている。

騎兵部隊は、一門の迫撃砲と、四梃の重機と、小隊毎の軽機と擲弾筒のほかには、重火器と呼ぶものをもっていなかった。あとは、年中背に担《にな》って駈けるので、命中率の悪くなっている四一式の騎銃だけだ。たまに歩兵隊の曳いている曲射砲をみても、それがなにか特別な威力をもっていそうな気がして、ふと魅力をかんじたりしたものである。

山はどこまで行っても、重畳とした嶺を限りなくみせてつづいていた。その山の果てには、眼にあざやかな碧藍《へきらん》をみせる海が展けているような、錯覚をいつでも感じた。あるいはその錯覚に引きずられて、一つずつの嶺を越えて行くことに、何かの期待を持ち得たのかもしれなかった。

そんななかで、人間としての自分が、茫々と風化して行くのだけが分かった。皮膚はすでに山の地肌と同じ色になり、精神の内部に乾いた赭土《あかつち》ばかりの暗渠《あんきょ》をかんじる。そこから逆に風の吹き上げてくる壮烈な悲愁もあったが、それにも馴れてくると、風化してゆくこと自体にふしぎな愉悦《ゆえつ》が湧きはじめた。凡《すべ》てが風化しきったあとに、いったい何が残るだろうか？　という期待に似たものである。

小休止の時間に、何も考えることがないから、郁種のたてがみを撫でながら、私はそのことだけを考えた。郁種はまことに無器量な、むしろ道化てさえ見える滑稽な顔をしているくせに、それでもそのたてがみのもつ手ざわりのなかには、やはり人間の、異性の髪をいじってでもいるような、いいがたく豊醇《ほうじゅん》な感触があった。眼をとじてそこに額を埋めていればなおさらだった。馬の首すじを撫でてやると、汗や埃のよごれが落ちて、じきに、たてがみも毛並みも、そのところだけ艶を帯びて輝き出した。馬はくるりくるりと風を聴きでもするようにその耳を聴音機のように、うごめかしたまま、食《は》むものもない所在なさを諦めきっている。

その眼は、しかし駐屯地にいたころよりも、はるかに美しく澄んできているようにみえた。その眼のほかには、この山の中で、何一つ直視し得る美を私は持たなかったからである。何を考えているのだろう、こいつは？　またしても、それはふと、ある解決の可能へ傾斜してゆくように、いまにもその言葉をさぐりあてることができそうに、私には思われた。風化して行くことは、純化して行くことだ、ということがまたもや信じられた。私は私のなかに育っている、やがて馬になって行ける私自身の方向を、見出し得る気もしたのである。そのときにこそ私は、この無言の環境から、非常に賑やかな風の音楽を聴《き》くことができると、真剣に思い込んだりもした。

戦闘のたびに私は、山肌を匍いのぼりながら、いつも宮野との距離を意識した。極度に緊張している彼をしばしば見た。流弾が頭の上を過ぎて行くのを待機しているあいだ、「いつかやられるんじゃないかな」と自分のことでもあり、また宮野のことを考えているようでもあり、それはつねに敏子の幻影を伴って私を襲ってきた。

とある日の夕刻、陽城県に達した。落日の遍照を浴びていた故か、この盆地の都邑が、あたかも古《いにしえ》の殷賑《いんしん》のままに、丹塗《にぬり》の門をくぐる車馬の絡繹《らくえき》を髣髴させるかにみえた。

このあたりまでくると、すでに山脈をかなり南下していて、山には灌木林が見えはじめている。陽城から南へつづく山脈の肌は、その灌木に彩られて、人の眼に新たな旅情をうったえてきた。けれども県城には猫の仔一匹いず、大戸を下ろした店舗のつづく石畳を蹄の音だけが騒がしく鳴り響いた。

夜になって、別方向から、歩兵隊と山砲隊が到着した。ここが太行山脈の深奥部の敵の重要な拠点であり、ここから南、たぶん河南との省境に近い山岳地帯において、この作戦のけじめをつける決戦が行なわれるに違いないと、その日の夜に、部隊長からの訓示があったのである。

――たしかに部隊長の言葉通り、ここ三旬にわたる山中行旅の間、一度も経験しなかった激しい敵の抵抗を、まもなく我々は身に受けることになったのであった。

敵の前衛部隊に遮られただけですでに進みかね、凹地に待機している間も、榴弾が穹《そら》を割いてしきりに渡ってきた。こちらは山砲で応射している。敵の陣地のある山岳が、濛と、一瞬ずつの土煙を噴き上げているのだが、敵の火力は一向に衰えを見せなかった。この作戦に従軍してきた四十一師団の主力と八十三師、八十五師を主力とする敵の大部隊とが、ここに対峙《たいじ》しているわけであった。

戦線が動かず、昼夜とも後方の集落で炊爨《すいさん》して運搬し、夜っぴてじり押しに押し進んで、暁方、ともかく敵の主陣地に山ひとつ隔てた地点にまで接近している。彼我の砲撃は夜の明けるとともにますます激しくなっていった。

日中、固着した戦線の動かぬままに、私たちは灌木の蔭に寝たまま夜を迎えねばならなかった。砲声は断続しては山を揺《ゆ》すっていたが、耳に馴れるとそれはもう唯の物音でしかなくなっている。宮野は、一団となって散開している分隊の中にまじっていたが、私は彼を、ほんとうは纏馬《てんま》の位置に残して置きたかったのだ。私が分隊長だったら、たぶんそうしただろうと考えた。

単に敵と対峙して夜を待つばかりの時間つぶしに、宮野は私の側へ移動してきて、並んで話したりした。が、木の枝で灌木の根を、どういうわけか熱心に掘りつづける動作をしながら、あまり彼は口を利こうとしなかった。昂奮しきったための、ある放心の状態に在ることは読みとれた。ああっ、というふうに溜息をして手をとめ、ふと縋《すが》る眼になって私をみたりしているのだが、じりじり陽のあまねく照りつける山脈の蘊気《うんき》にとりまかれていて、一寸《いっすん》先の計り難い運命の帰趨《きすう》を前にしていると、私自身もどうやら頭の芯の痺れてくる感じだった。

ことさらに互いの助けになる言葉も湧いてこない。そばにいればそれで安心できる、といった心の通じあうものだけが深まった。

私は手帳をひろげて断片的な感想を書いたりしていた。散漫になっている情操は、しかし、なかなか文字に集約し難くなっていた。両手を前にのべて、鉄兜ごとぐったりそれにもたれこむ風情で、

「なにを書いてますか。日記ですか」と宮野が訊いてきた。答えず、笑い返した。この戦闘でもすんだら、また露営のひまに読みきかせてやることもあるだろう。

私が彼の姉敏子に頼まれたこと、そしてまた原隊の庭の桐の花の下で、こいつのために代わって死ぬかもしれぬ、と思ったことなどを、ひどく鮮やかに私は想い出した。この峰を越えると深い谷になるはずだった。そこから敵の陣地へ、一気の急峻《きゅうしゅん》となって、灌木の密生した山肌が駈けのぼっているのだ。今夜すべては決まる、と思った。それを案外に暢気な心で支えきれた。

昼間のうち、歩兵部隊が何度か攻撃を反覆したらしいが、まったくの徒労に帰していた。薄暮にびしん、と手ごたえをかんじる敵の強さが、山の地肌からも伝わってくる気がした。暗くなって、総攻撃するつもりが、逆に敵の大砲撃に出遭って、そのまま夜に持ち越した。身を遮蔽しじりじり峰を越え、谷へ降って、直接敵の陣地とつづいている山肌にとりついた。そうするものは、じつに山肌の自然の凹凸と、灌木の枝と葉の繁みのほかはなにもなかった。それから幸いに闇があった。その闇を貫いて、間断なく機銃の曳光弾が麓を濯《あら》ってきたが、静

かに待機して一発も撃たなかった。

とりついている山は、これまでになく嶮しく高く、さすがに敵がここを決戦の地と選んだ理由ものみこめた。灌木の葉越しの遠い天に、星がまたたいている。うごめくようにして少しずつ、地の利をさぐりながら山を匍いのぼった。曳光弾が身近に灌木の葉並みを刺してくるときもあったが、身をひそめて動かないでいた。未明に総攻撃、しゃにむに、山頂を奪取せよ、という命令が出ていたのである。攻めてみれば思ったよりらくに奪れる、という想いがなぜだかあった。

山を中腹ごろまで登りつめたころから雨になった。それが幸か不幸かは判断できかねたが、雨の飛沫に濡れはじめた灌木の背が、闇の中だのに鈍く光ってみえた。眼がすっかり闇に馴れているのだ。

一刻の驟雨《しゅうう》かと思った雨が、じきに凄まじい豪雨の気配を帯びてきた。雨に溶けた黄土は、灌木がなかったら、ずるずるすべって、とうてい攻撃も出来かねただろう。短い時間しか経たぬようだったが、友軍の砲撃がはじまり、攻撃に移ったことが分かった。攻め寄せて行く殺気の波は敵にも通じるのだろう、猛烈な掃射が、万遍なく山肌を濯いはじめてくる。

「前進」雨をくぐって逓伝《ていでん》がとどいてきた。灌木の根につかまり、ぬかるんですべりかける足を踏みしめ、昇りつめて行くのに意外に難渋《なんじゅう》をした。手榴弾の効く地点までは、応射せずに昇りつめるよりほかはないのだ。

雨はますますひどく軍衣を通して肌を濡らしはじめる。咽喉に流れ込む雨滴の甘さが微かに分かった。自分では一番先を進んでいる危険を感じながら、そのじつ意外に遅れていて、すでに軽機の援護もはじまってい、彼我入りまじった手榴弾の炸裂音にとりかこまれた。それに急き立てられてのぼるとき、遠くとも、すぐ近くとも分からず、叫喚《きょうかん》をあげて白兵戦に移っている気配がききとれてきた。

刹那に、がくんと足をとめる恐怖が、脳裡を灼いて閃《ひらめ》いて過ぎたが、あとは熱鬧《ねっとう》する混乱だけになった。豪雨に降りこめられながらも、山頂に迫っているのが分かり、敵の銃撃が、ビンビンと耳を劈《さ》いた。激しく呻いて凹所にのめり込む物音を幾度かきき、まったく意識の浮き上がっている状態が、投げ上げた手榴弾の弾着を確かめる余裕もなく、とにかく一気にこの不安な、中途半端な傾斜の姿勢をのがれて、山を攻めのぼろうとする無謀な殺気に取り憑かれてきた。

宮野はこのときの戦闘で死んでいる。いつ死んだのかも分からない。どこでだれがみつけて収容したものか、しばらくあとになって麓へ下りると集められた死体のなかに、宮野を、かなり苦労して発見せねばならなかった。人員点呼のときに、すでに不在は確認していたが、戦死か負傷かという危惧の振幅を、どうしようもない不安で私は追いつめてばかりいたのだ。その、眼を剥いたまま転がされている死体の傍《かたわ》らで、私は一刻、なぜだか非常な冷静さで、「弱ったなあ」といった溜息の湧くのをかんじた。ほかにはなんの感慨もなかった。感覚のいっさいが痺れてい、悲劇を認識することさえできなかったのだ。たしかに、山上にいた間も、生き残った連中は、疲労につづく放心と、夥しい不機嫌とで、のろくさとした動作で動きまわるほか、口を利こうともしていなかったのである。

あとでまた山上へ帰ったときも、ごろんと寝転んで休憩している兵隊ばかりで、そのときになってやっと一機、友軍機が、からりと晴れている穹《そら》を翔け下りて、しばらく部隊の上を旋回したりした。けれども誰一人それに連絡しようとする者もなく、黙って眺めているきりだった。斜めに急降下して来た奴が、いきなり機銃掃射の催促を山肌にぶち込み、それでやっと面倒げに起《た》って、対空連絡を開始したほどだった。

むしろ宮野の死を直接に感じ、ほのかなかなしみが身にまといだしたのは、彼がこの戦旅のあいだ乗りつづけてきた時花をみたときである。

主人を失わなかった郁種は、私が纏馬の集結地に帰ったとき、しばらく逢わなかった懐かしさで頸を叩いてやると、それに応えて鼻をすりつけて来、激しく前掻きをした。敵の砲撃もかなりひどかったから、やられた馬も幾らかいたが、この、やや剽軽な顔付きをした馬は、どうやら不敵な耐久力に恵まれているらしい。ずいぶん痩せては来ていたが、強健な四肢は、たとえ手入れもせずほっぽって置いても意気地なく跛行するようなことはないだろう。

こいつは大した奴だ。また、俺だってそう簡単にやられはしない――「なあ?」と呼びかけて、きき分けているかどうか、その眼をみてたしかめた。かれは納得したらしく首を上下に振った。ひょっとすると実際に通じたのかもしれない。

戦死した者の馬は、隊伍の中に併馬して歩いた。作戦命令はすでに終わり、残敵を掃蕩しながら帰路を辿ることになっていた。

主を失った馬たちは、主のいないままに温順しく隊伍のなかにまじっている。生き残った者たちの眼は、その馬の空虚な背の上に、しばしばかつて在った形を幻覚した。なぜなら馬は、その背に乗せていた主とあまりに密着しすぎてい、実体を谷間で焼却したくらいでは、なかなか離れきるものではなかったのだ。時花は榴弾の破片創を背に受けていた。(鞍の前《ぜん》橋《しょう》を破壊して骨に近く食い込んだ盲貫である)

黙々と隊伍のなかに、揺れ上がる鹿毛の背がみえていた。

私はいやでもその背を眺めながら進まねばならなかった。時花は部隊が停止すると、そのときにふと、かつて背に在った量感を恋うもののように、心もとなく首を激しく上下して、手綱の支えに感じるあの抵抗度をたしかめようとするらしかった。隊伍のとまる度に、あきもせずそれを繰り返し、しばらく経ったあとは、なにか不審げな面持で、耳をピンと立てたまま、まったく身動きもせずにいることがあった。

そんなときの時花の眼は、透明に空の淡紺青《たんこんじょう》を映しながら、なおその底にいっそう透明に仕舞われているものを、たぶん、認め得ていたにちがいない。馬の愚かにもあわれな習性が、首を上げ下げしては、すでにその背に還ってくることのない馴染んだ量感にうったえようとしていることが、はじめて切なく私の胸をうってきたのである。

しばらく行って私が、時花を併馬してやった。郁種よりも、はるかにひどい痩せ方だが、その背に在るべき量感のないことが、かれの行旅の疲れを多少は労《いたわ》ってくれもするだろう。仮繃帯をした背に申しわけのように鞍を置いて行く駐屯地までの行程の間に、時花はなにかを悟ることがあるだろうかと、ある聡明な美しさを、私は時花の姿態のなかにみとめた。

第三章

駐屯地に帰ってからの、時花に対する私の切実な劬《いた》わりは、あるいは、宮野やその姉に対する私の慚愧《ざんき》か、ないし愛情の変形ででもあるらしかった。

帰ってみると駐屯地は、しばらく見ない間に、すっかり新緑に囲まれていた。それほど樹木のあるわけではないが、一樹に鬱蒼《うっそう》と繁り合っている新緑の生気は、討匪の旅に疲れ痛んだ眼には、まぶしく、きつすぎたのである。

道沿いの、その樹々の新緑の下をくぐりながら、毎日、私は時花を曳いて傷の治療に獣医室に通ったのだ。時花はこちらへ来てから懐妊馬ではないかという注意を与えられてはいたが、作戦からのちの診断でそれが確認されている。やがて、この馬は分娩するはずなのだ。したがって部隊長までが、この馬の保護については留意をうながしたし、いつのまにか私が事実上の毛付主になってしまっているのを、誰もあやしみもしなかった。

宮野宛と同時に、私宛にも敏子から慰問袋が来ていたし、そのお裾分けにあずかったことを、仲間の兵隊たちはよく理解していたからであろう。それにまた時花の、治療の際のややヒステリックな、鼻をねじられたまま、しかも治療をいやがって、獣医室の庭を駆け回ろうとする暴れ方には、ずいぶんと誰もが手を焼いていたからでもある。馬の傷は予期以上に悪化していて、仔馬を分娩するまではなんとか生かしつづけようと、努力を要するほどであったのだ。

北辺の荒れた風土は、どのような些細な傷でも、かならず一度は化膿しない限り癒《なお》らない。黄塵の底を、満足な手当もせず経巡《へめぐ》ってくる間に、もともと体力の弱い時花の背部は、骨が露出してみえるほども赤剥《む》けてただれ、まともに見られたものではなくなっていたのだ。患部にあてた布を剥ぎとると、その傷口に、たちまち無数の蠅が寄りたかってきた。それらは傷にへばりついたが最後、手で追ったくらいではびくともしなかった。背の筋肉をブルブルふるわせたまま、諦めたふうに治療にかかる前の時間を、堪えている時花を見ると切なかった。鼻ねじの道具をねじあげて治療をして貰う間、手当をすることもしないことも、ともにこの馬にとっては苦痛でしかないことが痛ましかったのである。

宮野の死については、すでに軍から公報が出されているはずであった。彼の遺留品の梱包を終わってから幾日か過ぎたが、敏子に対して、どのような手紙を与えるべきかに、私はまだ決心がつかなかったのだ。感情に溺れて余分なことを書くことが分かっていたし、それを書かぬ限り同情も誠意も届き得ない気がしたからである。

それでも少しずつ書き溜めた長い手紙を、私は彼女宛に送ってやった。すでに季節は夏に入っていて、兵力の減少した駐屯任務の激しさと、それに加わる風土病とのために、部隊は戦闘さえ不可能になるかと思われるほどの病人が続出していた。腸チフスとパラチフスの猖《しょう》獗《けつ》だった。作戦に出るとき入ってきた補充兵たちは、たちまちのうちに大半は参って、臨汾の野戦病院に送られている始末だったのである。

丈夫で働いているといっても、日に二、三十度の下痢をしているくらいは常識になっていた。体力の損耗は、水嚢一杯の水をさえ運びかねた。いつでも雲の上を歩くように、ふらりふらりと歩いている。身体に重心がつかないのだ。それでも連日か二日に一度、立哨勤務が回って来、土壁のない集落の望楼の上で、星だけを眺めて過ごした。

星だけは夜毎に恐ろしく美しさを増してきている。暗い天をゆらめかして、冴えまさりきらめく星の中に、私はこうしてほろんで行く私の若年を想うた。単にあるとしもない幻影にとりかこまれて、事実はむなしい孤独のままに衰えてゆく若年を。

しきりにせきあげてくる焦燥で、銃剣で煉瓦の壁を一晩つついていたこともあるのだった。疲労と困憊《こんぱい》の度が重なってゆくにつれて、大半が健在のまま残っている馬の面倒をみきることが、しだいに抵抗し難い重荷になっていった。馬の補充だけは頻繁で、はじめは懐妊馬さえ作戦に連れていったのに、月に一度、かならず補充馬の引き取りがあった。一個小隊でどうやら動いている兵隊は十数名という状態のなかで、馬だけはまさに五十頭にも達しようとしていたのだ。じりじり灼きつく陽の底で渇いている馬は、兵隊がやっと持ち上げる手桶の水を、一頭で一杯はしゃにむに飲もうとした。一頭に一杯ずつ与えるには、こちらの体力がつづかなかった。

頃合いをみてその横面を殴ると、馬はびっくりして眼をみはり、ふたたび口をつけようかどうしようかと途惑《とまど》いながら、兵隊の眼をみつめている。私もまた疲れに錯乱していて、ときには郁種をさえ殴ったことがある。信じられない、とでもいったふうに、怯えた眼をみせてから郁種は、あとはどうすすめても飲もうとしなかった。

一回り終わってから、新しい水をいっぱいにして持って行き、詫びる動作でしばらくいたわってから飲ませた。警戒して耳をうしろに寝かせていたのを、水を飲み進むにしたがって立ててくる。飲み終わると口をぱくぱくやって満足した眼になっている。ふたたびはすまいと、ずいぶん荒れてきている自身の心をいたみながら、残った水は隣の馬に与えた。結局すべての馬に充分水を与えてから、やっと安心するのである。

もしこれで秋という季節が訪れて来ないのだとしたら、このまま消耗しきって死んでしまうかもしれぬと、私は真剣に考えたりした。

勤務のない夜はぐったりして、新鮮な想いをこめて書こうとする手紙さえ、筆は渋って動かなかった。胸に積みたまって層をでもなしているような黄土をかんじる。はじめてこの北辺が、人間に与える試練の度について、思い知らされる気がしたのである。

傷は一進一退のまま日を重ねている時花を、毎朝、曳き出すときになると、私は宮野を、そうして不備で不親切な手紙しかやれなかった、敏子からの返事を想った。早くて一ヵ月経たねば返事は来ないのであった。

樹々の繁みの底を、私はうしろについてくる時花のことも忘れて、考えふけっていることもあったが、獣医室の前まで来て振り向くと、身に苛酷な治療をされる場所であるのに、時花は涼しい眼をして従順に私のあとにしたがっている。

そこからは手綱をとって曳き入れた。すると、手綱をとったときから、時花の本能的な逡巡《しゅんじゅん》がはじまる。前肢を突っ張り、首を上へ高くあげ、眼をむいていやがるのだ。それをなだめすかすのに、ずいぶんと骨が折れた。

獣医官は、治療と同時に腹部の診断もやって、生むまではよく面倒をみてやってくれ、と自分のことのように私に頼んだりした。

「馬の心には濁りがない。人間より数等進化しておるよ」と、なにかのとき、この獣医官は私に笑いながらいったことがある。私にはそれでこの人の人となりも、馬への愛情の在り方も理解でき、いつのまにか階級の隔てを忘れてしまうほど、この獣医官に馴染んでしまったのである。

朝晩の冷気が、しっとりと肌にしむ夏のおわりに、敏子から掌に厚ぼったくかんじるほどの手紙が届いてきた。私はそれをひとり土壁のかげの草叢に腰を下ろして読んだ。ひとが肉親の死を悼《いた》むありふれた悲しみの文字も、私にはことさらに新しい感動で読みとれた。

宮野がもう少し生きていてくれたらと思った。生きていてくれたにせよ、いまは人妻でしかない敏子に、私のなにが届きうるというのだろうか。しかし、そのことを、当てもなく考えてみるだけでよかったのだ。

案じられた時花はぶじに仔を生んでいる。名は人間に似て「時松」とつけた。獣医官の案である。時花はじつにやさしいしぐさで、万遍なく仔馬をなめ回し、仔馬は起き上がろうとして、周囲の視線にかこまれながら懸命にあがいていた。親に似てひどく痩せていたが、さすがに新しく世に出たいのちの溌剌をかんじさせた。仔馬はじきに起き上がって母馬の乳ばかりを慕った。それを慈しみぶかい眼でみまもっている時花の、傷をおおうた布の上に、いまだに執念《しゅうね》く生き残っている蠅の群れが、やはりべっとりと吸いついているのだった。

仔馬の生まれた直後に沁源作戦がはじまった。これは予期に反して負傷者もほとんどなく、その代わりひどく険阻《けんそ》な山径ばかりを、馬を曳いて歩き回ってきた。三週間経って駐屯地に帰ってみると、時松はもう厩の中を駆け回っていた。くるりとした眼をして、兵隊の手を軽く噛んでふざけた。しかし尋常でない痩せ方は、人間でいえば腺病質を想わせ、

「こいつは育たんかもしれんなあ」と、見にきた獣医官もいったが、その獣医官の軍服の裾を、それが自分の出誕を介い添えしてくれた人と知るふうに、仔馬はしきりにじゃれついていた。

終　章

仔馬時松は生後三ヵ月で死んだが、そのときも私は一人この世の事象について、みち足りた索漠をかんじている。この妙な言い回しを、私は少しも意にとめてはいない。私はそのころから、不慮に惹起《じゃっき》されてくる、人が不幸と呼ぶものに対して、却《かえ》ってなにかの親密を抱きはじめていたようだった。不幸だけが明らかに、ここにこのような歳月の存在したということを、胸に刻みつけてくれるのだ。日が経てば経つほどに、それはいいがたい愛着を衝動さ

せてくれる。もはや生きている限りその傷を癒着させ得ないという、甘美な憂愁《ゆうしゅう》が漂うのをみる。

時松の死の前後のことについて、手短に記しておこう。望楼にのぼってみると、汾河の水が、つめたく白く冴え、すべてが一望凋落《ちょうらく》の冬に入ろうとしている、その日頃のとある夜更けに、私は兵室に眠っていたが、ふと、戸外に馬の跫音《あしおと》をきいたのである。

中庭を囲んでいくつかの室房がある中国の建物を、そのまま兵室に改造して四、五人ずつが分宿しているのであるが、中庭の一部は厩がはみ出してきていて、そこに時花と時松の馬房が、特別に拵《こしら》えてあった。時松は大分前から消化不良を起こしていて、いかなる配慮にもかかわらず、奇妙な痩衰《そうすい》のしかたをつづけ、日毎にいのちのあやうくなっているらしいさまが読みとれたのである。

私が中庭を歩む馬の蹄の音にすぐさま目覚めたのも、時松に対する不断の気がかりがあったからだった。それに母馬自身が、私を起こすために、馬房をぬけ出して、兵室の戸を叩きにきてくれたからである。

はじめ私が耳を澄ましていると、時花がせわしなく中庭をめぐっている跫音がきこえ、つづいてそのあとに、どうやら仔馬のらしい小さな跫音がきこえてくる。

ちょっとの間、立ちどまってみたり、急に歩き出したりしていた。厩番の不注意で放馬させてしまっているのだろう、と、この夜更けの散歩を想像して少し微笑も湧いたが、そのときふと戸口の前で跫音がとまり、鼻を戸にすりつける（たしかになにかの異変を直感させる気配の）物音がして、そのあと妙に切なげな時花のいななきが耳にうったえてきた。それからまた中庭をせわしなく回り出す。小さな跫音がそれにつづく。ひとまわりするとまた戸口に鼻をすりつけてゴトゴトゆすぶり、低く呼ぶようにいななないて、また歩き出す。三度目のときには、私は身支度を整えはじめていた。戸を開けて、どっと溢れ込むような冴えた月あかりに、多少のまぶしさをさえかんじながら中庭をみると、きょとんとしたようすで、その中庭のまん中で時花がこちらを見ている。

そうしてその足元に、四肢を投げ出して寝転んでいる仔馬の姿が見えた。近づいてみると、冴えわたる月明の底で、異様にふくれ上がった腹をもてあますふうに横たわっている時松の眼が、人間の子と、あまりにも純一に似通った、あどけない哀願の色を帯びて、母馬とも私とも、それともぐるりに降りそそぐ月の光をともしれぬ虚空《こくう》に眼をやったまま、どうやら呼吸の切迫しているらしい気配に見えたのだ。

あぶない、と思い、肌に手を触れたが、毛並みの底になつかしく体温はある。私の起き出してきたのを、非常な喜びで表現したいかにみえる時花の、これもまたあまりに人間の母に似通った、そわそわと不安と希願を支えかねるかにみえる動作に、私は一時《いっとき》、これをどう処置すればよいかに迷わされたほどであった。

そのときになって、初年兵の厩番が駆けてきた。叱るゆとりもなく、口早に獣医官を呼びにはしらせ、私は仔馬を抱き上げて馬房の敷藁《しきわら》の上に運んだ。

意外な軽さだった。こいつはもう駄目かもしれない、と、刻々に地を匍って過ぎて行く月明の時間のなかで、私は私の身近に、言葉こそは交わさぬながら、うったえ、聴き、そしてまた頷《うなず》きあいもしている、人間や馬の世界を越えた互いの息づかいをかんじていた。

　慰めて、その鼻面を撫でてやったが、そうされるまでもなく、時花には、己れの仔の死期をみずからさとりうる、生きものの本能があったのだろう。想いにふけるふうに、月あかりを背にたたえたまま、耳をピンとたてて、私の脇に静かにたっている。

　それはいつだかこの馬が、あの太行山脈の奥で、かつて背にあった宮野の重量が、突然失われたことの意味をたしかめかねて、なにかのふしぎを解こうとでもするふうに、じっと遠い風をだけ聴いていた、そのときの諦観とも放心ともつかぬ状態を想わせたのだ。

　仔馬は、私のみている直前で、四肢を突っ張るようにし、軽い痙攣《けいれん》がはじまりかけている。その頻度の加わって行くのが予感された。大きく喘ぎはじめた腹が、とりかこんでくる月あかりを苦しげに押し返しながら、口から泡のようなものを吹きはじめてくる。

　獣医官の来るのが、おそろしく待ち遠しかった。やっと獣医官が駆けつけてきてくれたときにはもう、せいいっぱい四肢をあがききって、最後の慟哭をあえぎ上げたまま、仔馬の瞳孔は、散大してしまっていた。

　その刹那、仔の死をどのような形でかさとり得たもののように、すでに動きをやめたその腹に鼻をつけて、ゆさぶるようにしたかと思うと、急に何かを思いついたふうに、時花はせわしなくそこらを歩きはじめている。その跫音といななきをききながら、冷酷に、そしてまた的確に体温の冷えて行く無常な速度を、じっと私は、幼い毛並みにあてた掌の上にかんじとっていたのである。

ある深いかなしみと、それにまじりあって、故もなく豊かに奔騰している情感とを、私は心の奥にかんじている。私はなにも考えていなかった。もし考えていたとすれば、なぜすべてがこのようにほろびて行くか、という手さぐりの問題だけであったかもしれない。そして、そのほろび行くことへの哀悼のなかに、たしかに、その哀悼をすら、おのれの充実に置き換えてゆこうとする、おびただしい飢餓からの希願もあったことは否《いな》めない。

死に絶えた仔馬の腹を、無意味に万遍なく撫でさすりながら、

「仔馬のくせに、考え深い眼つきをしていたよ、こいつは……」

月あかりが、寂しく笑う獣医官の片頬を照らしていた。しばらく黙ってむきあって、仔馬のほとりにいた。厩番が時花を馬房に繋ぎ込んだ。与えられた乾草を、時花は無心に食いはじめている。死をよみがえらせてくれるに違いない人間の可能に、無条件の信頼をでも置いているような、むしろ落ち着いた動作にみえ、彫り込んだほども浮き上がっている肋骨が、ことさらに痛ましくみえてならなかった。

――その時花も、一ヵ月ほど経って、廃馬になっている。無意味な飼育を軍は許容しなかったのだろう。臨汾へ郵便物受領に行く一隊に連れられ、傷をおおうた汚れた布だけを背に負って、無心な静かさで、埃っぽい道を曳かれてゆく時花を、私は集落の外れまで見送ってやった。

馬糧を充分にあてがってやるほかには、なんのいたわりの方法もなかったことに、いい知

れぬ悔いがのこった。その馬糧さえ無際限に与えてやれば、必ず死ぬまで食いつづけるこの手数のかかる生きものは、またそれ故にまったく人間に凭《もた》れきって、戦旅の間は生命の終わるまでも働きつくそうとするのだろう。

　こんな素朴がいつこの世に醸《かも》されたのだろうか。荒れていて感じやすい胸に、ここにまた一つほろんでゆくものの意義を数えながら、土埃のなかに小さく見えなくなって行く時花を、ようやく遠のいて行く宮野の幻を、私は長い間みつめていたのであった。

解説

真鍋元之

一

伊藤さんは、大正六年（一九一七）八月二十三日、三重県三重郡神前《かんさき》村で生まれた。生家は、天台宗の寺院（高角山大日寺）であったが、伊藤さん四歳のときに、父の玄信和尚が、湯ノ山温泉へ行く途中で交通事故で急逝したことから、浮き世の辛酸が伊藤家にのしかかってきた。自編の年譜には、「寺院争奪の渦中をのがれ」て、家族とともに「居所転々」——大正十五年には東京へ移り、「——本郷、渋谷等を転々として、小学校のみ八ヵ所かわる。従って小学校友達というものが、ほとんどいない」結果となり、中学も立正中学から世田谷中学校へとかわり、五年制の旧制中学を四年まで学んだが、「当時、学校教練は重要課目であり、それを免れるためには学校をやめるよりほかないと思った」ので退校したというから、人間の運命ほど不可解なものはない。軍事教練をそれほど嫌っていた伊藤さんが、その後、戦旅の作品を生みつづけ、しかも斯界の泰斗となった。奇しき因縁というべきか。年譜の記事によれば、このあとすぐに、「詩作に熱心となる。心情暗澹としていてそこに救いを求めた観がある」と書かれている。

昭和十二年、伊藤さんは満二十歳となり、当時の二十歳がみなそうであったように、伊藤さんも徴兵検査を受ける。結果は甲種合格で、翌十三年一月、習志野の騎兵第十五連隊へ現役入隊し、翌十四年七月には動員下令により、朝鮮の竜山へ渡って騎兵第四十一連隊編成要員となり、九月には北支那（現在の中国北部）へ赴き、山西省臨汾県劉村に駐屯し、十六年九月まで満二ヵ年間にわたって駐留し、晋南作戦、中原会戦等の困難な作戦に参加する。

本書所収の作品のうち、『黄土の記憶』『廟』『黄土の牡丹』『雲と植物の世界』の四編は、この駐留期間中の体験に基づいている。

伊藤さんはこの当時、前にも触れたが、「詩作」にかなり熱心であり、「心情暗澹としていて」と述懐されているとおり、詩作することによって己のなかに埋没し、さらに埋没した己が思索し、叙情して独自の表現に到達し、「数えも知れぬきびしい苦惨の日日」（『雲と植物の世界』）を重ね合わせていく。伊藤さんが駐留した北支那の山岳地帯は、当時では、「風と、雲と落日と月明と、そして原始の酷烈さで地を灼く太陽のほか、なにもない」（『黄土の牡丹』）世界であった。そこに一兵士として駐留することは、教練が嫌いなために学業を断念した伊藤さんにとって、性《しょう》に合っていたとは思われない。「私は意固地な無抵抗の抵抗をつづけきって、しかしあやうく脱走しかける間際に、二年兵の世界へ逃げのびて行けたのだ」（『雲と植物の世界』）と告白しているとおりである。

しかし、伊藤さんは、そういう軍隊生活に耐えぬいた。伊藤さんだけではない。ほとんどすべての兵隊がそうした、というよりはそうせざるを得なかったわけだが、それにしても、伊藤さんには他の兵隊には見られない独自の耐え方があった。

風景に対しても、生活に対しても、愚かなほどの柔順さで、すべてに立ち向かう術を学んだとき、新たな展望が、伊藤さんの周囲にひらけてきた。「むしろ原初のこの素朴な風景のなかに、人間がその人間的な修飾を捨て切ったあとにはじめて味わいうる、なにかの美しい意味があるのではないか、という気がした」（『黄土の記憶』）伊藤さんの、少し大げさにいえば、いのちをかけた感性の遍歴をへて、「生の領野をつねに死に置きかえることによって自分を鍛えてゆこうとする、無心なほどの哀切、非情をきわめた冷酷、あるいはそれが宗教であるかもしれない透徹した位置」（『廟』）へと昂まっていく。これは、伊藤さんが幼少時、寺院に生まれた体験に発し、それが長じて、意識の深層にまで、しっかりと浸み込んでいった帰結であったろう。

伊藤さんの生まれた神前村は、当時、のどかに水車が回り、瓦屋根、白壁の家屋が点在している昔ながらの山村の情緒がそのまま残っていたという。伊藤さんにとっての『自然』とは、そういうたたずまいのものであったから、北支那の荒涼たる山岳地帯に放り込まれたとき、こんなはずはない、自然がこんなに殺風景であるはずがない、そう思って戸惑い、その戸惑いが恐怖に近いまでに甚だしかったからこそ、「ぼくは……山の地表のもつ酷薄さにおびえた」と『黄土の記憶』の中に記す。

その恐怖をまぎらわせるために、伊藤さんは、「少しでもひまがあると、それしか救いがないもののように、せっせと短歌を書いた」のである。自編年譜の昭和十五年の項にも「四月、晋南作戦に参加。作戦間、短歌二百首を作る」とあり、同十六年五月の項にも「作歌二百首」の記録がある。

「自己の価値を認識する余裕をいささかも持ち得ない、負傷だらけになった精神を、その(馬)の目を見ることによって癒《いや》して行こうとする、奇怪な倒錯だけに囚われていた」と伊藤さんは当時の自己をふり返っている。これは環境の酷薄非情さと、軍隊生活の辛苦による倒錯だが、そういう厳正な自己観察こそが、清冽なリリシズムの基盤であり、これらの作品のしんの読みどころである。

軍隊の間に身を置く兵士の苦悩と、その苦悩からのみごとな脱出のすがたを、これほどの明確さで捉え得た作家が、これまでにいたであろうか。ちなみに記せば、本書所収の『雲と植物の世界』が昭和二十七年の第二十七回芥川賞候補にえらばれ、同じく本書所収の『黄土の牡丹』が第二十九回（昭和二十八年上半期）の、『黄土の記憶』が、第四十五回（同三十六年上半期）の芥川賞候補にあげられたが、いずれも受賞しなかった。戦争体験のない作家ばかりで構成された選考委員会であってみればやむを得なかったろうが、本書所収の各作品は、いずれも絶品である。惜しまれてならない。

二

昭和十六年秋、伊藤さんは軍務をとかれて内地へ帰還した。しかし、依然として生活は苦しい。出版社へ職を得たが、戦時下のことでもあり、薄給で生活も並大抵ではない。「この年、時々北支那の戦場へもどりたくなる。社会生活にもなじまず、異端者のような気がしたからである」と、前出の年譜に書き、この時期、「きわめて熱心に詩作し、詩以外のことはほとんどしなかった」

しかし、詩作で生計をたてることの困難は、当時もいまもさして変わらない。帰還兵というものは再度の召集をなによりも恐れるものだが、再召集にあこがれたというのも、卑俗に満ちた日常生活の煩苦《はんく》がよほど耐え難かったのであろう。

しかし、幸いかどうかはわからないが、伊藤さんは、昭和十八年三月、佐倉の歩兵第百五十七連隊へ再召集され、第六十一師団編成要員として、ただちに中支那安徽《あんき》省へ渡る。騎兵の伊藤さんが歩兵連隊へ再召集されたのは、原隊の騎兵連隊が解散になっていたからである。

はじめの警備地区は南京であったが、やがて上海に移る。南京にしろ、上海にしろ、気候は温和で風光の明媚な江南《こうなん》の地であり、しかも治安の状況は良好であり、そのうえ伊藤さん自身も、軍隊生活に馴れた古参兵である。北支那で体験した、かつての苦惨の日日とは裏腹の陣中生活がつづいた。

本書に収められた『水の上』『鵜を撃つ』『螢の河』『氾濫』の諸編は、このときの陣中生活の体験から生まれたもので、共通して筆致が明るく、北支那の山岳地帯を描いた『廟』以下の作品とは、雲泥の相違を示している。

昭和二十年八月、伊藤さんは上海で敗戦を迎える。軍務にあった歳月の合計は、六年十ヵ月、敗戦と同時に伍長に任官。二十一年一月、佐世保へ復員、三重県の家族のもとに帰る。二十二年、「上京と同時に小説の習作を重ねる」かたわら商業雑誌等に寄稿、昭和二十九年には、『最後の戦闘機』でオール読物新人杯次席、第三十二回直木賞の候補にあげられる等、苦い歴史をへて、昭和三十七年一月、『螢の河』により第四十六回(三十六年下半期)の直木賞を受賞した。

この作品の中に横溢する豊かな叙情性が「作者のこの人生を見る目の温かさ」から生まれているのは言うまでもないとして、しかしその温かさは作品の舞台になっている江南地域の安穏《あんのん》さが、母胎になっているのではなくて、かつての日の伊藤さんが、荒涼をきわめた北支那の山岳地帯で、苦難の末にたどり着いた「あるいは宗教であるかもしれない透徹した位置」からこそ、この作品の叙情性が生まれているのである。

だが、しかしそれはもう過去の事柄として、『雲と植物の世界』が最初に芥川賞の候補になってから、『螢の河』で直木賞を得るまでに、まる十年の歳月が伊藤さんのうえを流れ去っている。

前後四回におよぶ候補作品のすべてを、受賞作とともに読み得るところに、本書のありがたさがあるわけだが、それにしても文字通りに苦節十年。最初に小説の習作を思い立った昭和二十二年からでは十五年という計算になる。ひとごとながら、感無きを得ない。同時に、受賞後の伊藤さんの旺盛な作家活動には、やはりそれなりの素地が積まれていたことに、もう一つの感銘がある。

自編年譜の昭和三十七年一月の項に、「一月『螢の河』にて第四十六回直木賞を受賞。正直なところ疲れ果てていた」とあるが、この記事は、前年十二月の記事と対応して読まるべきものであろう。「（三十六年十二月）私家版詩集『竹の思想』を刊行。通算三十年に及ぶ文学修業の末、生涯恵まれなくてもよい、という覚悟も出来、かつ昨年発病せし妹の容態捗《はか》らず、母も瘦衰《そうすい》をきわめ、一家の壊滅を予感し、せめて一巻の詩集を挨拶代わりに知友に配布せんと思ったものである」

本来ならば、めでたい受賞に際し、おどりあがって欣ぶべきであったろうが、「正直なところ疲れ果てていた」と告白せねばならぬほどにも、伊藤さんの生活と神経は、どん底まで落ち込んでいたのである。そして、この前後から、自編年譜の記事が従来に比して、目立って多くなっている。

この自編年譜は、伊藤さんの執筆目録に代わるべき性質のものだが、年譜の内容が急増していることは、作品の生産量がそれだけ急速に増大したことを、示すものにほかならない。

受賞を境にして、伊藤さんは急に忙しくなり、昭和三十八年九月、勤め先の出版社をやめ、作家生活に入った。執筆に専念するためであった。その後は多忙をきわめたが、みごとそれに耐えぬいたからこそ、こんにちの伊藤さんがあり、また将来もあり得ることであろう。

受賞以後、伊藤作品の取材範囲が、従来の北支那と中支那から、ひろく南方戦域一帯にひろがったのは、旺盛な創作活動の結果であったが、同時に、詩人であったはずの伊藤さんが、これほどの散文作家であることを、如実に見せられて大きな驚きをおぼえるのは、わたし一人ではあるまい。

戦場というものが運命的にもつ暗黒面をのりこえて、優しく柔らかな読後感を、さらりと、おしつけがましくなく、読者の胸にひそやかに伝えるのは、伊藤さんのきわめてすぐれた小説作法に負うところも大きいが、それだけではなく、「愚かなほどの柔順さで生きて行くことの価値」（『雲と植物の世界』）を、伊藤さんが苦惨の日日のなかで学んだ、そのことが大きくかかわっていることによるのであろう。

風景にたいしても、生活にたいしても、愚かなほどの柔順さで立ち向かう術を学んだとき、新たな展望が伊藤さんの周囲に展けてきた。伊藤さんのどの作品も、「無心なほどの哀切、非情をきわめた冷酷、あるいはそれが宗教であるかもしれない透徹した位置」からの目に裏打ちされているといえよう。伊藤文学の感動はそこに発している。

伊藤さんが直木賞を得たのは、前にも述べたとおり、芥川賞の候補に三度げられたのちであった。直木賞は大衆文学の賞、芥川賞は純文学の賞、ということになっているが、日本の文学が大衆文学と純文学の二つにわかれているのは、まことに不幸な状態であり、この両者が統合される日を、誰しもが待ち望んでいるのは、そのはずのものだからである。

伊藤さんにも、やはりその願いはあるらしく、直木賞受賞のさいのことばとして、つぎのように書いていたのを、わたしはおぼえている。

「ぼくの今度の受賞によって、純文学と大衆文学といった類別の観念が、多少は歩み寄ることに役立ったかもしれない」と。

伊藤さんの生家のあたりには、昔ながらの山村の情緒がいまも残っているのであろうか。うかつなことに、わたしは、いちばん大事なことを、伊藤さんから聞きそびれてしまった。

単行本　平成十五年六月　光人社名作戦記009

NF文庫

蛍の河

二〇一七年一月十五日 印刷
二〇一七年一月二十一日 発行
著 者 伊藤桂一
発行者 高城直一
発行所 株式会社潮書房光人社
〒102-0073 東京都千代田区九段北一-九-十一
振替／〇〇一七〇-六-五四六九三
電話／〇三-三二六五-一八六四(代)
印刷所 慶昌堂印刷株式会社
製本所 東京美術紙工

ISBN978-4-7698-2989-8 C0195
http://www.kojinsha.co.jp

NF文庫

刊行のことば

第二次世界大戦の戦火が熄《や》んで五〇年――その間、小社は夥しい数の戦争の記録を渉猟し、発掘し、常に公正なる立場を貫いて書誌とし、大方の絶讃を博して今日に及ぶが、その源は、散華された世代への熱き思い入れであり、同時に、その記録を誌して平和の礎とし、後世に伝えんとするにある。

小社の出版物は、戦記、伝記、文学、エッセイ、写真集、その他、すでに一、〇〇〇点を越え、加えて戦後五〇年になんなんとするを契機として、「光人社NF（ノンフィクション）文庫」を創刊して、読者諸賢の熱烈要望におこたえする次第である。人生のバイブルとして、心弱きときの活性の糧《かて》として、散華の世代からの感動の肉声に、あなたもぜひ、耳を傾けて下さい。

＊潮書房光人社が贈る勇気と感動を伝える人生のバイブル＊

ＮＦ文庫

軍艦と装甲　主力艦の戦いに見る装甲の本質とは
新見志郎
艦全体を何からどう守るのか。バランスのとれた防御思想とは。侵入しようとする砲弾や爆弾を阻む〝装甲〟の歴史を辿る異色作。

新兵器・新戦術出現！　時代を切り開く転換の発想
三野正洋
独創力が歴史を変えた！　戦争の世紀、二〇世紀に現われた兵器と戦術――性能や戦果、興亡の歴史を徹底分析した新・戦争論。

真珠湾攻撃隊長　淵田美津雄　世紀の奇襲を成功させた名指揮官
星　亮一
真珠湾作戦の飛行機隊を率い、アメリカ太平洋艦隊に大打撃を与えた伝説の指揮官・淵田美津雄の波瀾の生涯を活写した感動作。

昭和天皇に背いた伏見宮元帥　軍令部総長の失敗
生出　寿
不戦への道を模索する条約派と対英米戦に向かう艦隊派の対立。軍令部総長伏見宮と東郷元帥に、昭和の海軍は翻弄されたのか。

倒す空、傷つく空　撃墜をめざす味方機と敵機
渡辺洋二
撃墜は航空戦の基本的命題である――航空戦が生み出す撃墜のメッセージ、戦闘機の有用性と適宜の用法をしめした九篇を収載。

海軍戦闘機列伝　搭乗員と技術者が綴る開発と戦闘の全貌
横山保ほか
私たちは名機をこうして設計開発運用した！　技術と鍛練により青春のすべてを傾注して戦った精鋭搭乗員と技術者たちの証言。